罰

無敵番犬

（『異常魔　非情番犬』改題）

南 英男

祥伝社文庫

目次

本書の主な登場人物

反町譲司……39歳。フリー・セキュリティ・サービスマン＝用心棒。元警視庁警備部SP。

右近和香奈……29歳。下北沢のジャズクラブ『マザー』経営。目黒区青葉台在住。

力石正則……38歳。反町の元同僚。警視庁組織犯罪対策部暴力団対策課。

藤巻隆之……30歳。元保険調査員の探偵。港区芝大門在住。

滝　信行……50歳。精神科医。反町の〝元〟飲み友達。世田谷区松原在住。

飯島晴通……広域暴力団米山会遠藤組の幹部で地上げ屋。妻早苗を殺される。

桜木一矢……大臣職を歴任した民自党の大物国会議員。

桜木純大……50歳。桜木議員の長男。ヤマト製糖常務。金融派生商品で約九十億損失。

鈴木悟……41、42歳。桜木議員の元公設第一秘書。債権回収代行業を営む。

山名祥太郎……73、74歳。桜木議員に紹介された依頼人。老博徒。江東区深川在住。

山名将宏……42歳。その息子。事業家。元関東俠雄会。妻美和と娘安寿の三人家族。

大竹澄夫……50年配。山名組の代貸。

彦根公盛……46、47歳。外科医。中央区新富一丁目で開業。山名父子と先代から親しい。

古橋雄作……62、63歳。山名将宏の最大債権者である友和銀行の頭取。

樺沢忠紘……48、49歳。金融庁監督局長。

伊原秀幸……京都の京輪組を絶縁された五人で上京し、債権回収代行を始める。

プロローグ

雨脚が強い。

土砂降りだった。外の景色は白く煙っている。

十月上旬のある日の早朝だ。当分、雨が止む気配はなかった。

反町譲司は、黒いウインドブレーカーのフードを被った。

ブレーカーの下には、灰色のスウェットスーツをまとっている。靴は履き馴れたジョギングシューズだ。

赤坂グレースホテルの通用口である。

反町は、このホテルの二〇〇一号室を月単位で借りていた。仕事のない日は毎朝、十キロほど走り込む。それが習わしだった。

三十九歳の反町は、一匹狼のセキュリティ・サービスマンだ。平たく言えば、用心棒である。

常に体力を維持しておく必要があった。走ることは、もともと嫌いではなかった。ジョギングをしていると、無心になれる。そのことが捨てがたい。

反町は通用口から勢いよく飛び出した。

まだ五時前だった。あたりに人影は見当たらない。

大粒の雨が全身を叩きはじめた。顔面と両手は、たちまち濡れた。

反町は徐々にスピードを上げ、ホテルの内庭に回った。

そこには、屋外プールがある。ごくありふれた長方形のプールだ。プールの水は少し濁っていた。水面には、幾葉かの朽葉が散っている。

反町はプールサイドを走りながら、何気なく雨脚の躍る水面を見た。

プールのほぼ中央に、何か白っぽい物体が浮かんでいた。人の形をしている。

反町はプール際まで走った。

目を凝らす。次の瞬間、反町は息を呑んだ。

漂っているのは下着姿の女性の死体だった。ブラジャーとパンティーしか身に着けていない。俯せだ。張りのあるヒップから察して、二十代の後半だろうか。背中と左の内腿に牡丹の刺青が見える。

顔はよく見えなかった。水にたゆたう長い髪は、栗色に染められている。

肉感的な肢体だった。ウエストのくびれが深く、腰の曲線は美しかった。

体のあちこちに、五寸釘が打ち込まれている。死体の周りの水は薄紅色だった。血のせいだろう。プールに投げ込まれて、それほど時間は経っていないようだ。

わざわざホテルのプールに半裸死体を投げ込んだのは、見せしめなのか。そうなのかもしれない。

どんな恨みがあったのか知らないが、若い女性を殺すことはないだろう。もったいないではないか。

女好きの反町は、しみじみ惜しいと思った。

思わず男臭い顔をしかめる。やや面長で、眉が濃い。両眼は、きっとしている。鼻も高く、唇は真一文字に近かった。

上背は百八十センチだ。筋肉質の体躯で、贅肉はまったく付いていない。体重は七十八キロだった。

死人は素っ裸ではないが、ホテルの泊まり客たちの目に晒すのは気の毒だ。

反町は大股でホテルに引き返し、フロントに急いだ。顔見知りの若いフロントマンが、にこやかに語りかけてきた。

「おはようございます。きょうは、あいにくのお天気で……」

「そうだね」

「ジョギング、きょうはおやめになるんですか？」

「いや、そうじゃないんだ。屋外プールに、女の半裸死体が浮いてたんだよ」

反町は努めて平静に言った。

「また、ご冗談を」

「嘘じゃないんだ。すぐに一一〇番したほうがいいな。ただ、パトカーのサイレンは鳴らさないよう頼むんだね」

「警察に通報する前に、この目で確かめてみます」

フロントマンが慌てた様子で持ち場を離れた。顔面蒼白だった。

反町は動かなかった。内庭に向かったフロントマンは、数分で駆け戻ってきた。

「ああ、なんてことなんだ」

「ホテルの客なの？」

反町は訊いた。

「顔がよく見えなかったので、はっきりしたことは申し上げられませんが、お客さまではないような気がします」

「そう。どっちにしろ、彼女は殺された後、プールに投げ込まれたようだ」

「ええ、そう思われますね。とにかく、警察を呼びます」

フロントマンは自分の持ち場に戻り、震える手で受話器を摑み上げた。

反町はフードを外し、フロントの近くのソファに腰かけた。

死体の第一発見者になることは煩わしかったが、若死にしてしまった女性を早く水の中から出してやりたかったのだ。

所轄の赤坂署の署員や機動捜査隊初動班の面々が駆けつけたのは、およそ六分後だった。平均的なレスポンスタイムだろう。

反町は、さっそく捜査員に事情聴取された。一般の市民は単なる事情聴取でも必要以上に緊張し、とんちんかんな受け答えをする場合が多い。

三年十カ月前まで警視庁警備部のＳＰ（セキュリティ・ポリス）だった反町は、刑事の聴取にてきぱきと答えた。

〝背広の忍者〟と呼ばれるＳＰは警備部のエリートである。文武両道に秀（ひい）でた者だけが選ばれる。

反町は二十九歳で警部になったとき、花形のＳＰに抜擢（ばってき）された。

大いに自尊心をくすぐられ、国内外のＶＩＰの身辺警護に情熱を傾けた。しかし、数年のうちに要人たちの醜悪（しゅうあく）な素顔を見せつけられることになった。

ある大物政治家は何人も若い愛人を囲い、大企業から堂々とヤミ献金を受け取っていた。その人物だけが例外ではなかった。ほとんどの権力者が似たようなことをしていた。

国賓（こくひん）の中にも、軽蔑（けいべつ）したくなるような政治家や王族がいた。

ある先進国の大統領は、お忍びで同伴した複数の愛人を迎賓館（げいひんかん）に呼びつけ、明け方まで爛（ただ）れたセックスプレイに耽（ふけ）った。別の国の王族は美少年と性行為に及び、揚句（あげく）に相手を惨殺してしまった。

その事件を闇に葬(ほうむ)ったのは日本国政府だった。

反町は次第に仕事に対する情熱や誇りを失いはじめた。堕落しきったＶＩＰたちを命懸(が)けで護(まも)り抜くことが、ばかばかしくなったのである。実際、それだけの価値もない要人ばかりだった。

そんなある夜、元総理大臣が料亭の車寄せで過激派のテロリストに狙撃(そげき)されるという事件が起こった。警護中の反町は、とっさに年下の同僚を庇(かば)った。元総理大臣は被弾し、全治三カ月の重傷を負(お)うことになった。

反町は責任を問われ、依願退職に追い込まれた。

後悔はなかった。だいぶ前から、キャリア官僚が支配する警察機構に馴染(なじ)めないものを感じていたからだ。

ＳＰを辞(や)めた反町は、すぐにフリーの用心棒(ボディガード)になった。

アメリカ大統領のシークレット・サービス要員たちが幾人も独立し、それぞれ成功を収めている。そのことを知っていたから、反町は迷わずにセキュリティ・サービスマンの仕事を選んだ。

それなりの勝算はあった。

事実、開業当初から仕事には困らなかった。大物政治家や財界人の紹介状を持った依頼人が次々に訪れた。ＳＰ時代に数多くの暗殺事件を未然に防いだ実績が口コミで広まったのだろう。

報酬は一日二十万円と決して安くない。必要経費は別途請求している。暴漢や脅迫者の正体を突き止めた場合は、三百万円前後の成功報酬を貰う。それでも、実業家、芸能人、文化人、弁護士、アスリートと依頼人は引きも切らない。そのおかげで、都心の高級ホテルの二間続きの部屋をオフィスを兼ねた塒にできるわけだ。宿泊料は一泊十三万円だった。

事情聴取が終わったとき、警視庁組織犯罪対策部暴力団対策課の力石正則が駆け込んできた。

ＳＰ時代の同僚だ。力石は二メートル近い巨漢で、肩と胸が厚い。学生時代にアメリカンフットボールで鍛え上げた体は三十八歳になった現在も、瘤状の筋肉に覆われている。濃紺のブレザーが、いまにもはち切れそうだ。

反町は、この力石を庇って責任を取らされたのである。

力石は元総理大臣を警護しきれなかったという理由で、事件後に組織犯罪対策部暴力団対策課に転属になった。警部の職階はそのままだが、明らかに左遷だった。本人は、そのことをさして気にしていない様子だ。

「よう！　組対部のお出ましとなると、被害者は暴力団関係者だな」

反町は先に口を開いた。

一般の殺人事件は通常、捜査一課が捜査に当たる。だが、暴力団絡(がら)みの殺人事件は組対部の受け持ちだ。

「第一発見者は先輩だそうですね？」

「ああ。朝っぱらから、妙なものを見てしまったよ」

「遺体(ホトケ)が半裸の若い女だったんだから、文句ないでしょうが」

「まあな。身許(みもと)はもう割れたのか？」

「米山(よねやま)会遠藤(えんどう)組の幹部の女房(バシタ)ですよ」

力石が声を潜(ひそ)めた。

米山会は首都圏で最大の勢力を誇る広域暴力団だ。構成員は四千数百名にのぼる。

「遺体(ホトケ)に関する情報は？」

「被害者(マルガイ)の飯島早苗(いいじまさなえ)は、まだ二十八歳でした。夫の飯島晴通(はるみち)が三日前に捜索願を出してますね」

「刺青の姐(ねえ)さんは、旦那に愛想(あいそ)でも尽かしたのか？」

「いえ、そうじゃないんです。被害者は四日前の夕方に銀座(ぎんざ)のデパートの駐車場で黒いスポーツキャップを被った二人組の男に拉致(らち)されたようなんですよ」

「最近、稼ぎ(シノギ)が苦しくなったヤー公が、ほかの羽振りのいい組の組長や大幹部を荒っぽい手口で誘拐(ゆうかい)して身代金をせしめる事件(ヤマ)が多発してるな」

「そうですね」

「おおかた、その種の犯行(ヤマ)なんだろう」

「そうかもしれませんね」

「死因は？」

「絞殺(こうさつ)のようです」

「そうか。赤坂署に帳場(ちょうば)が立つんだろ？」

「ええ、きょうの昼前にはね」

力石が答えた。

帳場が立つというのは、本庁が所轄署の要請に応じて捜査本部を設置することを意味する警察用語だ。捜査費用は所轄署が負担する。殺害された被害者が暴力団と関わりのある場合は捜査一課ではなく、たいがい組織犯罪対策部が事案を担(にな)う。

「力石、せいぜい点数を稼(かせ)いでくれ」

「そうしましょう」

「おれは、ちょっと走ってくる」

「こんな土砂降りなのに、好きですねえ」

「こっちは体が資本だからな。運動神経をキープする必要があるんだ。そのうち、酒を飲もう」

反町はふたたびフードを被り、外に走り出た。

遺体はプールの際に置かれ、青い防水シートで覆われていた。右手の先がシートから食み出している。紙のように白かった。真紅のマニキュアが、やけに鮮やかだ。それが悲しみを誘った。

反町は捜査員たちの間を通り抜け、ホテルの内庭を斜めに突っ切った。

雨の勢いは一段と激しくなっていた。反町は雨にしぶかれながら、いつものペースで走りはじめた。

第一章　謎の凶悪集団

1

マイカーを駐（と）める。

下北沢（しもきたざわ）の裏通りだ。雨は相変わらず激しかった。

反町はボルボＸＣ60を降りた。

車体は青みがかったグレイだ。スウェーデン製のお気に入りの車だった。

もう一台の黒いジープ・ラングラーは、赤坂グレースホテルの地下二階の駐車場で埃（ほこり）に塗（まみ）れている。

反町は雨に濡（ぬ）れながら、十数メートル離れたジャズクラブ『マザー』まで走った。

店の経営者の右近和香奈（うこんわかな）は反町の恋人だった。オーナーといっても、まだ二十九歳である。元カーレーサーだ。

店内に入ると、ビル・エヴァンスのナンバーが響いてきた。

奥のステージの上で、三人の無名のジャズプレーヤーがリハーサルをしていた。ピアノ、ベース、ドラムスのトリオだ。

ちょうどピアノソロだった。

音の切れは悪くない。しかし、ビル・エヴァンスのように流麗ではなかった。弾き手の情念も伝わってこない。

ほどなくベースとドラムスが加わった。

ベースワークは、アクセントをつけすぎだろう。ドラマーは、ややテクニックが足りない。若い三人が一流のジャズメンになるまで、あと十年はかかるのではないか。

和香奈はステージの真ん前の黒いソファに浅く腰かけ、全身でリズムを刻んでいた。オイスターホワイトのスーツをまとっている。

午後五時過ぎだった。店は六時にオープンする。まだバーテンダーの姿はなかった。

「きょうの採点はどうかな？」

反町は濡れた髪を両手で後ろに撫でつけながら、交際相手に問いかけた。

和香奈が振り向いて、小さくほほえんだ。色気のある微笑だった。

反町は笑い返した。和香奈がソファから立ち上がり、優美に歩み寄ってくる。

百六十五センチの体は、完璧なまでに均斉がとれていた。砲弾型の乳房がセクシーだ。

ウエストはぐっとくびれ、腰は豊かに張っている。形のいい脚は、すんなりと長い。彫りの深い細面の顔も整っている。

ことに、くっきりとした二重瞼の両眼が美しい。睫毛も長かった。

鼻は上品な形で、やや肉厚な唇は官能的だった。白人とのハーフめいた容貌だが、冷たい印象は与えない。

「あら、びしょ濡れじゃないの」

「水も滴るいい男と言ってほしかったな」

「うふふ」

和香奈が足を止め、絹のハンカチで反町のウールジャケットの肩口を拭いはじめた。ステージの三人が妬ましそうな眼差しを向けてくる。

悪い気はしない。反町は少し照れ臭かったが、わざと和香奈の手を払いのけなかった。

「どういう風の吹き回しなの、こんな早い時間に？」

「朝から降りつづいてる雨をぼんやり見てたら、急に和香奈の顔を見たくなったんだ」

「柄にもなく、ロマンチックなことを言うのね。そういえば、あなたと初めて会った日も土砂降りだったわね」

和香奈が記憶を手繰る顔つきになった。

「そうだったな」

「あれから、もう二年近くになるのね」

「早いなあ」

反町は言いながら、近くのボックスシートに坐った。いつしかステージの演奏は、マッコイ・タイナーの曲に移っていた。

「車で来たんでしょ？」

「そう」

「待ってて」

和香奈がカウンターに足を向けた。

反町は、和香奈の後ろ姿を目で追った。ヒップの位置が高く、きゅっと引き締まっている。悩ましかった。

不意に反町は欲情を覚えた。

和香奈を抱いたのは一週間ほど前だった。欲望が急激に膨らんだ。

すぐにも交わりたかった。しかし、まさか店のソファに和香奈を押し倒すわけにはいかない。

反町は昂まりかけたものをなだめ、マールボロをくわえた。

ヘビースモーカーだった。一日に四十本は喫っている。喫煙できる場所が少なくなったことが辛い。電子タバコは好きではなかった。

煙草(たばこ)をふた口ほど喫ったとき、和香奈が戻ってきた。バドワイザーの小壜(こびん)と小さなビアグラスを手にしていた。

「車なんでしょ？」

「ああ」

「それじゃ、小壜で我慢するのね」

「いつから、おれのマザーになったんだ？」

反町は笑顔で茶化した。

和香奈が目で笑って、向き合う位置に坐った。すぐにグラスにビールを注(つ)ぐ。

「相変わらず、若いジャズメンの育成に熱を上げてるようだな」

「いけない？」

「別に」

「三人とも、いいセンスしてるのよ。特にピアノを弾いてる男の子は将来、必ず一流のジャズピアニストになると思う」

「男の子？　そういう言い方はないんじゃないか。あの彼だって、二十三、四だろう？」

「確か二十三歳よ。でも、わたしの年齢(とし)から見たら、まだほんの子供だもの」

「姐御(あねご)ぶるなって」

反町は言って、ビールで喉(のど)を潤(うるお)した。飲酒運転をすることに、ほとんどためらいはなかった。法律やモラルを破るのはなんとなく愉しい。アウトロー気質なのだろう。その自覚はあった。

和香奈は週に三日、店の客たちに生演奏を聴かせていた。プレーヤーは無名のジャズメンたちだ。

和香奈は、夢を追いかけている若い世代を物心両面で支援していた。彼らに肩入れする理由は、彼女自身の挫折と深い関わりがある。

和香奈は女子大生のころから、一流のカーレーサーになることを夢見ていた。

プロレーサーになって間もなく、不運にもクラッシュ事故を引き起こしてしまった。彼女の二人のチームメイトが事故に巻き込まれ、若い命を落とした。

和香奈は自責の念から、引退を決意した。まだ夢は半分しか実現させていなかった。そうした無念さがあるだけに、何かに情熱を傾けている年下の人間に注ぐ眼差しは優しかった。

和香奈は北陸地方の名士の娘だった。

父親は私鉄、デパート、水産加工会社などを多角経営するコンツェルンの総帥である。

和香奈の兄も、経営の才腕があるようだ。

それなのに、妹はまるで商才がなかった。

といっても、和香奈はジャズクラブの開業資金を親に無心したわけではない。母方の伯父に保証人になってもらって、ほぼ全額を銀行から借り入れたという。

和香奈は深窓育ちの令嬢でありながら、独立心が旺盛だった。

性格も姐御肌で、きっぷがよかった。どこか悪女めいた面もあったが、心根はピュアだ。

自宅は目黒区青葉台にある。

２ＬＤＫの豪華な分譲マンションだが、和香奈が購入したのではない。彼女の母親が上京したときに使う目的で買い求めた部屋だった。

和香奈は留守番と称して、ちゃっかり只で住みついている。高い管理費や光熱費は、母親の銀行口座から引き落とされているそうだ。

資産家の娘にしてみれば、その程度のことは甘えのうちに入らないのだろう。

そうした捉えどころのない面も、和香奈の魅力になっていた。肩肘張って自立している女性たちとは違って、柔軟性があった。

「あなたが出世払いで貸してくれた三千万円で、休校中だったジャズスクールを再開させたの」

和香奈が言った。

「いつ？」

「先々月からよ」

「なんで黙ってたんだ？」

「話したら、何か言われそうだったから」

「懲りないな」

「ほら、やっぱりね！」

「若いジャズ屋に金を遣うのはいいが、あんまり入れ揚げるなよ。そのうち、借金だらけになっちまうぞ」

「せいぜい頑張るわ」

「それから、面倒見てやってる連中をあまり子供扱いしないほうがいいぞ。どいつも頼りなさそうな面してるが、男は男だからな」

「あの子たちにジェラシーを感じてるの？」

「冗談言うなって」

　反町はことさら高く笑って、短くなった煙草の火を揉み消した。

　かすかな狼狽を覚えていた。和香奈に心中をみごとに見抜かれたことが恥ずかしかった。彼女が無名のジャズメンたちに恋愛感情を寄せていないことはわかっていた。

　ただ、和香奈に目をかけられている若い男たちは明らかに彼女に憧れ以上の熱い想いを抱いている。彼らの表情から、そのことは読み取れた。反町は適当に浮気をしているくせに、和香奈を自分だけの彼女にしておきたかった。身勝手だが、その想いに偽りはない。

「何か用があったんじゃない？」

「単なる気まぐれだよ、ここに来たのは」

「ほんとに？　あなたは大口のスポンサーなんだから、少しぐらいのわがままは聞いてあげてもいいわよ」

　和香奈が謎めいた笑い方をした。

「それじゃ、言ってしまおう。雨のせいか、なぜだか急に和香奈としっぽり濡れたくなったんだ」

「スケベ！」

「嫌いか、スケベは？」

「ううん、大好きよ」

「なら、二人で青葉台のマンションのジェットバスに入ろう」

「リハーサルが終わったら、すぐにマンションに戻るわ。先に青葉台に行ってて。部屋のスペアキーは？」

「持ってる」

　反町は残りのビールを呷（あお）り、勢いよく立ち上がった。

　三人のジャズメンが探（さぐ）るような目を向けてくる。反町は一瞬、和香奈を抱き寄せたい衝動に駆られた。

だが、すぐに思い留まった。あまりにも子供じみた行為だと感じたのだ。和香奈に見送られて、おとなしく店を出る。

反町はボルボＸＣ60に乗り込み、穏やかに発進させた。

十分そこそこで、和香奈のマンションに着いた。スペアキーで部屋に入り、居間でしばらく寛ぐ。

一時間が過ぎても、和香奈は帰宅しない。

反町は時間を持て余しはじめた。テレビの電源スイッチを入れたが、どの番組も退屈だった。

先に風呂に入ることにした。反町は浴室に向かい、ゆったりとジェットバスに浸かった。体を洗い終えても、和香奈は戻ってこなかった。反町は待ちくたびれて、浴室から出た。

脱いだ衣服を胸に抱えて、勝手に寝室に入る。反町は衣類を寝椅子の上に投げ落とし、トランクスだけの姿でセミダブルのベッドに潜り込んだ。

寝具には、和香奈の肌の匂いがうっすらと染みついている。

反町の体は、たちまち反応した。和香奈の裸身を思い浮かべると、下腹部は一段と熱を孕んだ。一刻も早く部屋の主に帰宅してもらいたかった。

だが、さんざん待たされた。さすがに反町は焦れてきた。

　和香奈が寝室に走り入ってきたのは七時過ぎだった。

「待たせちゃって、ごめんね」

「店で何かあったのか？」

「あなたが帰った後、ピアノの子が何度もコード進行を間違えたのよ。いつもは、そんな基本的なミスはやらないんだけどね」

「そいつは和香奈を引き留(と)めたくて、わざと弾き間違えたんだろうな」

　反町は言いながら、上体を起こした。

「わざと？」

「そう。ピアノ担当の彼は和香奈に惚(ほ)れてるんだよ。だから、あの男は……」

「何を言ってるの。ばかばかしい。先にお風呂に入ったみたいね？」

「そうなんだ」

「それじゃ、大急ぎでシャワーだけ浴びてくるわ」

　和香奈が体を反転させかけた。反町は和香奈の手首を摑(つか)んだ。

「そのままでいいよ」

「でも、せめてシャワーぐらい浴びさせて」

「もう待てないな」

「十代の男子みたいなんだから」

和香奈が呆(あき)れ顔で言って、ぶつ真似(まね)をした。

反町は和香奈をベッドに引き寄せ、腕の中に収めた。和香奈は体半分をベッドに預ける形になった。

反町は背を屈(かが)め、和香奈の唇を塞(ふさ)いだ。

二人は軽く唇をついばみ合ってから、舌を絡(から)めた。濃厚なキスだった。

反町はいったん顔を離し、和香奈をベッドにまっすぐ横たわらせた。

改めて唇を重ね、和香奈の衣服を一枚ずつ脱がせていく。ほどなく肉感的な裸身が現われた。白い肌は、まだ充分に瑞々(みずみず)しい。つんと突き出た乳房は横になっても、あまり形が崩れなかった。

反町は舌を閃(ひらめ)かせながら、和香奈の体の線を指でなぞった。いつものフェザータッチだった。

ほぼ全身を愛撫(あいぶ)してから、胸の隆起に手を伸ばす。二つの乳首は早くも硬(かた)く張りつめていた。色素は淡い。

反町は掌(てのひら)で乳首を転がし、指先で抓(つま)んだ。

和香奈が切なげに呻(うめ)いた。反町は指の間に乳首を挟(はさ)みつけ、乳房全体をまさぐりはじめた。弾力性に富んだ胸は、さまざまに形を変えた。

和香奈が息を詰まらせながら、両手で反町の肩や背を撫ではじめた。情感の籠(こも)った手つきだった。

反町は唇を和香奈の首筋に移した。

和香奈が喘ぎはじめた。反町は唇をさまよわせ、耳朶を吸いつけた。

舌の先を耳の奥に潜らせると、和香奈は身を揉んだ。口からは、なまめかしい呻きが洩れた。男を奮い立たせるような声だった。事実、反町は一気に昂まった。

「あなたに触れたいわ」

和香奈が囁いた。

反町は少し体を浮かせ、手早くトランクスを脱いだ。すぐに和香奈の腕が伸びてくる。反町は性器を握られた。和香奈が指を動かしはじめた。

反町は、和香奈の乳首を吸いつけた。

舌で圧し転がし、強く弾いた。そのとたん、和香奈がなまめかしく呻いた。反町はもう片方の乳首を吸りながら、右手を秘めやかな場所に進めた。

叢を梳くように掻き起こす。細い恥毛は、綿毛のような手触りだった。

二人は痴戯に耽ってから、一つになった。正常位だった。

和香奈が何か口走り、腰をくねらせはじめた。

反町はダイナミックに動きつづけた。突き、捻り、また突く。和香奈がリズムを合わせた。淫靡な湿った音は一段と高くなった。

五分ほど経つと、和香奈が眉根を寄せた。エクスタシーの前兆だ。

反町は律動を速めた。

二人は、ほぼ同時にゴールに達した。和香奈が悦びの声を発した。ジャズのスキャットのように聞こえた。

反町も短い唸り声をあげた。射精感は鋭かった。

和香奈の体の緊縮も大きかった。反町はきつく搾り上げられ、何度も声を洩らした。

二人は余韻を味わうと、静かに結合を解いた。

和香奈はベッドを降り、ふらつく体で浴室に向かった。反町は一服することにした。ベッドから出て、寝椅子に歩み寄る。

ジャケットから煙草を出そうとしたとき、内ポケットの中でスマートフォンが鳴りはじめた。

反町はスマートフォンを耳に当てた。

「そちら、東京セキュリティ・サービスさんですよね？」

年配の男の声が確かめた。反町は営業上のはったりで、名刺に大層な社名を刷り込んであった。

「そうです」

「わたし、山名祥太郎と申します。失礼ですが、反町さんでしょうか？」

「ええ、そうです」

「実は民自党の桜木一矢先生から、あなたのことをうかがったんですよ。桜木先生、ご存じでしょう?」

「ええ、SP時代に護衛を担当していた方ですので」

「先生から、ご紹介状をいただきました。あなたに、孫娘のガードをお願いしたいんですよ。これから、赤坂グレースホテルに出向いてもかまいませんか?」

　山名が訊いた。

「あいにく、いまは出先なんですよ。明日の正午過ぎに訪ねてもらえませんかね」

「わがままを言うようですが、一刻も早く孫娘の護衛をお願いしたいんでさあ。こちらは、どんなに遅い時刻でもかまいません。今夜じゅうに、お目にかかれませんでしょうか?」

「ずいぶん強引な方だな」

「身勝手なことは重々、承知しておりやす。しかし、急を要するんでさあ。伜の嫁と孫娘の二人に危険が迫ってるんですよ。どうか力になってくだせえ」

「いったい何があったんです?」

「電話で申し上げるわけにはいきやせん。深刻な話なんでね」

「わかりました。それじゃ、午後十時にわたしの部屋を訪ねてください。ただし、仕事をやらせていただくかどうかは、お話を聞いてからということにさせてもらいますよ」

反町は長期滞在中のホテルの部屋番号を教え、先に電話を切った。スマートフォンを懐に戻し、マールボロとライターを摑み出す。煙草に火を点け、ベッドに仰向けに寝そべった。情事の後の一服は、いつも格別にうまい。

反町は深く喫いつけ、煙を肺に溜めた。

2

堅気ではない。

反町は依頼人を見た瞬間、そう直感した。しかし、別に怯まなかった。

「山名です」

白髪を短く刈り詰めた七十三、四歳の痩せた男が深々と頭を下げた。着流し姿だった。和服は結城紬だろうか。角帯をきりりと締め、雪駄履きだった。飴色の杖で、軽く体を支えている。片脚が不自由らしい。

「どうぞお入りください」

反町は二〇〇一号室のドアを大きく開けた。

山名が目礼し、部屋に足を踏み入れた。ドアがノックされたのは、きっかり午後十時だった。依頼人の老人は律儀な人間なのだろう。

部屋の取っつきは控えの間になっている。イタリア製の応接セットとダイニングテーブルが置いてあった。

その奥が寝室だった。二つのベッドが据え置かれている。どちらもシングルベッドだ。

反町は山名を応接ソファに坐らせ、自分の名刺を手渡した。すぐに山名も自分の名刺を差し出す。それには、氏名と自宅の住所しか印刷されていなかった。自宅は江東区深川一丁目にあるようだった。

「コーヒーをルームサービスで取りましょう」

「どうかおかまいなく」

山名が手を横に振った。袂から覗いた右腕には、彫りものが刻まれていた。手首まで刺青に染まっている。おおかた若い時分に、総身彫りを施してもらったのだろう。

「それじゃ、愛想なしですが……」

反町はコーヒーテーブルを挟んで依頼人と向き合った。

山名が袂を探って、紹介状を取り出した。大臣職を何度も務めた民自党の大物国会議員の直筆だった。反町は桜木一矢が認めた紹介状にざっと目を通した。原則として、面識のある人物の紹介がない場合は依頼を受けない。

「桜木氏とは長いつき合いのようですね？」

「ええ、かれこれ五十年のつき合いになりますさあ。ちょっとしたご縁がありましてね」

「そうですか」

「桜木先生は九十七歳の超大物ですが、いまもわたしのような者にも目をかけてくださる。ありがたいことです」

「あなたは、その筋の方ですよね？」

反町は煙草に火を点け、単刀直入に確かめた。

「ええ、お恥ずかしい限りです。わたしの親父は博徒でしてね、それで何となく同じ稼業をするようになったんでさあ」

「ご自分の組を？」

「はい、一応、組を構えております。ですが、吹けば飛ぶような組織です。若い者は十人もいないんでさあ。もうテラ銭で稼げる時代ではありやせん」

「そうでしょうね。それで、ご相談の件というのは？」

「実は息子の妻が昨夜、黒いスポーツキャップを被った二人組に連れ去られたんです。外出先から家に戻る途中にね」

「息子さんのご職業は？」

「事業家ということになるんですかね。倅の将宏は、不動産会社、自動車のタイヤ販売会社、カラオケ店なんかを経営しています」

「たいしたもんだな。おいくつなんです？」

「四十二歳になりやした。けど、まだまだ世間知らずでさあ」

山名がくだけた口調で言った。いかにも昔気質の博徒という喋り方だった。

「息子さんは若いころから、いろいろな事業を手がけてこられたんですか？」

「いや、そうじゃありません。伜が足を洗ったのは十五年前です。それまでは、関東侠雄会の世話になってやした」

「関東侠雄会というと、確か博徒系の組織ですよね？」

「そうです。関東では、米山会に次ぐ団体ですよ。けど、息子は男稼業でのし上がれるほどの貫目がありません。それで、わたしが引導を渡したんでさあ」

「息子さんは堅気になって、すぐに事業を興されたのかな？」

反町は喫いさしのマールボロの火を消した。

「世の中、そう甘いもんじゃありませんや。伜は街の小さな不動産屋に三年勤めて、独立したんですよ」

「その会社が順調に伸びたんですね？」

「ええ、まあ。そのころ、金融機関には預金がだぶついてましたんで。で、事業資金の手当ても楽だったようです」

「それで、息子さんは次々に新しい事業を手がけるようになったのか？」

「その通りです。好景気のときにメガバンクや地銀、それからノンバンクから融資を受けて、マンションの販売に力を入れるようになったんでさあ。しかし、デフレ不況になってからは借金の利払いもできなくなっちまって……」

老やくざが溜息をついた。痩せて頬骨の目立つ顔には、深い皺が刻まれている。

「息子さんのいま現在の負債額は？」

「百四十億円ほどあります。買い手のつかない三棟のマンションは競売にかけてるんですが、まだ一棟も売れてない状態でさあ」

「息子さん名義の不動産は当然、金融機関にすべて抵当権を設定されてますよね？」

「ええ。土地や建物の所有権はもちろん、カラオケ店の什器類やタイヤ販売会社の在庫商品まで金融筋に押さえられてる始末です。もう八方塞がりですよ」

「大変だな」

「みっともない話でさあ」

「あなたは息子さんが借金の返済を滞らせてることが、嫁さんの拉致を招いたとお考えのようですね？」

反町は確かめた。

「さすがは桜田門にいた方だ。察しがいいや。あっしは、貸主のどこかが荒っぽい取り立て屋を雇ったんじゃねえかと睨んでるんですよ」

「金融機関のどこかが筋者を使って、焦げついてる不良債権を回収しようとしてるのではないか。そういうことですね？」

「ええ。裏社会と多少でも関わりのある融資先の不良債権は銀行員やノンバンクの社員じゃ、なかなか回収しにくい。といって、巨額の焦げつきを抱えたままじゃ、自分らのとこが危なくなる」

　山名が言った。反町は大きくうなずいた。

　リーマン・ショックで、多くの金融機関が巨額の不良債権を抱えるようになった。後遺症は重い。

　それ以前は、融資審査を甘くし、各行が競って企業や個人に貸し付けた。また、系列のノンバンクは乱脈融資を繰り返した。それこそ無謀とも思える融資を重ねていた。最初から回収の見込みの薄い融資先も少なくなかった。

　その代表格が暴力団の企業舎弟や裏社会と繋がりのある新興企業グループだ。そうした企業は、こぞってマンションやテナントビルを建設した。ゴルフ場やスポーツジムの経営に乗り出した会社も多い。

　だが、景気が冷え込んだとたん、その種の新興企業はたちまち経営難に陥った。さらに地価の下落が追い討ちをかけ、倒産に追い込まれる会社が相次いだ。

その結果、大半の金融機関は途方もない額の不良債権を抱え込むことになった。自業自得だが、銀行やノンバンクの悩みは深刻だ。一説には、不良債権の約八割は企業舎弟など暴力団関係に融資した分だと言われている。

その説に誇張があったとしても、金融機関と暴力団の関係が親密だったことは否めない。

その昔、銀行はビル用地の地上げなどで、暴力団に力を借りた。その見返りとして、暴力団は事業資金の融資を受けることができた。

暴力団の中には、わざわざ金融機関に借り手を紹介してやった組織もある。また、小口の不良債権の回収に介入した組もあるようだ。

銀行側が暴力団関係者の債務を帳消しにしてやって、債務の取り立てを代行させていたケースもある。金融機関は暴力団とは持ちつ持たれつの関係だったこともあって、企業舎弟関係に融資した貸金の回収に積極的になれない。

仮に強く催促しても、開き直られてしまうだろう。それどころか、昔の恩義をちらつかされ、無担保追加融資を迫られるかもしれない。

話がこじれて、企業舎弟が差し向けた殺し屋に射殺された地方銀行の役員が三、四人はいるはずだ。

「まだ確証があるわけじゃないんですが、あっしはメガバンクかノンバンクが関西の極道連中に取り立て(キリトリ)を依頼したと睨んでるんでさあ」

「取り立ての報酬は、回収金の半分というのが相場みたいですね。いわゆる折半(オレ)でしよ？」

「その通りでさあ。額がでかけりゃ、結構な稼ぎ(シノギ)になります」

山名が言った。

「渡世人の世界も大変だろうから、そういうおいしい話は魅力があるんだろうな」

「ええ」

「しかし、裏の世界にも掟(おきて)があるでしょう。組を構えてる方の家族を揺さぶるなんて……」

「なあに、いまは義理や人情の通じる世の中じゃありませんや。筋者(すじもん)も、結局は金ですよ。たいていの奴が得になれば、なんでもやっちまう」

「時代なんですかね」

「ええ、そうなんでしょう。それでも関八州(かんはっしゅう)のやくざ者は、他所(よそ)の縄張り(シマ)で妙な真似(まね)は慎(つつし)むもんです。しかし、関西の極道どもはそのへんのけじめがねえ」

「荒っぽい取り立てをやってる連中がいたとしたら、神戸(こうべ)連合会の関係者でしょうか？」

反町は問いかけた。

「まさか最大組織は、そこまではやらねえでしょう。代紋(だいもん)が泣きます。おそらく大阪(おおさか)か京(きょう)

都（と）あたりの極道が……」

「で、息子さんの奥さんを拉致した奴が何か言ってきたんですか？」

「まだ何も言ってきませんが、嫁の美和（みわ）は取り立て屋（キリトリ）どもに連れ去られたにちがいありやせんよ。あっしには、わかるんでさあ」

「修羅場（しゅらば）を潜（くぐ）ってきた人間の動物的な勘（かん）ってやつですか？」

「まあ、そんなとこかもしれないね。倅の嫁を誘拐した奴らは、きっと孫の安寿（あんじゅ）にも目をつけるにちがいない。だから、あんた、おっと、失礼！　反町さんに孫娘のガードをお願いする気になったんですよ」

「そのお孫さんは、まだ学生なのかな」

「高校一年生でさあ。生意気盛りですが、あっしにはかわいい孫でね。むろん、息子夫婦も安寿を大切にしてます」

「息子さんたちは、近くに住んでるんですか？」

「この家と同じ敷地の別棟で暮らしてます。六年前にあっしの連れ合いが亡（な）くなったんで、倅たちが別棟を建てて引っ越してきてくれたんですよ」

「そうなんですか。左脚が少しご不自由なようですね？」

「三年前に脳血栓（のうけっせん）で倒れたときの後遺症なんです。体の自由が利（き）くなら、あっしが安寿の用心棒を務めてやるんですがね。しかし、こいつが思うように動いてくれなくて」

老やくざは淋しげに言い、細い左脚を撫でさすった。

「あなたのとこの若い人に安寿さんのガードをさせたら、どうなんです？」

「いま組に残ってるのは中高年ばっかりなんですよ。ちょっと走ったら、どいつも息切れしちまう」

「それじゃ、頼りになりませんね」

「その通りでさあ。それ以前に、安寿はやくざ者を嫌ってるんですよ。それで、あなたにお願いする気になったんです」

「そうですか」

「なんとか孫の護衛を引き受けていただきたいな。費用は、どんなにかかってもかまわない。安寿は、あっしの宝なんですよ」

「お引き受けしましょう」

反町は快諾した。強請の材料を摑めそうな気がしたからだ。反町は単なるボディガードではなかった。

その素顔は凄腕の恐喝屋だった。といっても、脅す相手は救いようのない悪党に限られていた。

いまの仕事をしていると、時々、他人の悪事が透けてくる。そんな場合は弱みを押さえ、悪人どもから冷然と金と女を奪う。

VIPたちに幻滅したとき、反町は青臭さと訣別した。

この世に、まともな正義など存在しない。財力や権力を握った者だけが、好き放題なことをしている。腐りきった世を直すことは不可能だろう。

ならば、個人的に尊大な権力者や大悪党を懲らしめてやりたい。そういう男たちを丸裸にして、彼らの愛人も寝盗る。現に反町は悪人たちから巨額を脅し取り、彼らが囲っていた妖艶な美女たちを抱いてきた。

金と女を強奪する快感は深い。当分、下剋上の歓びを味わいたいものだ。

「ありがとうございます。謝礼は一日に就き二十万円だそうですね。桜木先生から、それは聞いていやす」

「そうですか。必要経費は別途計算になります。暴漢や脅迫者の正体を突き止めた場合は、三百万円の成功報酬をいただきます」

「結構でさあ。それで、着手金はどのくらい払えばいいんです？」

「基本報酬の五日分の百万円をいただくことになっています。追加分は後払いで結構です」

「それじゃ、金を……」

白髪の老博徒が懐を探り、銀行の帯封の掛かった札束を掴み出した。反町は着手金を受け取り、その場で領収証を切った。

「で、いつから安寿のガードをしてくださるんです？」

「今夜から護衛に当たります。いま必要な物をバッグに詰めますので、少々お待ちください」

「わかりやした」

「山名さん、ここにはタクシーでいらしたんですか？」

「ええ、そうです」

「それでは、こちらの車でお宅までご一緒しましょう」

「悪いですね。申し訳ない」

　山名が頭を下げた。

　反町はソファから立ち上がり、奥の寝室に向かった。

　着替えの衣服や洗面具などを手早くトラベルバッグに詰め、特殊短杖（たんじょう）を携帯する。縮めると、十数センチになる。それは警察官の特殊警棒にヒントを得て何本か作らせた護身具で、伸縮式だった。素材は、ニッケル・クロムモリブデン鋼である。

　三段式の造りで、ワンタッチで長さ四十八センチまで伸びる。太さは二・五センチだ。六角形で、握りの部分には鉛（なまり）が詰まっていた。

　特殊短杖で暴漢を突き、払い、叩くわけだ。

　反町は場合によっては、高圧電流銃（スタンガン）や狩猟用強力パチンコのスリングショットも使う。

た。

どちらも車のトランクに積んであるが、ふだんは特殊短杖しか持ち歩かない。

反町は上着の内ポケットにスマートフォンが収まっていることを確かめ、居間に戻った。

それから間もなく二人は部屋を出た。

反町はエレベーターで地下二階まで降り、先に老やくざをボルボの助手席に坐らせた。トラベルバッグを車のトランクに投げ込んで、素早く運転席に入る。

十時半を回っていた。

反町はボルボを走らせはじめた。ホテルの地下駐車場を出ると、雨は止(や)んでいた。ホテルの裏手から内堀(うちぼり)通り、日比谷(ひびや)通りを抜け、永代(えいたい)通りを走った。道路は割に空(す)いていた。

依頼人の自宅まで三十分もかからなかった。

敷地は思いのほか広い。二百坪(つぼ)近くあるのではないか。

母屋(おもや)の和風住宅は大きかった。敷地の一隅に、北欧風の洒落(しゃれ)た別棟が建っている。門柱に扉はなかった。

反町は山名に言われるままに、ボルボを母屋の玄関前に停(と)めた。

その直後、両開きの玄関戸が開けられた。

現われたのは五十年配の色の浅黒い男だった。髪は角刈りだ。押し出しがよく、両手の指にカマボコ型の指輪を光らせている。

「あいつは代貸（だいがし）の大竹澄夫（おおたけすみお）です」

山名がそう言い、先に車を降りた。

反町もエンジンを切って、すぐボルボから出た。大竹が会釈（えしゃく）する。反町は軽く頭を下げた。

「大竹、反町さんだ。安寿のガードをしてくださる方だよ」

「組長（オヤジ）さん、さっき若（わか）のとこに妙な電話があったそうです」

「電話の主は美和を連れ去った奴らだな」

「だと思います」

「将宏は、どっちにいる？」

「若は別棟のほうにいらっしゃいます」

「わかった」

山名がうなずいた。大竹が半歩退（さ）がった。

反町は老やくざに案内され、別棟に足を向けた。山名が息子の家の玄関先で大声を張り上げた。

「おーい、将宏！　お客さんだ」

「入ってもらってくれないか」

「その言い種はなんだっ。礼儀知らずも甚だしいぞ。すぐにご挨拶しろ！」

「いま、行くよ」

声とともに、四十絡みの優男が姿を見せた。老博徒の息子だった。無法者だった名残は少しも漂わせていない。

挨拶が済むと、山名と反町は広い居間に通された。

「美和を誘拐した奴から、電話があったって？」

山名が長椅子に腰かけるなり、早口で息子に問いかけた。

「そうなんだ。すべての債務をきれいにするまで美和を預かると言ってきたんだよ」

「男の声だったんだな？」

「ああ、それは間違いない。しかし、口に何か含んでるようで、声は不明瞭だったな。だから、年齢の見当はつかない」

「相手は、それだけしか言わなかったんですか？」

反町は口を挟んだ。

「ええ」

「いったい、どこの誰が美和を……」

山名将宏が頭を掻き毟って、リビングボードに目をやった。

そこには、フォトフレームがあった。三十六、七歳の派手な顔立ちの女と十六、七歳の美少女が一緒に写っているカラー写真が収まっていた。

「奥さんとお嬢さんですか？」

「ええ、美和と安寿でさあ。この四月、娘が聖光女子高校に入学した日に、わたしが記念に撮った写真です」

「そうですか」

「将宏、安寿に挨拶させなさい」

老やくざが息子に言った。

「少し前に風呂に入ったとこなんだ。後で、反町さんに挨拶させるよ」

「そうか」

「親父、おれ、どうしたらいい？　すぐに美和を取り戻したいけど、借金の返済のめどがまったく立たないんだ」

「落ち着け！　四十面下げて、ガキみてえにオタつくんじゃねえ」

「親父、桜木先生の口添えで、どっかから融資してもらえないだろうか。債務をきれいにしないと、美和がどうなるかわからない。おれ、心配で心配で……」

「今度は泣き言か。みっともねえ真似をするな。ひとり息子だからって、おれはおまえを甘やかして育てすぎたんだろう」

「いまごろ、何を言ってるんだっ」

「関東俠雄会を脱けるときだって、おまえはおれに泣きついてきた」

「いまは、そんなことを言ってる場合じゃないだろうが！　桜木先生に、おれが直に相談に行ってもいいか？」

「どこまで甘ったれた野郎だ。そんなことはさせねえ！」

「おれの妻のことが心配じゃないのかよっ。美和をさらった連中が、あいつを殺すってことも考えられるんだぞ」

「それだけ女房が大事なら、警察に泣きつくんだな」

「警察なんかに頭を下げられるかっ」

　将宏が言い返した。

「二人とも冷静になってください。事業資金を借りたメガバンクやノンバンクをリストアップしてもらえませんか。できれば、各社の負債額も教えてほしいな」

　反町は、依頼人の息子に声をかけた。

「親父が言ってるように、貸し手のどこかが関西あたりの極道に取り立てを任せたんでしょうか？」

「その可能性はあると思います。知り合いに私立探偵がいますので、その男にちょっと調べさせてみましょう」

「よろしくお願いします。それじゃ、いまリストを作成してきます」

将宏がそう言って、居間から出ていった。

すると、山名祥太郎がきまり悪げに言った。

「お恥ずかしいところを見せちまって。倅があんまり子供っぽいことを言いやがったんで、つい頭に血が昇っちまいましてね」

「親から見れば、子はいつでも危なっかしく映るんだろうな」

「ええ、特にうちの息子の場合はね」

「山名さん、あなたは関西の極道に関する情報を集めてください」

反町は言って、上着のポケットから煙草とライターを摑み出した。

3

赤信号になった。

反町はブレーキペダルを踏みつけた。

港区の飯倉交差点だった。ボルボの助手席には、山名安寿が坐っている。

灰色の夏用の制服姿だ。髪型はポニーテイルだった。

安寿は両耳にイヤフォンを当て、ポップスを聴いていた。山名邸を出たのは午前七時半だった。

いまは八時十八分だ。東麻布にある聖光女子高校は数百メートル先にある。授業は八時半から始まるらしい。安寿を遅刻させることにはならないだろう。

「昨夜、親父さんと何を言い争ってたんだ？」

反町は話しかけた。

だが、安寿には聞こえなかったようだ。上体でリズムを取りつづけている。

反町はイヤフォンを外した。

人気歌姫のテイラー・スウィフトのヒット曲が洩れてきた。

「何よ、いきなり！」

安寿が頬を膨らませた。顔の造作は整っている。父親似だ。

「きのうの晩、親父さんとリビングで何か口論してたよな？」

「あなたには関係ないでしょ」

「関係ないと言われりゃ、その通りだな。しかし、ちょっと気になったんだ」

反町は言いながら、車を走らせはじめた。

「あなたが隣の部屋にいるのは落ち着かないから、何とかしてって言ったのよ」

「親父さんは、なんて言った？」

「我慢しろって」

「そうか。確かに、知らない人間が家に泊まり込んでたら、うざったいよな」

「そういうの、カッコ悪いよ」

「えっ、なんのことだ？」

「おじさんが若者言葉なんか使うのは、みっともないってこと」

安寿がスマートフォンとワイヤレスイヤフォンを鞄の中にしまい込んだ。

「ご挨拶だな」

「おじさん、明日の朝から家の近くの地下鉄駅まで送るだけにしてくれない？　わたし、小学生じゃないのよ」

「しかし、きみもお母さんと同じように誰かに拉致される恐れがある。だから、お祖父さんは、こっちを雇ったんだ」

「祖父は、わたしがいつまでも子供だと思ってんのよ。通学途中で変な男たちが近づいてきたら、大声を出して逃げるぐらいはできるわ。それから防犯ブザーも持ってるし」

「そのつもりでいても、いざとなったら、体が竦んでしまうものさ。現に大人のお母さんが一昨日、帰宅途中に二人の男に連れ去られてしまったじゃないか」

「母は、すぐに人を信じるほうなの。だから、車に乗った二人組の男が道を訊くのにわざわざ外に出てきたことを怪しまなかったのよ。それで後部座席に押し込まれちゃったんだわ。その話、父から聞かなかった？」

「きのうの晩、聞いたよ。近くに住んでる人間が目撃してたらしいが、二人の男はスポーツキャップを目深（まぶか）に被ってたとかで、はっきり顔はわからなかったみたいだな」

反町はそう言って、ステアリングを切った。ロシア大使館の少し先の四つ角を左折する。

「ええ、そう。車のナンバープレートは、黒いビニールテープで隠されてたそうよ」

「そういう話だったな。車は黒のレクサスだったらしい」

「父も祖父も薄情ね。母の捜索願を警察に出さずに、あなたを雇ったりしたんだから」

「それは違うな。二人は美和さんの身の安全を第一に考えたんだと思うよ。それに、犯人どもを下手に刺激したら、きみにも危害を加えられるかもしれないと判断したんで、捜索願を出さなかったんだろう。家出なんかと事情が違うからな」

「車を停めて！　ここで降りるわ」

急に安寿が大声をあげ、シートベルトを外した。通学路には女子高校生があふれていたが、聖光女子高校の正門は六、七十メートル先だった。

「門の前で降ろすよ。それで、おれはきみが校舎に入るのを見届ける」

「車での送り迎えは校則で禁じられてるのよ。生活指導の先生に見つかったら、停学処分にされちゃうわ」

「ミッションスクールは校則が厳（きび）しいんだな」

反町は、車を蔦（つた）の絡（から）まるフェンスに寄せた。

安寿が慌ただしく車を降りた。

「きょうの下校時刻は三時十五分だったな」

反町は、今朝早く安寿の時間割を手帳に書き留めてあった。

安寿は返事をしなかった。鞄を胸に抱えて、小走りに校門に向かった。

反町はマールボロをくわえた。

登校を急ぐ少女たちが、申し合わせたようにボルボXC60の車内を覗き込んでいく。安寿が校門を潜り、始業五分前の予鈴が響いてきた。

反町は紫煙をくゆらせながら、さりげなく周囲を見回した。

怪しい人影は見当たらない。気になる車も視界に入らなかった。

まさか授業中の校舎に債権者たちが押し入り、安寿を力ずくで教室から連れ去ることはないだろう。しかし、警戒を緩めるわけにはいかない。

反町は短くなった煙草の火を灰皿の中で揉み消すと、ダークグレイのジャケットの内ポケットから四つ折りにした白い事務用箋を取り出した。

それは、山名将宏の債務先のリストだった。安寿の父が自ら記したものだ。反町は債務総額約百四十億円の内訳をチェックしはじめた。

メガバンクの債務額は友和銀行四十二億円、東陽銀行二十六億円、もみじ銀行九億円の計七十七億円だった。

残りの六十三億円は、ノンバンクの『ホープファイナンス』の分だった。同社は友和銀行の系列だ。

老博徒の息子の話によると、百万円以下の端数は切り捨てたらしい。つまり、実際の債務額はもっと多いわけだ。

仮に競売中のマンションなどの不動産がすべて売却できたとしても、せいぜい負担は三割前後しか軽減されないだろう。返済を滞らせていれば、金利は嵩む一方だ。

山名美和を拉致した犯人グループは、まだ夫に返済能力があると踏んだのか。そうなら、老やくざのひとり息子は資産隠しをしている疑いがありそうだ。

企業舎弟などの中には、メガバンクやノンバンクから融資を受けた事業資金を株の仕手戦などに回し、巨利を得た会社もある。それらの裏金は巧妙に隠されているようだ。

また、不動産の転売買を繰り返して架空の損失を生み出し、法人税の大口脱税をしているケースも少なくない。

そうして捻り出された裏金は、たいてい会社経営者が密かにどこかに隠している。現金のままの場合もあるが、貴金属や美術品などに姿を変えていることが多い。隠し金をオーストリアやスイスの銀行などの秘密口座にこっそり預金している者もいるようだ。

反町は午前九時半になると、スマートフォンを上着の内ポケットから取り出した。

すぐに飲み友達の藤巻隆之の自宅兼事務所に電話をかけた。先方の受話器は、なかなか外れない。

藤巻は元保険調査員の私立探偵だ。

二十九歳で、独身である。藤巻はアメリカのハードボイルド小説にかぶれ、わざわざ転身した変わり者だ。

自宅を兼ねたオフィスは、芝大門にある。老朽化した賃貸マンションの一室だ。

固定客に恵まれていない私立探偵は、調査依頼が少ない。

藤巻も例外ではなかった。数カ月に一件程度、ありふれた浮気調査の依頼があるきりだ。

当然、本業だけでは生計が立たない。藤巻は便利屋めいた仕事を請け負ったり、特技のパチンコで飢えを凌いでいる。

反町は、どこか青臭い藤巻を弟のようにかわいがっていた。藤巻のほうも反町を頼りにしているようだ。そんなことで、恐喝で得た金でランドクルーザーを藤巻に買い与えていた。それだけではなかった。

反町は藤巻に、たびたび調査の仕事を回している。そういう意味では、助手のような存在だった。

ようやく電話が繋がった。

「お待たせしました。国際探偵社です」

「そのいんちき臭い社名、まだ使ってるのか」

「なあんだ、反町さんか」

「そうがっかりするなよ。電話に出るの、ちょっと遅かったな。トイレに入ってたのか？」

「きょうは生ごみの収集日なんすよ。で、ごみを捨てに行ってたんす」

「和製フィリップ・マーロウのオフィスには、依頼人がわんさか押しかけてるんだろうな」

「厭味（いやみ）っすね。おれが貧乏してること、よく知ってるくせに」

「何も突っかかるような言い方しなくてもいいじゃないか。藤巻ちゃんは精神が堕落（だらく）することを嫌って、敢（あ）えて禁欲的（ストイック）な暮らしをしてるわけだから」

反町はからかった。

「確かに余計な金なんか持ったら、人間は必ず精神的に貧しくなるでしょうね。けど、霞（かすみ）を喰（く）って生きてはいけません」

「また、家賃を溜めてるようだな」

「一応、今月分の家賃は払いましたよ。おかげで一日三食は摂（と）れなくなっちゃって」

「それじゃ、金が欲しいよな」

「反町さんは、どうして素直な言い方できないんすか。正直に、おれの手を借りたいって言えばいいのに」

「和製マーロウにチンケな仕事は頼みづらいんだよ。やっぱり、ほかの探偵に下請け仕事を回すことにするかな」

「待ってくださいよ、反町さん！　おれ、きのうの昼にハンバーガーを一個喰っただけなんす。腹が減って、目が回るんすよ」

「この際、以前おれがプレゼントしたランドクルーザー、売ったほうがいいんじゃないのか？」

「いじめないでくださいよ。あの車だけが唯一の財産なんすから。おれ、どんな半端仕事でもやるっすよ。ぜひ、やらせてください！」

藤巻が恥も外聞もなく叫んだ。

「それじゃ、藤巻ちゃんに頼むか」

「何をやればいいんす？」

「メガバンクやノンバンクに暴力団関係者が密かに出入りしてないか探ってもらいたいんだ」

反町はそう前置きして、経緯をつぶさに話した。

「それじゃ、いま、反町さんは聖光女子高校の前にいるんすね？」

「そうなんだ。生徒たちがグラウンドで準備体操中なんだよ。目の保養になるな」

「おれ、すぐそっちに調査資料を貰いに行きます」

藤巻が一方的に電話を切った。

数秒後、スマートフォンが鳴った。発信者は滝信行だった。五十歳の精神科医だ。

かつての飲み友達だが、もう酒は飲んでいない。滝は仕事の重圧から酒に溺れ、アルコール依存症に陥ってしまったのだ。断酒をするため、勤めていた公立病院を休職していた。

「ドクター、お元気ですか？」

「なんとか生きてるよ。双葉も相変わらずだ」

双葉は滝の娘である。二十一歳の彼女は名門女子大を一年で中退し、画材店でアルバイトをしながら、童話や児童小説を書いている。

すでに童話集が児童書専門の出版社から刊行されている。児童雑誌にも時々、短編作品を発表していた。言ってみれば、セミプロの童話作家だ。滝父娘は世田谷区松原で、二人暮らしをしている。双葉の母親は四年半ほど前に病死し、すでにこの世にいない。

「ドクター、また食事のお誘いですか？」

反町は先回りして、そう訊いた。

滝は休職中にすっかり料理に凝ってしまい、めきめきと腕を上げた。いまではプロのコック並だ。

「きょうは、そうじゃないんだ。実は数日前に、双葉が藤巻君から分厚いラブレターを貰ったらしいんだよ」

「えっ、ほんとですか⁉　あいつが双葉ちゃんに気があることはわかってましたが……」

「双葉には、どうも好きな男がいるようなんだよ。同じ画材店でバイトをしてる画家志望の青年らしいんだがね」

「それは、お似合いじゃないですか。貧乏探偵よりも、そっちのほうが夢がありますよ」

「わたしは藤巻君も悪くないと思うんだが、娘は洋画家の卵にぞっこんのようなんだ。双葉はそのことを正直に告げるべきかどうかで、思い悩んでるみたいなんだよ。事実を打ち明けたら、藤巻君がこれまで通りに気軽にわたしんとこに遊びに来れないんじゃないかってね」

「そうなりそうですね」

「どうしたもんだろうか。知恵を貸してほしいな」

「藤巻ちゃんを傷つけないよう、それとなく因果を含めておきましょう」

「狡いようだが、そうしてもらえるかい。双葉やわたしが直に言うよりは、角が立たないと思うんだよ。藤巻君には、これまで通りに家に遊びに来てもらいたいしね」

「任せてください」

「すまないが、よろしく頼むよ。それはそうと、きみの仕事はどうなんだい？」

「おかげさまで順調です。いま、ちょうど仕事中なんですよ。といっても、別にどうってことはないんですがね」

「いや、迷惑だろう。暇になったら、いつでも遊びに来てくれよ」

滝がそう言い、電話を切った。

反町はスマートフォンを助手席の上に置き、シートに深く凭(もた)れかかった。

前方から四輪駆動車が近づいてきたのは、およそ三十分後だった。藤巻のランドクルーザーだ。

反町は車を降りた。ランドクルーザーが、ちょうどボルボと対角になる位置に停まった。

藤巻がすぐに路上に降りた。

キャメルカラーのジャケットを着ている。黒の長袖ウールシャツは、イタリアのブランド物だった。スラックスは、くすんだ白だ。

コントラストは悪くない。大田(おおた)区大森(おおもり)の洋品店に生まれた反町は、割に配色に気を遣うタイプだった。子供のころから、色の組み合わせを父にうるさく言われつづけたせいだろう。

その父は六年半ほど前に他界した。大森の店は、六十五歳の母と弟夫婦が切り盛りしている。

「そのジャケットもイタリア製か？」

「ええ、モンテゼモロです」

藤巻がいくらか得意げに言い、ハードムースで固めた前髪を撫でつけた。何か自慢をしたり、気取ったりするときの癖だった。

貧乏探偵は、なぜだかイタリアン・ファッションに凝っていた。ビブロスやセルッティのスーツやフェレのネクタイを買うときは、少しも金を惜しまない。

その分、食生活は切り詰めている。牛丼や立ち喰い蕎麦で済ませることが多いようだ。

藤巻の部屋にはフライパン一つない。冷蔵庫もなかった。

「少し痩せたな。イタリアのファッションもいいが、まともな食事をしないと、栄養失調になるぞ」

「おれも、そう思うっすよ。ということで、調査の謝礼は前払いで頼みます」

「男の人生は銭じゃなく、プライドと心意気だって気取ってたのはどこの誰だったかな。え？」

「基本的には、常にそういうスタンスっすよ。ただ、こうも腹が減っちゃうとね」

「ステーキでも喰って、力をつけろよ」

反町は札入れを取り出し、一万円札を十枚抜き取った。

藤巻が札束を押しいただき、おどけた口調で言った。

「ありがたや、ありがたや。反町さんの頭んとこに後光が射してるな。これで、餓死せずに済みそうっす」

「今度の調査は少しきついぞ。かつて強引な債権回収で金融機関は、どこもマスコミや国民から非難されたからな。あっさり暴力団との繋がりを喋る奴はいないだろう」

「いざとなったら、誰か幹部行員のスキャンダルを握って重い口を開かせるっすよ」

「藤巻ちゃんも、だんだん悪くなってきたじゃないか」

「反町さんとつき合うようになってから、おれ、正統派ハードボイルドから通俗ハードボイルドに流されてるみたいっす。少し反省しないとね。卑しき街を歩いてても、高潔でありつづける私立探偵がおれの憧れのヒーローですんで」

「そんなことより、早く調査に取りかかってくれ」

反町は苦笑し、山名将宏の債務先のリストを手渡した。すると、藤巻が目を丸くした。

「これだけの負債を抱えてたら、ふつうの人間なら自殺ものだな。妻を人質に取られたからって、返すに返せないでしょう？」

「犯人グループだって、全額回収できるなんて思っちゃいないさ」

「そうだろうな。それにしても、どの金融機関が荒っぽい取り立て屋を雇ったんすか？」

「それを突き止めるのが、そっちの仕事だろうが。早く調査を開始してくれ」

反町は急かした。

藤巻が頭を掻いて、あたふたとランドクルーザーに乗り込んだ。反町も自分の車に戻った。

下校時刻まで何かが起こるとは思えなかった。だからといって、学校から離れるわけにはいかない。反町はラスクや干し肉を齧りながら、辛抱強く待つつもりだ。

藤巻の車が低速で横を走り抜けていった。

双葉のことを諦めるよう言うつもりだったが、藤巻の顔を見たら、因果を含められなくなってしまった。もう少し甘い夢を見させてやろう。

反町はマールボロをくわえた。

4

背中に他人の視線を感じた。

反町は振り返った。だが、不審者は目に留まらなかった。

反町は外苑東通りに面したアイスクリームパーラーの店先に立っていた。六本木の外れだ。

ガラス張りの店の前のスペースには、カフェテラス風に純白のテーブルセットが八卓ほど置かれている。メルヘンチックだ。十代後半の少女たちが各種のアイスクリームを舐めていた。

反町はテーブルセットの横にたたずみ、安寿が店の中から出てくるのを待っていた。

午後三時半を回ったばかりだ。安寿は下校時刻から数分遅れて、正門から現われた。なぜだか、すぐには反町の車に乗ろうとしなかった。

同じ学校の生徒たちが近くに大勢いたからだろうか。反町は徐行運転で安寿を追った。安寿が素早くボルボの助手席に乗り込んだのは、通学路の外れだった。その動作は速かった。

安寿は、少し回り道をしてほしいと言った。何か買いたい物があるという。

まだ表は明るい。少々の道草は別に問題ないだろう。反町はそう判断し、ボルボを六本木交差点に向けた。いくらも走らないうちに、安寿が急にアイスクリームが食べたいと言い出した。こうして、この店に立ち寄ることになったのだ。

反町は、ひどく落ち着かなかった。

自分が場違いな場所に立っているからだ。女子高校生たちの好奇に満ちた視線がうっとうしかった。

少し待つと、安寿が店の中から出てきた。

反町は、ほっとした。早く車に戻りたかった。安寿が歩み寄ってきて、片方のアイスクリームを差し出した。

「あなたのはバニラにしたわ」

「甘いものは苦手なんだ。きみが二つ……」

「二個も食べたら、太っちゃうわ。はい、どうぞ！」

「まいったな」

反町は包装されたアイスクリームを受け取った。

安寿が空(あ)いているテーブルに着いた。反町は彼女の横の椅子に腰かけようとした。と、安寿が少し厭(いや)な顔をした。

「わたしと同じテーブルに坐らないで」

「なぜ、駄目なんだ？」

「わたしが〝パパ活〟してると思われるじゃないの」

「こっちは、まだ四十歳前だぞ？」

反町は言った。

「三十代のスポンサーもいるのよ。高校生の女の子の中には、おじさんぐらいの年齢の〝パパ〟と月に三、四回セックスして、月に二十万とか三十万とか貰ってるのがいるわ」

「十六や十七の小娘を相手にするなんて、おかしな野郎がいるもんだ」

「おじさんももっと年齢(とし)喰ったら、青い果実のよさがわかるんじゃない？　女子高生の使用済みのショーツが五、六千円で売れるんだから」

「売ったことあるのか?」

「わたしはないわよ、一度も。でも、クラスには売ってる子が何人かいるわ」

「世も末だな」

「早く別のテーブルに移って」

安寿が声を潜めて言った。

反町は少しむっとしたが、一つ離れたテーブルに着いた。

安寿が満足そうにうなずき、チョコレートをまぶしたアーモンド入りのアイスクリームを舌の先で舐めはじめた。舌は、きれいなピンクだった。

反町は包装紙を剝がし、バニラのアイスクリームを齧った。思っていたよりも、甘みは強くなかった。半分残すつもりだったが、そっくり平らげてしまった。ハンカチで口許を拭ったとき、反町はまた誰かに見られているような気がした。

さりげなく首を巡らせる。

斜め前の舗道に、濃紺の野球帽を被った色の浅黒い男が立っていた。顔立ちは日本人っぽいが、肌の黒さが明らかに異なる。東南アジア系のようだが、タイ人やインドネシア人とも面立ちが違う。カンボジア人やマレー人でもなさそうだ。五十代の後半だろうか。眼光が鋭かった。白っぽいTシャツの上に、茶系の格子柄のフラノジャケットを羽織っている。

男は人待ち顔を装(よそお)いながら、時折、安寿に鋭い視線を走らせた。

山名美和を拉致した二人組の片割れかもしれない。反町は、野球帽を被った男を睨みつけた。

目が合うと、男は急に顔を背(そむ)けた。反町は椅子から立ち上がった。と、男が歩きだした。大股だった。

「そこを動くなよ」

反町は安寿に言って、大股で舗道まで歩いた。

怪しい男は雑踏(ざっとう)を巧(たく)みに縫(ぬ)いながら、ぐんぐん遠ざかっていく。反町は深追いしなかった。追っている間に、男の仲間に安寿を連れ去られては元も子もない。

反町は安寿のテーブルに引き返した。安寿は、まだチョコレートのアイスクリームを舐めていた。

「そいつを早く片づけてくれ」

「どうしたの？」

「いい大人がアイスクリーム屋の前にいつまでもいるのは、どうもな」

「怪しい人を見かけたんじゃない？」

安寿が幾分、不安顔になった。

「そうじゃないよ。おれは煙草を買いに行く気になったんだ。しかし、途中で気が変わったんだよ」

「ほんとに？」

「ああ」

反町は顎を引いた。事実を話して、安寿を怯えさせるわけにはいかない。

「ねえ、おじさん……」

「おれは、まだ三十九だぜ。おじさんはないだろうが」

「三十九歳なら、完璧におじさんよ」

「言いたいこと言うね。それはそうと、何を言いかけたんだ？」

「朝の続きよ。母が誰かに連れ去られたから、祖父はわたしのことがとっても心配なんだろうけど、ボディガードなんて必要ないわ。正直言って、ありがた迷惑よ。うっとうしいもの」

「だろうな」

「他人事みたいに言わないで。あなたのことなのよ」

「こっちが目障りなのはよくわかる。しかし、他人をガードするのがおれの仕事なんだ」

「祖父には内緒で、わたしを送り迎えする振りだけしてもらえない？」

安寿が言った。

「朝、家を出るときはおれの車に乗って、その後、きみは電車で通学したいってことか？」

「そう。それで帰りは、時間を決めて家の近くの地下鉄駅のとこで落ち合うの。そして、わたしはおじさんのボルボで一緒に家に帰る。そうすれば、あなたもサボれるんだから、悪くない提案なんじゃない？」

「お祖父さんは、きみのために一日二十万円の報酬を払ってくれてるんだぞ。罰当たりな孫娘だな」

「やっぱり、駄目？」

「ああ。早くアイスクリームを平らげてくれ」

反町は急かした。安寿が仏頂面で、残りのアイスクリームを口の中に入れる。

ボルボは店のそばに駐めてあった。

ほどなく二人は車に乗り込んだ。反町は車を発進させ、注意深くドアミラーとルームミラーに目をやった。追尾してくる不審な車は見当たらなかった。

ひとまず安堵し、ボルボを六本木交差点方向に走らせつづける。安寿は不機嫌そうに黙り込んでいた。

「何を買うつもりなんだ？」

「ちょっとね」

「なるべく買物は短く済ませてくれな」

「いちいち指図しないでっ」

「何を怒ってるんだ？」

「少し黙っててよ」

「わかった」

反町は口を噤み、運転に専念した。思春期の娘は扱いにくい。大人の護衛よりも、苦労が多かった。

　六本木交差点の百メートルほど手前で、急に安寿が車を停めてほしいと早口で言った。反町は言われるままに、ボルボを路肩に寄せた。

「あなたは、ここで待ってて」

「何を買うんだ？」

「下着よ」

安寿が硬い声で言い、横にあるランジェリーショップを指さした。

「あの店か。おれが一緒に入るわけにはいかないな」

「だから、ここで待っててほしいの」

「わかったよ」

反町は微苦笑した。安寿が通学鞄を胸に抱え、そそくさとドアを開けた。

「何も鞄を持っていくことはないだろう」

「うるさいなあ、もう！　わたしの好きにさせてよ」

安寿が車を降り、ガードレールを跨いだ。スカートの裾が少し捲れ、白い内腿がちらついた。

体の線はまだ成熟しきっていないが、腿は妙になまめかしかった。もう五、六年したら、安寿は男たちを振り返らせる美女になるだろう。

反町は安寿がランジェリーショップに入ったのを見届けてから、スマートフォンを上着の内ポケットから摑み出した。

電話をかけた先は赤坂署だった。電話を捜査本部にいる力石に回してもらう。

ややあって、力石の声が流れてきた。

「やあ、どうも！」

「ちょっと訊きたいことがあるんだ。そこの電話じゃ、喋りにくいだろう。いったん電話を切るから、おれのスマホを鳴らしてくれないか」

「わかりました。すぐコールバックします」

「よろしく！」

反町はスマートフォンの通話終了アイコンをタップした。

二分ほど待つと、力石から電話がかかってきた。

「悪いな。捜査本部事件の捜査は順調に進んでるのか？」

反町は訊いた。

「いや、それが難航してるんですよ」

「下着姿でホテルのプールに浮かんでた女の名前は、飯島早苗だったかな？」

「そうです」

「司法解剖の結果は？」

「やっぱり、絞殺でした。五寸釘を打たれて気を失ってるときに被害者（マルガイ）は絞（し）め殺されたようです」

「早苗の手の爪（つめ）の間に被疑者（マルヒ）のものと思われる表皮や血液は？」

「付着していませんでした。先輩、何なんです？」

力石が訝（いぶか）しげに言った。

反町は老やくざに孫娘のガードを頼まれた経緯（いきさつ）を手短に話した。口を結ぶと、力石が声を発した。

「その山名美和の拉致とうちの事件（ヤマ）に、何か関連があるんじゃないかと睨んだんですね？」

「ああ、なんとなくな。確か飯島早苗を拉致した二人組もスポーツキャップを被ってたって話だったろう？」

「ええ、そうですね。しかし、目撃者証言で得られたのはそこまでで、詳しい人相着衣（ニンチャク）なんかはわからないんですよ。地取り捜査を丹念にやったんですがね」

「そう。念のために言っとくが、山名美和の拉致はオフレコにしといてくれないか。美和の命がかかってるから、家族は警察の協力を仰ぐ気はないようなんだ」

「口外はしませんが、大丈夫なんですかね。なんだったら、おれだけが極秘に動いてもかまいませんよ」

「おまえの協力が必要になったら、改めて声をかけるよ」

反町は言って、車のパワーウインドーのシールド越しにランジェリーショップに目をやった。

安寿は陳列台を覗き込んでいる。どれを選ぶか迷っている様子だ。そうではなく、予算よりも高い商品ばかりで思案に暮れているのか。

小粋なランジェリーショップの周辺に、さきほどの野球帽の男はいなかった。別の怪しい人影も目に留まらない。

「そうそう、早苗の夫の飯島晴通は一カ月ほど前からノンバンクの『総合ハウジングローン』の代理人に債務の返済を強く迫られてたようです」

「代理人？」

「取り立て屋ですよ。飯島は『総合ハウジングローン』から二十五億円借りて、五年ほど前にワンルームマンションと大規模なゲームセンターをぶっ建てたんです。しかし、借金の返済は三年前からストップしてます。それで、貸し手の『総合ハウジングローン』は強硬手段を取ったんでしょう」

「その取り立て屋は何者なんだ？」

「東京経済研究所と名乗ってるようですが、正体不明なんですよ。飯島のオフィスに送りつけられた内容証明には、本庁の所番地が記されてたそうです」

「ただの厭がらせなんじゃないのかな」

「そうではないと思います」

　力石が言葉を切って、すぐに言い継いだ。

「『総合ハウジングローン』の代表取締役が署名捺印した〝債務回収委託書〟のコピーが、ちゃんと飯島の許に届いたというんです。その委託書には、きちんと東京経済研究所の名が入ってたらしいんですよ」

「で、飯島はどうしたんだ？」

「返したくても金がないんで、放っといたそうです。そうしたら、オフィスに脅迫電話やメールが寄せられたというんです。それでも無視しつづけてたら、なんの前ぶれもなく妻の早苗が何者かに拉致されて、きのうの朝、プールに死体が……」

「早苗はレイプされてたのか？」

「ええ。体内から、複数人の精液が検出されました」

「その後、正体不明の取り立て屋から飯島に連絡は？」

反町は畳みかけた。

「何もないそうです」

「そうか」

「先輩、ちょっと気になる情報があるんですよ。米山会系の二次団体の組長がほかにも三人、ノンバンクからの借金の返済を東京経済研究所に強く催促されてるんです」

「ということは、謎の取り立て屋は米山会に何か恨（うら）みがある人間だな」

「おれもそう思ったんですが、調べてみたら、関東俠雄会や東門（とうもん）会の企業舎弟（フロント）の経営者のとこにも、東京経済研究所から貸し手のノンバンクの債権回収委託書のコピーが送られてきたらしいんですよ。やっぱり、差出人の住所は本庁の所在地になっていました」

「消印は？」

「どれも東京中央郵便局でした。関西か別の地方の暴力団が金融筋に取り入って、関東やくざが絡んでる焦げつきを荒っぽい手口で取り立てる気になったんでしょうか？」

力石が言った。

「その線は考えられそうだな。しかし、どうも腑（ふ）に落ちないんだ」

「どの点がです？」

「水面下ではともかく、少なくとも表立った東西の対立はない時代に、わざわざ関東の組織を挑発するような真似をする組があるだろうか？」

「暴対法でとことん締め上げられたんで、暴力団もそれだけ遣り繰り(シノギ)が厳しくなったんじゃないですか？」

「そうなのかな。今晩、飯島早苗の本通夜なんだろう？」

「ええ、そうです。本通夜と告別式に顔を出して、少し情報を集めるつもりです」

「新情報を摑んだら、こっそり流してくれないか。酒を浴びるほど飲ませてやるよ」

「現職刑事を買収する気ですか⁉」

「協力する気がないなら、それでもいいんだぞ」

「反町さんは命の恩人だから、できる限りのことはしますよ」

「その話は、もう言うなって。元総理大臣よりも、たまたまおまえのほうが近くにいただけなんだ。二人の立ってる位置が逆だったら、当然、元総理大臣を庇ってたさ」

「照れる先輩がいいんだよな。おれ、ほんとに反町さんに惚(ほ)れてるんです。男が男に惚れるって、いいもんですよね」

「昭和時代のやくざ映画の世界だな。おれは迷惑だ。女だけに惚れてもらいたいね。それじゃ、またな！」

反町は電話を切って、ランジェリーショップに目を向けた。

目の届く場所に安寿の姿はなかった。反町は大急ぎで車を降り、ランジェリーショップに走った。

店内を覗くと、三十二、三歳の厚化粧の女しかいなかった。店主だろう。

反町は店内に入り、その女に話しかけた。

「少し前に高校生の女の子が、ここに入ったはずなんだが……」

「いい大人が、いい加減にしなさいっ。あんな子供をホテルに誘うなんて、とんでもない話だわ。かわいそうだから、あの子を裏口から逃がしてやったのよ」

「店の奥にいるようだな？」

「店には、もういないわ」

「本当のことを言ってほしいな。こっちは、女の子をガードしてたんだよ。セキュリティ・サービスマンなんだ」

「あら、どうしましょう⁉」

「どっちに行った？」

「わからないわ。でも、地下鉄の六本木駅に出られる裏道に逃がしてあげたから、多分、駅に行ったんでしょう。ごめんなさい。わたし、少しそそっかしいとこがあるんで」

女が、ばつ悪げに目を伏せた。

反町は店を飛び出し、六本木交差点まで突っ走った。交差点の近くに、日比谷線の地下鉄駅がある。

反町は北千住方面のホームに駆け降りた。カードで改札を抜ける。ホームの端の方に安寿がいた。ちょうど電車に乗り込みかけていた。

「おーい、乗るんじゃない」

反町は安寿に大声で言って、ホームを勢いよく走りだした。

安寿が短く迷ってから、あたふたと電車に乗り込んだ。やむなく反町も、中ほどの車輌に飛び込んだ。そのまま、急ぎ足で前の車輌に移る。

扉が閉まり、電車が動きはじめた。

反町は何気なくホームを見た。なんと安寿がホームにいた。小走りに階段に向かっている。扉の閉まる直前に、ホームに降りたのだろう。

なんてことだ。

反町は非常通報ボタンを押した。運転士室と車掌室に通じたはずだ。

電車が急ブレーキをかけた。それでも惰性で、だいぶ先まで滑っていく。最後尾の車輌も、ホームから離れてしまった。

反町はホームと反対側の非常用ドアコックを引き、扉を手で開けた。

楽に開けることができた。線路に飛び降り、ホームに向かう。車掌室の窓が開き、若い車掌が緊張した顔で問いかけてきた。

「何があったんです？」

「車内で異臭がしたんだよ。毒ガスの類だったら、大変なことになるだろう。ちょっと調べてみてくれないか」

反町は線路を走り、ホームによじ登った。駅員たちが血相を変えて、電車に走り寄っていく。

階段に達したとき、頭上から安寿の悲鳴が降ってきた。改札の手前のあたりだ。

反町は顔を上げた。

安寿は、野球帽を被った浅黒い五十年配の男に片腕を摑まれていた。さきほどアイスクリームパーラーの前にいた外国人と思われる男だ。おそらく仲間が、エンジンをかけた車で待っているのだろう。

「おい、手を放せ！」

反町は腰の後ろから特殊短杖を引き抜き、階段を駆け上がりはじめた。男が安寿の首に左腕を回し、カーゴパンツのポケットを探った。

刃物を出す気なのか。

反町は一気にステップを昇り、特殊短杖のワンタッチボタンを押した。長く伸びた金属短杖の先端が、男の眉間を直撃する。

男は大きくのけ反った。ステップに片手をついたが、倒れなかった。反町は安寿を横にのけ、特殊短杖を水平に振った。

空気が揺れた。男は上体を反らせて躱し、太い握りの部分から直角に箸のような細い刃物を押し出した。かつて英米の女性情報員たちが使用していた短刀〝ダドリーの駒鳥〟にそっくりだ。

反町は特殊短杖を中段から振り下ろした。

男が横に跳び、細長い刃物を突き出す。反町は特殊短杖を薙ぐように閃かせた。男が口の中で短く呻いた。特殊な刃物がステップに落ちて、数段下まで跳ねていった。

反町は特殊短杖で男を突こうとした。

だが、男はすでに身を翻していた。いつの間にか、階段の上には六、七人の男女が固まっていた。野球帽の男は野次馬を次々に突き飛ばして、逃げ去った。人々の視線が注がれた。

反町は安寿の手首を取った。

男が落とした刃物を取りに行こうとしたが、先にホームにいた駅員に拾われてしまった。

「面倒なことになるから、ひとまず地上に出よう」

「うん、わかった」

二人は階段を駆け上がり、表に出た。

逃げた男の姿は掻き消えていた。

「怖かったわ」

「こういうことがあるから、勝手な行動はさせられないんだ。さっきの男は何も言わずに、きみの腕を摑んだのか？」

「ええ、そう。びっくりして、わたし、悲鳴しかあげられなかったわ。まだ体が震えてる」

「少しは薬になったろう？」

「うん」

安寿は素直にうなずいた。

「おれがきみをホテルに連れ込もうとしたって？」

「ランジェリーショップの女の人、そこまで喋っちゃったの⁉」

「あまり大人を甘く見ると、本当にホテルに連れ込むぞ」

「マジ？」

「冗談だよ。さ、家に帰ろう」

反町は安寿の肩を軽く押した。

第二章　消された取り立て屋（キリトリ）

1

母屋（おもや）から怒声（どせい）が響いてきた。

反町は依頼人の息子と顔を見合わせた。

別棟の居間（いま）だ。夜の九時過ぎだった。安寿は自分の部屋に引き籠（こも）っていた。

「取り立て屋が来たんでしょう。追っ払ってやる」

山名将宏がいきり立って、ソファから立ち上がった。

「あなたが顔を出したら、騒ぎが大きくなるな。こちらが様子を見てきましょう」

「しかし、それじゃ……」

「娘さんのそばにいてやってください。こっちが表に出たら、玄関ドアの内錠も掛けといたほうがいいですね」

反町はリビングソファから腰を浮かせ、玄関に足を向けた。

外に出ると、母屋から男の罵声が聞こえた。反町は庭を横切って、母屋に近づいた。玄関の脇の暗がりに、ワインレッドのスーツを着た若い男が立っている。後ろ向きだった。堅気には見えない。

反町は、男に忍び寄った。

背後から組みつき、男の右腕を捩上げる。男が痛みを訴えた。

「ここで何してた？」

反町は訊いた。

「痛いやないけ。早う放せや」

「何者だっ」

「自分こそ誰や？」

「取り立て屋のようだな。家の中に押し入った仲間は何人いる？」

「こら、放さんかい！」

「世話を焼かせやがる」

反町は左腕で男の喉を圧迫し、さらに相手の右腕を捻った。男は喉の奥で唸ったが、答えようとしない。

「まあ、いいさ。おい、歩け！」

反町は、男の尾骶骨（びていこつ）を膝頭（ひざがしら）で思うさま蹴り上げた。

一度ではない。たてつづけに三度だった。男の腰がくだけ、膝から崩れそうになった。

反町は男の体を支え、玄関まで歩かせた。

玄関戸を開けると、奥から剃髪頭（スキンヘッド）のがっしりとした体軀（たいく）の男が走ってきた。
三十二、三歳だろうか。男は短刀を握っている。刃渡りは二十五センチ前後だ。
「騒ぎたてたら、この男の喉を潰（つぶ）しちまうぞ」

反町は、頭をくりくりに剃（そ）り上げた男に言った。

男が忌々（いまいま）しげに舌打ちした。反町は、楯（たて）にした若い男の靴を脱がせた。自分も踵（かかと）を擦（こす）り合わせて、ローファーを脱ぐ。

反町は若い男を楯にして、廊下を進んだ。刃物を持った男は、後ろ向きで一歩一歩退（さ）がった。

廊下の左手に広い応接間があった。

髪をオールバックにした四十年配の男が、山名組長と代貸の大竹澄夫に中国製トカレフのノーリンコ54の銃口を向けていた。消音器は装着されていない。

山名と大竹は、総革（かわ）張りの赤茶の長椅子（いす）に並んで腰かけさせられていた。

拳銃を持った男は、老博徒と向かい合う位置に坐っていた。黒っぽい背広を身に着けている。

「なんや、われ！」

リーダー格らしき四十絡みの男が、弾かれたように立ち上がった。

「撃いたら、この若造に弾が当たるぞ。それに、ぶっ放したら、五、六分でパトカーがくるだろうよ」

「くそがきが！」

「ハンドガンをコーヒーテーブルの上に置けっ」

反町は命じた。

そのとき、拳銃を握った男が剃髪頭の男に目配せした。次の瞬間、匕首を構えた男が体ごとぶつかってきた。反町は人質に取った若い男に組みついたまま、体を反転させた。人質と剃髪頭の男が向き合う恰好になった。

若い男が呻いた。匕首の刃は、楯にした男の脇腹に埋まっていた。

剃髪頭は一瞬、何が起こったのかわからないようだ。動きは完全に止まっていた。

腹を刺された男が声をあげながら、ゆっくりと頽れる。

反町は素早く特殊短杖を腰から引き抜き、ワンタッチボタンを押した。

六角形の銀色の金属が一気に伸びる。先端の部分は特殊鋼の無垢だった。バランスを取るため、握りの芯には鉛の塊が入っている。

剃髪頭の男が、仲間の腹から短刀を抜く素振りを見せた。反町は特殊短杖を上段から振り下ろした。面打ちは極まった。相手が額を押さえて、尻餅をつく。

すかさず反町は男の喉笛を突いた。頭髪を剃り上げた男は、達磨のように引っくり返った。

「なにさらすんじゃ！」

リーダー格の男が喚いた。

反町は体の向きを変えた。黒っぽい背広を着た男がノーリンコ54の引き金を絞りかけている。反町は特殊短杖を投げつける気になった。

そのとき、山名祥太郎が銅製の灰皿を男に投げつけた。灰皿は男の腰に当たった。

「おいぼれが！」

男が悪態をつきながら、銃口を山名組長に向けた。右腕は、いっぱいに伸ばされている。

反町は、男の右手首に小手打ちをくれた。

男がふたたび呻いた。ノーリンコ54が卓上に落ち、大きく弾んだ。山名が両手で、黒い自動拳銃をキャッチした。

代貸の大竹がコーヒーテーブルに飛び乗って、男に全身で組みついた。

二人はソファの上に倒れ込んだ。すぐに大竹が男を組み伏せ、拳で顔面を数発殴りつける。

男は必死に暴れたが、大竹を撥ね飛ばすことはできなかった。

「山名さん、なかなかのもんですね」

反町は依頼人に笑いかけた。

「なあに、たいしたことをしたわけじゃねえですよ。それより、こいつをなんとかしてくれやせんか。古い人間だから、飛び道具は扱ったことがねえんでさあ」

「というよりも、飛び道具がお嫌いなんでしょ？」

「まあね。男が飛び道具を使うのは、よくありませんや。卑怯ですんでね」

老やくざが拳銃を差し出した。

反町は拳銃を受け取り、ベルトの下に差し込んだ。

「こいつらは、倅んとこにきた取り立て屋でさあ」

「やっぱり、そうでしたか。貸し手は？」

「友和銀行の債権回収委託書を見せましたが、それが正式なものかどうか疑わしいな」

「大竹さん、スキンヘッドの男を押さえてくれませんか」

反町は代貸に頼んだ。

大竹がリーダー格の男から離れ、床に転がっている剃髪頭の男に走り寄った。すぐに男の胸を膝で押さえつける。

反町は特殊短杖を縮め、リーダー格の男に命令した。

「上体だけ起こせ！」

「われ、何者や？」

男が問いながら、のろのろと上半身を起こした。

「そいつは、こっちの台詞だ。おまえら、関西の極道だなっ」

「わしらは銭の取り立て頼まれただけや」

「誰に頼まれた？」

「それは言えへん」

「なら、言えるようにしてやろう」

反町は片方の膝を絨緞に落とし、特殊短杖のワンタッチボタンを押した。

伸びた短杖の先が男の口許をまともに撲った。男が呻き、手で口を押さえた。喉の奥を軋ませながら、掌に何か吐き出した。それは、血に染まった二本の前歯だった。

「こな、こないなことしくさって」

「質問に素直に答えないと、上下の前歯が消えることになるぞ」

「知らん男に頼まれたんや」

「いつ？　どこで？」

「きのうや。きのうの夜、宗右衛門町のスナックに入ってきた男に、わしら、取り立てを頼まれたん」

「その男は、どんな奴だった？」

反町は問いかけながら、また特殊短杖は縮めた。

「堅気や。同年代や思うわ」

「名前は？」

「鈴木言うてたわ。下の名は言わんかった。その男は、友和銀行に不良債権の回収を依頼されてる東京経済研究所とかいうとこの関係者や言うてたな」

男がそう言い、手の甲で口許の鮮血を拭った。顎の先まで血塗れだった。

反町は男の上着の内ポケットを探って、債権回収委託書を奪った。それには、友和銀行の古橋雄作頭取の署名と捺印があった。コピーしたものだった。

委託先の東京経済研究所の所在地は、警視庁本部庁舎の建っている場所だった。代表者名や電話番号は記されていない。

「鈴木と名乗った男の連絡先は？」

「それは教えてくれへんかったね。ほんまや。嘘やないで。今夜十一時に、神田駅前にあるセントラルホテルのロビーで落ち合う手筈になってんねん。そのときに回収した銭を渡して、その半分を謝礼に貰うことになっとったんやけど」

「おまえら、どこの組の者だ？」

「難波の大津組におったんやけど、この春に組が解散してもうた。同じ浪友会系のほかの組に移ろう思っとったんやけど、どっこもリストラやっとって、三人とも引き取ってもらえんかったんや」

「失業中の極道ってわけだ。冴えないな」

「せやけど、どの組も稼ぎがえらいときや。ま、仕方ないわ。けど、生きていかなあならん。そやから、鈴木いう男の話に乗ったんや」

「ついでに、おまえら三人の名前を聞いとこう」

「わしが西村で、スキンヘッドが藤本や。そこで腹押さえてんのが、堺ちゅう名や。堺、大丈夫やろか」

「死にゃしないだろう」

「けど、心配やな」

西村と名乗った男がそう言い、堺のいる方に目をやった。

「刺さった匕首が血止めになってるから、出血はそう多くないはずだ」

「おい、その鈴木って野郎は、おれんとこの息子から回収できそうだって言ったのか？」

山名組長が西村に訊いた。

「ああ、そう言うてたわ。資産隠しをしとるはずやから、十億や二十億円はすぐに回収できるという話やったな」

「とんまな野郎だ。そんな話を真に受けやがって。息子は借金だらけなんだよ」

「ほんまに？」

「ああ」

「わやや。けど、変やな」

「何がだ？」

「鈴木いう男の話やと、山名将宏は借りた事業資金の何割かを株投資に充てて、うまく高値で売り抜けたちゅうことやったで。その儲けた分をどこぞに現金で隠しとるって話やったわ」

　西村が呟いた。

「てめえは、うまく乗せられたんだよ。倅に、隠し財産なんかあるわけねえ」

「そうなんやろか」

「だいたいてめえら三人は抜けてるぜ。ここに息子が住んでると思って押し入ってきやがったんだろうが、将宏は別棟にいるんだよ」

　山名が言って、代貸に顔を向けた。

「大竹、スナックに遊びに行ってる者を電話で呼び戻して、こいつらを納戸にぶち込んでおけ。腹刺されてる奴は、医者に診てもらわねえとな」

「そうですね。組長さん、この三人と若の奥さんを交換できるかもしれませんよ」

　大竹が言い終えたとき、不意に剃髪頭の男が跳ね起きた。体当たりされた大竹が仰向けに引っくり返る。

藤本が堺の脇腹から匕首を抜くなり、山名に駆け寄った。赤く濡れた短刀が水平に走った。血の雫が飛んだ。

山名が呻いて、首筋に手を当てた。藤本が匕首を逆手に持ち替えた。

「この野郎ーっ」

大竹が肘で半身を起こし、藤本にタックルを掛けた。二人は折り重なるような形で倒れた。

反町は応接ソファセットを敏捷に回り込み、長く伸ばした特殊短杖で大竹の下になっている藤本の頭頂部を強打した。

藤本が歯を剝いて唸り、体を左右に振る。大竹が藤本の右手から刃物を奪って、老やくざに早口で訊いた。

「組長さん、傷は？」

「騒ぐな。ほんの掠り傷だ」

「しかし、かなり血が出てるじゃないですか」

「おれは大丈夫だ。それより、おめえのほうは？」

「どこもやられちゃいません」

「そいつはよかった」

山名が言って、手拭いで首を押さえた。手が血糊で赤い。

「組長さん、彦根先生に来てもらいましょう」

「それはできねえ。若先生はお忙しい体なんだ」

「しかし、心配ですんで。反町さん、こいつら三人を見張っててくれますか」

大竹は匕首を手にして、慌ただしく応接間を出ていった。

反町はノーリンコ54を構えながら、西村たち三人の動きを見守った。まだ動ける二人も観念したようだ。反撃してくる気配はまったく見せなかった。

「山名さん、彦根という方は？」

「先代の大先生時代から世話になってる医者でさあ。亡くなった先代とは囲碁仲間だったんですよ。いまは、二代目の公盛という息子さんが新富一丁目にある外科医院を継いでます」

「そうですか」

「昔は、よく先代の大先生に若い者の怪我の手当てをしてもらったもんでさあ。最近は、喧嘩もなくなりましたがね」

「警察には無届けで治療をしてくれたんでしょ？」

「ええ、そうです。しかも、大先生はろくに治療代なんか取らなかった。彦根家は、代々の山林王なんですよ」

「滋賀に山林でも持ってるのかな？」

「いや、持ち山は三重や和歌山にあるそうです」

山名が言って、わずかに顔をしかめた。傷口が疼いたのだろう。

少し経つと、大竹が戻ってきた。

「若先生、すぐに来てくれるそうです」

「迷惑かけちまうな」

「組長さん、奥の部屋で横になってたほうがいいですよ」

「それより、将宏は何をしてやがるんだっ。騒ぎが別棟に届かないわけはねえはずだがな」

「こっちが息子さんに安寿ちゃんのそばにいてほしいと頼んだんですよ」

反町は老やくざに言った。

「そうだったんですか。あいつは荒っぽいことは苦手だから、また家ん中で震えてるんじゃねえかと思っちまってね」

「あなたの息子さんなら、そんな腰抜けじゃないでしょう？」

「残念ながら、まだ肚が据わってねえんでさあ。子供のころ、部屋住みの若い者にちやほやされたのがまずかったんでしょう」

山名が悔やむ口調で言い、口を閉じた。

それから間もなく、二人の組員が応接間に駆け込んできた。どちらも、もう四十過ぎだった。大竹の指示で、二人の組員は西村たち三人を応接間から連れ出した。納戸かどこかに閉じ込める気なのだろう。

往診用の革鞄を手にした四十六、七歳に見える男が応接間に入ってきたのは、およそ二十分後だ。

彦根公盛だった。気品のある顔立ちで、上背もあった。

山名組長に紹介され、反町は型通りの挨拶をした。

老やくざは、反町のことを息子のボディガードだと紹介した。事実を明かせば、美和のことも話さなければならなくなる。それで、そう言い繕ったのだろう。

「取り立てては、そんなに厳しいんですか。将宏君も大変だな。さて、ちょっと傷口を診ましょうか」

彦根が山名組長に近寄った。傷口を確かめると、彼は局部麻酔の注射をしてから手際よく縫合した。

「若先生、押し入った野郎たちのひとりが誤って仲間に脇腹を刺されてるんですよ。ついでに、そいつの手当てもしてやってもらえませんか」

山名が言った。

「親分は、相変わらず情があるな。取り立て屋どもなんか外にほうり出してやればいいんです」

「ちょっと事情があって、それはできねえんでさあ」

「そうなの」

「怪我してる野郎の治療代も一緒に請求してくださいね」

「親分には死んだ親父が何かと世話になったから、治療代なんか受け取れませんよ」

「大先生にお世話になったのは、あっしのほうでさあ」

「いや、いや。うちの親父が新橋の地回りの親分の愛人といい仲になったとき、山名さんが間に入ってくれたそうじゃないですか。その話は、おふくろから何度も聞かされましたよ」

「遠い昔のことで、もうよく憶えちゃいない」

「親分らしいな。こいつは鎮痛剤ですからね。麻酔が切れたら、すぐに服んでほしいんです」

彦根がそう言い、錠剤の詰まったタブレットを山名組長に手渡した。

山名が丁寧に礼を述べ、目で大竹を促した。

「若先生、怪我人はこちらです」

大竹が彦根に声をかけ、案内に立った。

二人が応接間から出ていくと、老やくざが口を開いた。

「昼間から関西の極道のことを探ってみたんですが、どうも京都の京輪（きょうわ）組に絶縁された五人の組員が名古屋（なごや）や東京で債権回収の仕事を引き受けてるらしいんでさあ」

「その五人は破門じゃなく、絶縁状を回されたんですね？」

反町は確かめた。

やくざの破門と絶縁は違う。所属の組を破門扱いになった場合は、別の組織の世話になることができる。しかし、絶縁状を回されると、全国のどこの組にも入れない。といって、すぐに更生することは現実には不可能だ。

そうした元組員たちはフリーの殺し屋（ヒットマン）になったり、窃盗（せっとう）常習犯になることが多い。中には、外国人マフィアなどの下請け仕事をする者もいる。

「ええ、五人とも絶縁状を回されたそうでさあ」

「その五人の名前は、わかります？」

「ちょっとお待ちくだせえ」

山名が和服の袂（たもと）から、二つに折った紙切れを抓（つま）み出した。

反町は、渡されたメモを見た。京輪組に縁を切られたのは、伊原秀幸（いはらひでゆき）、郷間雅人（ごうままさと）、浅沼肇（あさぬまはじめ）、瀬畑充（せはたみつる）、井上智也（いのうえともや）の五人だった。

「そいつら五人は京輪組の名をちらつかせて、当たり屋をやってたらしいんでさあ。超高級外車ばかりを狙（ねら）ってね。京輪組は昭和初期からの組織ですんで、掟（おきて）が厳しいんですよ」

「そいつら五人が、さっきの三人に取り立ての仕事をさせた可能性もあるな」

「ええ。反町さん、さっきの西村って野郎だけを連れて、神田のセントラルホテルに行ってもらえませんか。その間、安寿はわたしが護ります」

「実は、こちらもホテルに行くつもりでした。それじゃ、そうさせてもらいます。これは、あなたに渡しておいたほうがいいな」

反町はノーリンコ54を依頼人の前の卓上に置き、静かに応接間を出た。

2

ロビーに人影はなかった。

フロントマンは所在なげだった。反町は西村と表玄関の近くのソファに腰を下ろしていた。神田のセントラルホテルだ。

時刻は午後十一時十分過ぎだった。

反町は西村をボルボの助手席に乗せて両手足をロープで縛り上げ、山名祥太郎の家からホテルに連れてきたのだ。藤本と堺は、老やくざの自宅の納戸に監禁中だった。

「鈴木って奴は、十一時にこのロビーで落ち合おうって言ったんだよな？」

「せや。銭の回収ができんでも、必ず来てくれ言うてたんやけど」

「その男に担がれたんじゃないのか。え？」

「そないなことあらへん。わしら、経費や言うて二百万貰てんねん。冗談で、そんな額の金をくれる人間なんておらんやろ？」

「多分な」

「もう手ぇ放してんか。腹んとこが苦しゅうて、かなわんのや」

西村が言った。反町は西村の腰の後ろに手を回し、ベルトを摑んだ。

「そっちに逃げられたくないんでな」

「山名んとこには、藤本と堺がおるやんけ。わし、逃げとうても逃げられへんやないか」

「もう少し辛抱しろ」

「くそがきが！」

西村が肩を振って、息巻いた。

そのとき、フロントの電話が鳴った。二十代後半のフロントマンが急に生き生きとした顔になって、素早く受話器を取り上げた。

短く応答し、彼は反町たちのいる場所に足早に近づいてきた。

鈴木という男が外から電話してきたのかもしれない。反町は、そう思った。

フロントマンが立ち止まるなり、どちらにともなく問いかけてきた。

「失礼ですが、西村さまでしょうか？」

「わしやけど」

　西村が答えた。

「鈴木さまとおっしゃる方から、お電話がかかっております」

「おおきに。いま、行きますよって」

「はい」

　フロントマンが一礼し、急ぎ足で持ち場に戻っていった。

「電話に出てもかまへんやろ？」

　西村が訊いた。

　反町は同意して、西村のベルトから手を放した。西村がソファから立ち上がって、フロントに足を向ける。

　少し経ってから、反町も腰を上げた。フロントマンに怪しまれない程度に西村に近寄る。

　西村がフロントのカウンターに片肘をつき、受話器を摑み上げた。

「どないしたんや？」

「…………」

　当然のことながら、相手の話し声は反町の耳に届かない。

「それが、うまいことといかんかってん。理由は会うたときに話すわ。ほな、これから行きまっさ」

西村が電話を切り、体の向きを変えた。

反町は小声で訊いた。

「なんだって？」

「鈴木いう男はホテルの第二駐車場におるらしいねん。車の中におるそうや。ライトを点滅させるから、車ん中で今夜の報告してくれ言うてんねんけど」

「第二駐車場は庭園の右手だったな」

「そう言うてたわ」

西村が答えた。反町は目顔で西村を促し、またベルトの後ろを摑んだ。

二人はエレベーターホールの前を抜け、ホテルの裏側に出た。庭園の右手に広い駐車場があった。

反町たちは庭園の遊歩道をたどり、第二駐車場に足を踏み入れた。ほぼ中央のあたりで、黒っぽい車のライトが短く瞬いた。

「あの車や」

西村が言った。

その瞬間、急にベルトが緩んだ。西村がバックルの留具を外したようだ。すぐに反町は腹に肘打ちを見舞われた。

一瞬、棒立ちになった。その隙(すき)に西村が走りだした。黒っぽいセダンの駐(と)まっている方向だった。反町は、すぐさま追った。西村に飛びかかり、跳(は)ね腰で投げ飛ばす。反町は柔道三段だった。剣道の有段者でもある。

西村がコンクリートの走路に倒れ、長く呻(うめ)いた。反町は西村を楯にして、黒っぽい車に接近する気だった。西村の後ろ襟(えり)を摑んで引き起こそうとしたとき、耳のそばを銃弾の衝撃波が掠(かす)めた。

背後で、バンパーに着弾する音が響いた。

反町は反射的に身を屈(かが)めた。銃声は聞こえなかった。消音器を嚙ませた拳銃で狙われたようだ。

二弾目が放たれる。黒っぽい車の助手席で、小さな光が閃(ひらめ)いた。サイレンサーの先から洩れた銃口炎(マズル・フラッシュ)だ。

放たれた銃弾は、反町の右肩のすぐ横を通過していった。

反町は西村の後ろ襟(えり)から手を放し、さらに身を伏せた。

そのとき、西村が這(は)って逃げた。反町は追う気になった。と、すぐに三弾目が襲ってきた。銃弾は、反町の左耳の少し上を疾駆(しっく)していった。衝撃波が凄(すさ)まじかった。耳鳴りがした。

ひとまず反町は、駐車中のＳＵＶ(スポーツ・ユーティリティ・ビークル)の陰に身を潜(ひそ)めた。ちょうどそのとき、西村が黒っぽい車の後部座席に乗り込んだ。

車はレクサスだった。運転席と助手席に坐った男は、ともに野球帽を被っていた。

レクサスが急発進した。

反町は地を蹴った。逃げる車を懸命に追った。

だが、みるみるレクサスは遠ざかっていった。車が駐車場の照明灯の前に差しかかった。

反町は追走しながら、レクサスのナンバープレートを見た。ナンバーは黒のビニールテープで隠されていた。

なおも反町は追ったが、黒いレクサスは間もなく闇に紛れた。忌々しかったが、諦めるほかない。

反町は、ホテルの真横にある第一駐車場に向かった。

車に何か仕掛けられているかもしれない。反町はボルボを点検してから、運転席に入った。

エンジンを始動させたとき、上着の内ポケットの中でスマートフォンが震えた。ホテルに着く少し前に、マナーモードに切り替えておいたのだ。

「おれっす」

耳に藤巻の声が流れてきた。

「ご苦労さん！　どうだった？」

「山名将宏の債務先をひと通り回ってみたんですが、荒っぽい連中が出入りしてる気配はなさそうでしたね。東京地検の検察事務官に成りすまして、それぞれ行員や社員たちに当たってみたんすけど」

「そうか。それじゃ、最も負債額の大きい『ホープファイナンス』の社長か誰か役員をマークしてもらえないか」

「了解っす。そちらに何か動きは？」

「山名組長宅に大阪の極道たちが押しかけてきたんだ」

反町は経過を詳しく話した。

「その鈴木と名乗った奴は、何者なんすかね？」

「おそらく貸主の融資担当者だろう」

「そいつは西村たち三人だけじゃ心許(こころもと)ないと思って、京都の京輪組にいた五人を雇(やと)ったんじゃないっすか」

「その可能性はありそうだな」

「関西弁を使う極道崩れなら、東京じゃ割に目立つな。社長か誰か役員をマークしてるうちに、連中が接触してくれるといいんすけどね」

「そうだな。話は違うが、最近の娘どもはいったい何を考えてるのか」

「急に何なんすか」

　藤巻が笑いながら、そう言った。

「実は夕方、ある所で双葉ちゃんを見かけたんだよ」

「へえ。それとさっきの話は、どう繋がってるんす？」

「双葉ちゃん、同じ年頃の女の子と一つのアイスクリームを舐(な)め合ってたんだよ。あの二人は、男性に興味がないのかな」

　反町は少し後ろめたさを覚えながら、とっさに思いついた作り話をした。

「つまり、二人は同性愛者かもしれないってことっすか⁉」

「そうだ。二人はアイスクリームを舐めてる間、ずっと手を握り合ってた。それから、何度か頬擦(ほおず)りもしたな」

「反町さんは、考え方が古いな。最近の若い娘(こ)たちは手を繋いだりしてますよ。まるで恋人同士みたいっすけど、別にレズじゃないんすよ」

「そうなのか。なら、双葉ちゃんには、もう彼氏がいそうだな。気立てがいいし、美人だから。な、藤巻ちゃん！」

「そ、そうでしょうね。まいったなあ」

「まいった？」

「いえ、深い意味はないんすよ。それじゃ、また連絡するっす」

藤巻が沈んだ声で言って、先に通話を切り上げた。

ちょっと引導の渡し方が強引だったか。しかし、きっぱり諦めさせたほうが彼のためにはいいだろう。

反町は自分に言い聞かせ、電話を切った。

それから間もなく、ふたたびスマートフォンが震動した。発信者は警視庁組対部暴力団対策課の力石だった。

「ちょっと新情報が入りましたんで、お伝えしておこうと思いましてね」

「助かるよ。で、どんな情報なんだい？」

「飯島晴通の自宅の近所の者が、早苗が拉致された日の前の晩、関西弁のやくざふうの男たち三人が、飯島宅の様子をうかがってるとこを目撃したんですよ」

「その三人は大阪弁を喋(しゃべ)ってたのか？」

「目撃者の話だと、三人とも京都弁だったそうです。目撃者の主婦は京都出身らしいんですよ。われわれ関東の人間は、大阪弁と京都弁の違いがはっきりわかりませんけど、その主婦は京都弁だったと言い切ったそうです」

「そうか」

「何か思い当たります？」

「そいつら三人は、京都の京輪組の元組員かもしれないな」

反町は、そう思った理由を明かした。

「実は、きょう、俠雄会の幹部宅で放火事件があったんですよ。それじゃ、その犯行も、その五人の元組員の仕業かもしれないな。その幹部もノンバンク二社から借りた百十数億円を二年以上も返済ストップしたままだったんです。放火される少し前に、幹部の家族が関西弁の極道ふうの男たちを偶然に見たそうですよ」

「それなら、伊原たち五人か、西村たちの仕業なんだろう。その幹部は企業舎弟の代表者なんだな?」

「ええ、そうです。しかし、融資金の大半はダミー会社をいくつも経由させて、巧みに資産隠しをしてたようなんですよ。で、取り立て屋に放火されたと考えられますね」

「力石、参考になったよ」

「何か新しい動きがあったら、また連絡します」

力石がそう言って、先に電話を切った。

反町はスマートフォンを懐に入れ、ボルボを深川に向けた。山名組長宅に帰りついたのは午前零時過ぎだった。

車寄せにボルボを停めると、母屋から依頼人の山名祥太郎が姿を見せた。杖を突いている。

「反町さん、面目ねえ」

「何かあったんですね？」

「ええ。納戸にぶち込んでおいた藤本と堺に逃げられてしまったんでさあ。十五、六分前に、誰かが庭に爆竹を投げ込みやがったんですよ」

「爆竹を？」

反町は庭の暗がりを透(す)かして見た。

庭木の小枝や葉に、爆竹の燃え滓(かす)が付着していた。かすかに火薬の臭(にお)いも漂(ただよ)っている。

「騒ぎに気を取られてる隙(すき)に、あの二人は納戸から勝手口に回って裏の家の庭伝いに逃げやがった」

「仲間が二人の奪回に現われたんでしょう」

「そうでしょうね。あっしがいながら、とんだ失敗(ドジ)を踏んじまって」

「お身内の方に怪我は？」

「倅や安寿、それから組の者も誰も怪我はしませんでした。ただ、せっかくの手がかりを得ながら、こんなことになっちまって」

山名がすまなそうに言った。

「こちらも……」

「そういえば、西村って野郎が車に乗ってませんね」

「逃げられてしまったんですよ」

反町は苦（にが）い気持ちで経過を語りはじめた。

3

いくらか瞼（まぶた）が重い。

反町は軽く目頭（めがしら）を押さえた。

きのうの晩は、ほとんど眠っていなかった。京輪組の元組員たちが山名邸に押し入ってくるような気がして、まんじりともできなかったのだ。

反町は、丸の内（まるのうち）にある友和銀行本店ビルの玄関前に立っていた。

午後二時に力石と落ち合うことになっていた。もう四、五分で約束の時刻になる。

安寿は学校で授業を受けているだろう。正門のそばには、代役の藤巻がいるはずだ。何か不穏（ふおん）な動きがあったら、すぐに連絡してもらえることになっていた。

反町は力石の同僚を装（よそお）って、古橋雄作頭取に会う予定だった。

少し待つと、見覚えのある灰色のプリウスが低速で接近してくる。力石の覆面パトカーだ。

プリウスが本店ビルの少し手前に停まった。

反町は、その場所まで歩いた。レスラー並の体躯（たいく）の力石が掛け声をかけて、車から出た。車内が少々、狭いのだろう。

「悪いな、忙しいのに」

「気にしないでください。うちの事件(ヤマ)と関連があるかもしれませんので」

「古橋は、すんなり会うことを承知してくれたのか？」

「ええ。ただ、三十分しかつき合えないということでした」

「それじゃ、急ごう」

二人は本店ビルに入り、受付に進んだ。

受付嬢は四人もいた。全員、若い美人だった。力石が警察手帳を呈示(ていじ)し、来意を告げる。

「秘書課から話はうかがっております。頭取室にご案内いたします」

丸顔の受付嬢がにこやかに言って、反町たち二人をエレベーターホールに導いた。

頭取室は最上階の十六階にあった。受付嬢がドアをノックし、来客の名を告げた。

「どうぞお入りください」

奥から落ち着きのある男の声が響いてきた。受付嬢に促され、反町と力石は頭取室に入った。

ちょうど古橋が大きな執務机から離れたところだった。六十二、三歳で、押し出しがいい。淡い茶系の背広は、いかにも仕立てがよさそうだ。

「お電話をしました力石です。お忙しいところを申し訳ありません」

「いえいえ。お連れの方も組対部の方ですか？」

「ええ、佐藤です」

反町は偽名を騙った。佐藤という姓の刑事が組対部にいることを、彼は力石から聞いて知っていた。

「あちらで、お話をうかがいましょうか」

古橋が応接ソファセットに目をやった。

三人はソファに腰かけた。反町は力石と並んで坐った。

「実は、債権回収委託書のことなんですがね」

力石が切り出した。

古橋が一瞬、下脹れの顔を曇らせた。反町は上着の内ポケットから債権回収委託書のコピーを取り出し、コーヒーテーブルの上で拡げた。

「ここにあるサインと捺印は、あなたご自身のものに間違いありませんね？」

「これをどこで⁉」

古橋は驚きを隠さなかった。

「どうなんです？」

「ええ、わたしのものです」

「回収の委託をされた経緯は？」

「何かまずいことになったのですか？」

「それは、後でお教えしましょう」

「わかりました。ご存じでしょうが、うちは多額の不良債権を抱えています。担保物件を競売にかけたり、株の売却などで必死に償却をしているのですが、まだまだ……」

「それで？」

反町は先を促した。

「すみません。つい愚痴めいたことを言ってしまいました。先月の上旬だったと思います。ある大物政治家の公設第一秘書をされていた方が、ここにお見えになりましてね」

「差し支えないようでしたら、その方たちのお名前を教えていただけますでしょうか？」

力石が口を挟んだ。古橋が短くためらってから、意を決したように言った。

「大物政治家というのは、民自党の桜木一矢先生です」

「元秘書というのは？」

反町は頭取に訊いた。

「鈴木悟という方です。鈴木さんは去年いっぱいまで桜木先生の公設第一秘書をされていたのですが、何か事情がおありとかで、先生のところをお辞めになられたんですよ」

「その後は、何をやっていたのでしょう？」

「充電していたとおっしゃっていました。それで、鈴木さんは急にお見えになられて、債権回収代行業をはじめられたと……」

古橋がそう言い、卓上の葉巻入れに腕を伸ばした。ハバナ産と思われる葉巻の先をシガーカッターで切り落とし、黒漆塗り（くろうるし）の高級ライターで火を点（つ）けた。

「それが、ここにある東京経済研究所という会社ですね？」

「ええ。しかし、わたしは鈴木さんが本気で債権回収の代行業をやる気になったとは思えません」

「なぜ、そう思われたんです？」

「彼が用意した委託書には東京経済研究所の代表者名が記（しる）してありませんでしたし、所在地もでたらめなんですよ。その番地には、警視庁本部庁舎しかないんです」

「鈴木悟の話がいい加減なものだと知りながら、あなたはどうして署名捺印したんです？」

反町はそう問いかけ、マールボロをくわえた。

「一種のつき合いですよ。桜木先生の公設第一秘書をされていた鈴木さんは、当行の事情もよくご存じのはずでしたのでね」

「政治家へのヤミ献金などの弱みを知られてるということですか？」

「具体的なことは申し上げられませんが、とにかく当行にとっては、ありがたくない事柄です。そんなことで、鈴木さんの顔を立ててあげたわけです」

「それだけですか？」

「どういう意味なんです？」

「少しは焦げついた不良債権の回収ができたらと期待したんじゃありませんか？」

「ないね、それはない！　そんな気持ちは絶対にありませんっ」

古橋が憤然と言った。

「失礼なことを言ってしまいました。謝ります」

「これは当行に限ったことではありませんが、大口の債務者たちは程度の差こそあれ、誰も強かなんですよ。貸した金を返せと百ぺん押しかけたって、すぐに応じる者などいません。事実、返せる余裕もないのでしょう。そうですので、素人の鈴木さんに回収できるわけない」

「しかし、鈴木悟は荒っぽい連中を使って、取り立てをやってる疑いがあるんです」

「ほんとですか!?」

「ええ。頭取のあなたは債務者の名などいちいち憶えていないでしょうが、この回収委託書を持った関西の元やくざたちが、こちらさんに約四十二億円の借金がある山名将宏という方の自宅に押しかけたんです」

反町は言って、煙草の灰をクリスタルの灰皿に落とした。

「その連中は、本当にあの鈴木さんに雇われたんだろうか？」

「ええ、おそらくね」

「彼が、なんだってそこまで……」

古橋が言葉を途切らせ、灰皿の底で葉巻の火を消した。

「この委託書の文面には、〝当行の債権のすべての回収を左記の者に委託する〟と書かれています。鈴木悟はこれと同じものを何百枚もコピーして、おたくの債務者のところに取り立てに回るつもりなのかもしれません」

「そんなことをされたら、当行のイメージダウンになってしまう。メガバンクがヤミ金と同じようなことをしてるとわかったら、社会的な信用を失うことになる」

「でしょうね。鈴木悟の連絡先を教えていただきたいんですよ」

「先日、新しい名刺を貰いました。秘書課長に鈴木さんの名刺を持ってこさせましょう」

「お願いします」

反町は頭を軽く下げた。

古橋頭取が立ち上がって、執務机に歩み寄った。インターカムのトークボタンを押し、秘書課長に連絡をとった。反町は煙草の火を揉み消し、債権回収委託書のコピーを上着の内ポケットに戻した。そのとき、古橋がソファに坐った。

待つほどもなく、ドアがノックされた。

四十五、六歳の実直そうな男が頭取室に入ってきた。秘書課長らしかった。男は古橋に一枚の名刺を恭しく渡すと、すぐに引き下がった。

反町は、鈴木悟の名刺を見せてもらった。刷られている所番地は新宿区四谷三栄町だった。正確な番地とマンション名を手帳に書き写す。

「鈴木悟のことをもう少し教えてください。いくつなんでしょう?」

力石が古橋に問いかけた。

「四、五十代だと思いますよ。桜木先生と同じく静岡の出身です」

「結婚は?」

「ええ、既婚者です。お子さんはいなかったと思いますが、プライベートなことはよくわかりません」

「そうですか。桜木一矢氏のことも、ついでに少し教えてもらえますか。桜木氏が最近、何か経済的にピンチに陥ったようなことは?」

「あなた、何を言い出すんです? 鈴木さんを操ってるのは、桜木先生だとともおっしゃりたいんですかっ」

「そこまでは考えていません。参考までにうかがったまでですよ」

「そうですか。桜木先生はベテランの国会議員であると同時に、ヤマト製糖の筆頭株主でもあるんです。デフレ不況になってヤマト製糖もリストラを迫られたようですが、れっきとした東証プライム（旧一部）上場会社です。先生が政治活動費に困るようなことは絶対にありませんよ。ただ、ご子息の件で少し経済的に痛みを受けたかもしれませんね」

　古橋が、ためらいがちに言った。反町は口を開きかけた力石を手で制し、古橋に問いかけた。

「桜木議員の息子さんが、何かしくじりをしたんですね？」

「ええ、まあ。先生のご長男の純大（すみひろ）さんはヤマト製糖の常務なんですが、個人的に金融派生商品（デリバティブ）の取引に手を出して、大火傷（おおやけど）をしてしまったんです」

「ひところ金融派生商品の取引のことが新聞に載（の）っていましたが、どうもよくわからないんですよ。確か商品という名がついていても、そうしたものが証券会社や銀行で売られてるわけじゃないそうですね？」

「ええ、そうなんですよ。デリバティブというのは、先物取引、権利売買のオプション取引、金利交換取引などの総称なんです」

「もう少し嚙み砕いて説明してもらえますか」

「わかりました。要するに、価格が変動して相場が立つ商品は、将来の価格を予想して行なわれる株式の先物取引や権利売買取引のビジネスになるわけです。先生のご長男は、スワップとオプションの合成語のスワプションという複雑なハイテク金融商品に手を出してしまったんですよ。ハイリターンですが、リスクも大きいんです」

「その取引で、どのくらいの損失を出したんです？」

「およそ九十億円だと聞いています。先生はご自分名義の不動産や優良企業の持ち株を処分して、ご子息の穴埋めをされたようです」

「百歳近い桜木氏の息子なら、いい年齢（とし）なんでしょ？」

「純大さんも五十になったはずです。甘い親と言えば、その通りかもしれません。しかし、それだけ息子さんに期待をかけてるんでしょう」

　古橋がそう言い、左手首の時計に視線を落とした。

　反町も釣られて、腕時計を見た。残り時間は七分だった。

「まだ捜査中ですので、詳しいことは申し上げられませんが、柄（がら）の悪い連中がノンバンクのある債務者の家に同じような委託書を持って取り立てに回ってるんですよ」

　力石が言った。

「それは、まったく知りませんでした」

「それは意外ですね。ノンバンク各社は、メガバンクが出資して設立した財務省（旧大蔵省）系の会社でしょ？」

「そうですが、経営の立ち行かなくなった七社は母体行よりも、財務省の意向を優先させてましたからね。それで、そういう情報も母体行には伝えられないんでしょう」

「そうなんですか。今後、荒っぽい奴らに関する情報が入りましたら、わたしにご一報いただけますか？」

「もちろん、そうさせてもらいます。当行だけではなく、金融界全体がマイナスのイメージを持たれたくありませんのでね。積極的に協力させてもらいますよ」

「よろしくお願いします」

「そろそろこのへんでお引き取り願えますでしょうか」

古橋が腰を上げた。

あと二分ほど残っていたが、反町たちは粘(ねば)らなかった。二人は古橋に礼を述べ、頭取室を出た。

エレベーターで一階まで降り、本店ビル前で足を止めた。

「京都府警から、伊原たち五人の顔写真(ガンクビ)をメールしてもらったんです。何かの役に立てばいいんですがね」

力石が上着の内ポケットから、四つ折りにしたプリントを取り出した。

反町はすぐに伊原秀幸、郷間雅人、浅沼肇、瀬畑充、井上智也の五人の顔写真を見た。

いずれも、凶暴な顔つきだった。三十九歳の伊原は、京輪組で舎弟頭(がしら)を務(つと)めていたらしい。郷間が舎弟頭補佐で、残りの三人は単なる組員だったと記されている。

「三時から、捜査本部で捜査会議があるんです。先輩、自分はここで失礼します」

力石が覆面パトカーに向かいかけた。反町は、力石の上着の内ポケットに裸の一万円札を五枚突っ込んだ。

「何なんです、この金は？」

力石がたたずみ、紙幣を抓み出した。

「そう堅く考えるなって」

「貰う理由がありません」

「ささやかな協力謝礼だ。奥さんと子供たちに何か土産を買って帰れよ」

「水臭いことはやめてください。先輩とおれの間でしょうが」

「気を悪くしたか？」

「ええ、ちょっとね。ポーカーで勝った金なら、ちゃんと貰います。しかし……」

「わかった。なら、返してもらおう」

反町は五枚の一万円札を奪い取り、自分の懐に戻した。

「先輩、厚意とか友情に値をつけるのはよくありませんよ。金回りがいいからって、やたら金をばらまくのは先輩らしくないな」

「悪気はなかったんだ」

「そのあたりは、少し反省すべきだと思いますね」

力石が諭すように言って、覆面パトカーに乗り込んだ。

反町は何も言い返せなかった。力石に指摘された通りだった。とても恥ずかしかった。

悪人どもから巨額を強請り取っているうちに、金銭感覚が麻痺しはじめているのか。

「先輩、そんなに大真面目に考え込まないでくださいよ。その金で、そのうち酒を奢ってもらいます」

力石がそう言い、プリウスを発進させた。

反町は、自分の車を駐めた脇道に向かった。立ち直りは早いほうだった。ボルボに乗り込んだときは、もう落ち込んではいなかった。

反町は聖光女子高校をめざした。安寿のきょうの下校時刻は午後三時四十五分だ。

東麻布の目的地に着いたのは、三時を数分過ぎたころだった。

藤巻のランドクルーザーは正門の少し手前に駐めてあった。反町は自分の車をランドクルーザーのすぐ後ろに停め、急いで外に出た。

ほとんど同時に、藤巻も車を降りた。向かい合うなり、反町は問いかけた。

「何も変わったことはなかったか？」

「ええ。そちらはどうでした？」

藤巻が問い返してきた。

反町は友和銀行の頭取から得た情報を伝えた。口を結ぶと、藤巻が声を発した。

「『ホープファイナンス』の社長や役員をマークするより、その鈴木悟って奴を洗ったほうが早そうっすね。おれ、鈴木の自宅に行ってみますよ」

「いや、こっちが行こう。安寿を家に送り届けたらな」

「安寿って子のガードは？」

「藤巻ちゃん、おれの代役をやってくれないか」

「おれ、腕っぷしのほうは自信ないっすけどね」

「なあに、心配ないさ。母屋には依頼人の老やくざや組員がいるんだ。そっちが派手な立ち回りを演じなきゃならなくなることはないだろう」

「そうっすかね」

「ただ、依頼人が不安がるとまずいんで、藤巻ちゃんはパワー空手の有段者って触(ふ)れ込みにしておこう」

「それじゃ、悪質な誇大ネット広告と同じですよ。それに、老博徒(ばくと)はおれの拳(こぶし)を必ず見ると思います」

「そうだろうな。じゃあ、そっちは合気道の達人ってことにしておこう」

「バレたら、老やくざに段平(だんびら)で叩っ斬(き)られそうだな」

「そうなったら、おれが責任をもって藤巻ちゃんの弔(とむら)いをやってやるよ」

　反町は軽口で応じた。

「無責任だなあ」

「はっはっは。終了チャイムが鳴るまで、のんびりしててくれ」

「そうさせてもらうっす」

　藤巻は自分の四輪駆動車に戻った。

　反町もボルボの中に入り、老博徒の山名に電話をかけた。古橋の話に偽りがないかどうか確認するためだった。頭取の喋ったことに嘘はなかった。

「しかし、あの秘書が事件に絡んでる疑いがあるだなんて、信じられねえですね」

　山名が電話の向こうで、唸るように言った。

「鈴木悟とは、どのくらい会いました？」

「数えきれないほど会ってまさあ。いずれ政界に打って出たいって野心はあったようですが、根は誠実な男ですよ」

「そうですか。鈴木が秘書を辞めた経験をご存じですか？」

「そのあたりのことはわかりません。桜木先生も、そのことについては何もおっしゃらなかったんでね」

「そうなのか。とにかく、ちょっと鈴木悟の身辺を洗ってみますよ。それで、少しの間、お孫さんのガードを知り合いの私立探偵に代わってもらうつもりなんですが、どうでしょう？」

「ようござんすよ。反町さんが動きやすいように按配してくだせえ」

「それじゃ、後でピンチヒッターの私立探偵をお連れします」

反町は電話を切り、煙草をくわえた。

4

四階建てのマンションは、かなり古かった。

探し当てた鈴木悟の自宅は、新宿区四谷三栄町の裏通りにあった。四谷三丁目交差点から、数百メートル離れた場所だった。

反町は、そのマンションの前の路上に車を駐めた。

まだ六時を過ぎたばかりだった。反町はマンションに向かった。

エントランスロビーはなかった。エレベーターもない。道路際に階段があった。

鈴木の部屋は二〇二号室だった。

反町は狭い階段を上がり、二〇二号室の前に立った。ネームプレートには、鈴木という名字だけしか出ていなかった。インターフォンを鳴らす。

ややあって、スピーカーから女性の声が響いてきた。

「どなたでしょうか？」

「警視庁組対部の者です。佐藤といいます」

反町は刑事を装った。

「あのう、どのようなご用件なんでしょう?」

「鈴木悟さんにお目にかかって、うかがいたいことがあるんですよ」

「夫は、ここにはおりません」

「それでしたら、少し話をうかがわせてください」

「わかりました」

鈴木の妻の声が途切れた。スリッパの音がして、すぐに青いスチールのドアが開けられた。

現われた三十五、六歳の女は、胸当てのある大きな前掛けをしていた。室内には、皮革(ひかく)の匂いが籠っている。反町は目礼し、模造警察手帳を短く見せた。本物そっくりだった。一般の人間には、とても模造物とは思えないだろう。

反町は十数種の偽造身分証明書を持ち、必要に応じて使い分けていた。検事や弁護士の模造バッジも持っている。

「玄関先ではなんですから、どうぞ中にお入りください」

鈴木の妻が言った。

反町は玄関の三和土(たたき)まで入った。鈴木の妻が玄関ホールまで退(さ)がる。間取りは2DKのようだ。

「レザークラフトをやってらっしゃるようですね?」

「ええ、生活のために。趣味のレザークラフトで何とか遣り繰りしてるんです」

「どういうことなんです？」

「わたしたち、もう一年も前から別居中なんですよ。夫は別の女性と世田谷の桜新町のマンションで暮らしています。わたしは、もう離婚届に署名と捺印をしたのですが、夫は別れ話に応じようとしないんです。どうも世間体を気にしてるみたいですね」

「別居されてたんですか。それなら、そっちに行ってみましょう。桜新町の住所、わかります？」

反町は訊いた。

「ええ、わかります」

「教えていただけますか？」

「はい。でも、その前にちょっとうかがいます。鈴木、何か悪いことをしたのでしょうか？」

「ある拉致事件に関わりがある疑いがあるんですよ。具体的なことは明かせませんがね」

「とうとう犯罪者にまで成り下がってしまったのね」

鈴木の妻が陰気な顔を翳らせた。ほとんど化粧もしていないせいか、少し不健康そうに見えた。

「まだ犯罪者と決まったわけではありません」

「もう夫は、おしまいね。鈴木は桜木先生にも、ご迷惑をかけてしまったんですよ」

「確か鈴木さんは半年前まで、民自党の桜木一矢議員の公設第一秘書をされていたんでしたね？」

「ええ、そうです。しかし、先生を裏切るようなことをしてしまって」

「何をしたんです？」

「それをお話ししたら、夫の立場がさらに悪くなりそうですので、わたしの口からは申し上げられません。もう気持ちは離れてしまいましたが、まだ夫婦ですから」

「刑事の中には、やたら点数を稼ぎたがる奴もいますが、こちらは自分の担当事件の解決を願ってるだけです。仮に鈴木さんが別のことで法に触れるようなことをしてたとしても、それを自分の手柄にするような真似はしません」

「本当に、そうしていただけます？」

「ええ、約束します」

　反町は言葉に力を込めた。

「それでしたら、お話ししましょう。鈴木は、企業が桜木先生に渡した献金や寄付金の一部を着服してしまったんですよ」

「金額は、どのくらいなんでしょう？」

「約三千万円です。公設第二秘書の方に着服の事実を押さえられて、鈴木は桜木先生の許にいられなくなってしまったんです。くすねたお金は先生の温情で、退職金ということにしていただいたんですよ」

「着服した三千万円は、どうしたんです？」

「愛人に貢いだんでしょう」

「その女性は、銀座の高級クラブのナンバーワンか何かなのかな？」

「いいえ、素人の小娘です。桜木先生の選挙のときに使ったウグイス嬢なんですよ。まだ二十一、二歳のはずです。自分の子供のような若い女にうつつを抜かして、まったくみっともない話だわ」

　鈴木の妻が呆れ顔で言って、乾いた唇を歪めた。

「その彼女と鈴木さんは、一緒に暮らしてるんですか？」

「ええ、そうなんです。その娘は通ってた大学も辞めちゃって、鈴木に面倒を見てもらってるようですね。もっとも彼女がシャネルの製品を山のように買い込んだとかで、いまは経済的にあまり余裕はないようですけど」

「ご主人が何か事業を興すなんて話を聞いたことは？」

「いいえ、ありません。鈴木に事業をやる才覚はありませんよ。あの人は誰かの下で働くタイプの人間です。人を束ねていく能力だけではなく、お金もないんです。小娘に貢ぎきってしまったんですもの」

「ご主人は、桜木一矢氏のことをどんなふうに思ってるんでしょう？」

反町は問いかけた。

「自分が悪いことをしたくせに、だいぶ先生を恨んでいました。十八年も先生に尽くしてきたんだから、三千万円程度の着服には目をつぶってくれてもいいのに、なんて言ってましたよ」

「そうですか。話を戻しますが、ご主人と同棲してる女性の名前、わかります？」

「富岡千絵って娘です」

「鈴木さんの居所の正確な住所も教えていただけます？」

「少々、お待ちください」

「そうだ。ご主人の写真があったら、ついでに見せてもらえませんか。うちの課の者が入手した写真は、だいぶ昔のものだったんですよ」

「わかりました」

鈴木の妻がそう言い、奥に引っ込んだ。

反町は上着の内ポケットから手帳を取り出し、鈴木悟の同棲相手の名を書き留めた。それから間もなく、鈴木の妻が戻ってきた。

「住所、メモしておきました」

「それはどうも恐縮です」

反町は、差し出された紙片を受け取った。マンションの住所、部屋番号、スマートフォンの番号がボールペンで記してあった。達筆だった。

「これが一番新しい写真です。と申しましても、一年数カ月前に撮ったものですけど」

鈴木の妻がカラー写真を見せた。

スナップ写真だった。いかにも実直そうな男が、池の畔にたたずんでいる。これといって特徴のない顔だった。ただ、眉が太くて濃かった。

「やっぱり、うちの課にある写真より少し老けてますね」

「必要でしたら、この写真、差し上げますよ」

「いいえ、結構です。ご主人は、まだ被疑者というわけじゃありませんから。ご協力、ありがとうございました」

反町はスナップ写真を返し、部屋を出た。

若い愛人と暮らしている鈴木悟が金に困って、債権回収代行業をはじめる気になったのか。大物政治家の公設第一秘書を務めていた男なら、反社会組織にもパイプを持っているだろう。その気になれば、組から追放された暴力団員たちに関する情報も得られるにちがいない。

そうして鈴木は、京輪組にいた伊原たち五人を取り立て役として雇ったのか。さらに大阪の宗右衛門町のスナックで、大津組の元組員の西村たち三人にも声をかけたのだろうか。アジア系の男たちも、鈴木に雇われたのかもしれない。

階段を降りながら、反町は推測してみた。

金融界の不良債権の総額は数十兆円と言われている。債権回収代行業は、確かにビッグビジネスになる。

しかし、債務者の大半は一筋縄(ひとすじなわ)ではいかない連中だ。仮に巧妙な手口で資産を隠している者が多かったとしても、すんなりと借金の返済に応じるとは考えにくい。

債務者が裏社会の顔役なら、取り立て屋の極道崩(くず)れたちと一緒に東京経済研究所の黒幕も闇に葬(ほうむ)る気になるだろう。

元国会議員秘書の鈴木が、それほど危険な絵図を画(か)くだろうか。鈴木は単に連絡役を務めているか、ダミーの黒幕にすぎないのかもしれない。

だとしたら、鈴木を操っている人物は何者なのか。当然、かなりの力を持った大物なのだろう。

鈴木を痛めつければ、闇の奥に潜んでいる人物がわかりそうだ。その黒幕が見せしめのために飯島早苗を殺させて、山名美和を拉致した可能性がある。その証拠を握ったら、たっぷり口止め料を要求してやろう。もちろん、愛人を囲ってたら、女もいただきだ。悪人(クズ)どもの金と女は、こっちのものだ。

反町は胸底でうそぶき、ボルボに乗り込んだ。

すぐに発進させ、四谷三丁目交差点をめざした。交差点を左折して間もなく、反町は後続のRVが妙に気になった。

ロングボディ仕様の白い旧型アストロ・ハイルーフは、必要以上に車間距離を取っていた。荒っぽい取り立て屋の一味かもしれない。

敵かどうか確かめてみる必要があった。

反町は信濃町に差しかかると、わざと車の少ない脇道にボルボを入れた。誘いだった。

すぐにミラーを見る。アメリカ製の白いRVが追尾してきた。どうやら敵らしい。人影は三つだった。京輪組の元組員たちか。

連中を青山霊園に誘い込んで、ぶちのめしてやろう。反町は車を迂回させ、JR信濃町駅の横を通過した。

アストロ・ハイルーフは三、四十メートルの車間距離を保ちながら、執拗に追ってくる。反町は神宮外苑と赤坂御用地の間を抜け、さらに道なりに進んだ。

車の数は割に少なかったが、後続車は相変わらず車間を詰めようとしない。

反町は青山一丁目交差点を突っ切り、そのまま直進した。いくらも走らないうちに、青山霊園が右手に見えてきた。霊園の中には、車の通れる道が縦横に走っている。反町は中ほどの道に折れた。白いRVが追走してくる。

いつしか夕闇が濃くなっていた。

道の端に、何台かの車が飛び飛びに並んでいた。どの車内にも、若いカップルが乗っている。早くも唇を重ねている男女もいた。

反町はステアリングを繰りながら、微苦笑した。

深夜になれば、カーセックスに勤しむカップルが何組もいる。もちろん、覗き見を愉しむ男たちも出現する。

反町は霊園の中の通路を巡りはじめた。

旧型のアストロ・ハイルーフは、少しずつ車間距離を縮めてきた。何か仕掛ける気になったのだろう。

反町は車を急停止させ、すぐ外に出た。

そのとき、白いRVが一気に加速した。反町は繁みに走り入った。

アストロ・ハイルーフの窓から、黒っぽい塊が放たれた。それは反町の足許に落ちた。パイナップル型の手榴弾だった。反町の背後は墓の囲い石で、両側には太い樹木が植わっている。逃げ場はなかった。

本能的に反町は、不気味な音をたてている手榴弾を蹴った。手榴弾は道の向こう側まで飛んだ。

次の瞬間、凄まじい炸裂音が轟いた。

橙色を帯びた赤い閃光が走り、灌木の枝や土塊が高く舞い上がる。反町は道に躍り出た。

白いアストロ・ハイルーフはだいぶ遠ざかっていた。

反町はボルボに飛び乗り、すぐにRVを追った。少し走ると、タイヤがスリップした。ハンドルを取られそうになった。逃げる敵が道にグリースか何かを投げ落としたのだろう。

反町はステアリングを切り直し、アストロ・ハイルーフを追った。

だが、遅かった。白いRVはどこにも見当たらなかった。

「くそっ」

反町は拳をステアリングに打ち据え、車を近くの青山通りに向けた。

青山通りと玉川通りは同じ国道二四六号線である。渋谷を通り、そのまま用賀方面に走った。鈴木の妻に教えられた『桜新町コーポラス』は、玉川通りと東急田園都市線の桜新町駅のほぼ中間地点にあった。

閑静な住宅街の一角に建つ三階建ての洒落たマンションだった。外壁には、薄茶の磁器タイルが張られている。

反町は『桜新町コーポラス』の脇の道に車を駐め、マールボロに火を点けた。

逸る気持ちを鎮めるためだった。アストロ・ハイルーフに乗っていた男たちが、鈴木悟の身辺を固めているかもしれない。無防備に部屋に近づくのは危険だ。

反町はゆったりと一服してから、先方に電話をかけた。

若い女性が電話口に出た。しかし、名乗らなかった。

「鈴木さんに替わってもらえます？」

反町は作り声で言った。

「どなたでしょうか？」

「桜木一矢事務所の者です。先生からの伝言を直接、鈴木さんにお話ししたいんですよ」

「少々、お待ちください」

相手が告げた。

どうやら鈴木は部屋の中にいるらしい。反町は返事を待たずに、電話を切った。すぐに一〇五号室を訪れると、相手に警戒されるだろう。

反町は時間潰しに、和香奈に電話をした。スリーコールで、通話可能になった。

「仕事で動いてるんでしょ？」

「ああ。また、厄介(やっかい)なことになりそうなんだ」

反町は依頼内容を手短に話した。

「その老博徒の息子は、どこかに隠し財産があるんじゃない？」

「本人も父親もそれを否定してるが、実は、おれもそう思いはじめたんだ。荒っぽい取り立て屋どもも、それなりの下調べをして債務者に揺さぶりをかけてるんだろうからな」

「そうだと思うわ。それにしても、家族を人質に取って返済を強く迫るだなんて、やり方があまりにも卑怯ね」

「そうだな。仕事の片がついたら、連絡するよ」

「わかったわ。それじゃ！」

和香奈が先に電話を切った。

反町はスマートフォンの電源をオフにし、上着の内ポケットに戻した。ドア・ポケットから伸縮自在の特殊短杖を摑み出し、静かに車を降りる。

反町はマンションの裏庭に忍び込んで、一〇五号室のベランダに近づいた。部屋の窓は、すべてカーテンで閉ざされていた。

耳をそばだてる。室内では、若い女と中年男が何か喋っていた。

会話の内容までは聞き取れなかった。二人のほかに、人のいる気配は伝わってこない。

反町は抜き足で、玄関の方に回った。

一〇五号室の表札には、富岡としか記されていなかった。反町はインターフォンを鳴らした。

待つほどもなく、女性の声で応答があった。

「宅配便です」

「荷物ですか？」

「はい、そうです。サインか、認印をお願いします。あっ、置き配でもかまいません」

反町は後ろ向きになって、両手で荷物を抱えている恰好をした。部屋の主がドア・スコープで、来訪者を確認することを予想したからだ。

ドアの開く音がした。

反町は体を反転させるなり、玄関に躍り込んだ。二十一、二歳の髪の長い女性が身を竦め、声をあげそうになった。個性的な顔立ちで、どこかコケティッシュだった。

相手が背を見せ、奥に逃げようとした。反町は彼女の口許を手で押さえ、ぐっと引き寄せた。

「騒ぐと、手荒なことをしなくちゃならなくなるよ。富岡千絵さんだね？」

「…………」

女が目顔でうなずいた。

その直後、奥から鈴木悟が現われた。写真よりも、いくらか老けている。

「なんだ、きみは！」

「大声を出すなっ。おとなしくしてないと、大事な彼女の顎の関節を外すぞ」

「やめろ、その娘には手を出さないでくれ」

「後ろ向きで、一歩ずつ遠ざかれ！」

反町は鈴木に言って、靴から足を抜いた。

鈴木が後退しはじめた。反町は千絵の口を封じたまま、彼女の背を押した。

短い廊下の先に二十畳ほどのＬＤＫがあった。その右側には寝室があった。半開きのドアの向こうに、ダブルベッドが見えた。

反町は、ポロシャツ姿の鈴木をロータイプの黒い長椅子に腰かけさせた。

「誰なんだ、きみは！」

「とぼけるなよ。大津組にいた西村って奴から、おれのことを聞いてるだろうが」

「大津組？　西村？　なんの話なんだね？」

鈴木が首を傾げた。

「そっちがその気なら、仕方ない」

反町はにやりとし、千絵のブラウスのボタンを外した。

千絵が身を捩った。反町は胸元に手を突っ込み、ブラジャーのフロントホックを上下に滑らせた。量感のある乳房が剝き出しになった。椀型だった。

「おい、やめろ！」

鈴木が腰を浮かせ、怒声を放った。

「坐れ。さもないと、この娘の顎の関節を外すことになるぞ」

「目的は金なんだろ？　いくら欲しいんだっ」

「おれをチンピラ扱いする気か。早くソファに坐れ！」

反町は指の間に千絵の左の乳首を挟みつけ、張りのある乳房を大きく揉んだ。

千絵がくぐもった声をあげ、上体を振って抗った。

「運が悪かったと諦めてくれ」

反町は千絵に優しく言い、今度は右の乳房を愛撫しはじめた。

ややあって、千絵が口の中で甘やかに呻いた。官能に火が点いたようだ。

「ゆ、赦せん！」

鈴木がコーヒーテーブルを両手で引っくり返し、闘牛のように頭から突進してきた。

反町は素早く腰から特殊短杖を引き抜き、ワンタッチボタンを押した。伸びた金属の短杖で、鈴木の頭を強く叩く。

鈴木が短く呻き、前のめりに倒れた。まるで止めを刺された闘牛のようだ。鈴木が唸りながら、身を起こそうとした。

反町は鈴木の首を打ち据えた。

ふたたび鈴木はフローリングの床に転がった。反町は特殊短杖を縮め、千絵の白っぽいミニスカートのホックを外した。

スカートが床に落ちた。千絵は真珠色のパンティーを穿いていた。

反町はパンティーの中に手を滑らせ、秘めやかな部分を指先で探った。

千絵が腰を引いて、反町の指を外そうとする。反町は、鋭敏な突起を抓んだ。千絵が必死にもがく。

　反町は指の腹でクリトリスを刺激した。と、千絵ははっきりと反応しはじめた。胸の波動が大きい。

　鈴木が肘で半身を起こし、反町を鋭く睨んだ。喘ぎはじめた千絵には、憎しみと蔑みの入り混じった眼差しを向けた。

「正直にならないと、この娘をイカせてしまうぞ」

　反町は言って、ギタリストのように指を動かしつづけた。

「もうやめてくれ！　わたしは桜木先生のご長男に頼まれて、債権回収の仕事をやりはじめたんだ」

「もう少しましな言い逃れを考えるんだな」

「う、嘘じゃない。純大さんはデリバティブの取引で約九十億円の損失を出して、先生に穴埋めしてもらったんだよ。純大さんは名誉挽回の意味を込めて、悪質な不良債務者から借金を回収することを思いついたんだ」

「それで、東京経済研究所なんてもっともらしい名称をつけて、大津組や京輪組の元組員たちに大口債務者たちに脅しをかけさせたり、家族を人質に取らせたりしたのか？」

「そうだが、仕方なかったんだ」

「美和の居所は？」

「誰だって？」

「山名美和のことだ」

「知らない、嘘じゃないよ」

「まあ、いいさ。安寿を拉致しようとしたアジア系の男は特殊部隊にいたんだな。〝ダドリーの駒鳥〟という細長い刃物を持ってた。そうなんだろう？」

「そんな男のことは知らない。桜木純大が何か別のことを企(たくら)んでるんだろう」

「絵図は、桜木純大がすべて画(か)いたってわけか」

「その通りだよ。すべて桜木純大が考えたことなんだ。彼はわたしが協力すれば、都議選の選挙資金を謝礼にくれると約束してくれたんだよ」

「一応、ストーリーにはなってるな」

「わたしは事実を言ってるんだ。何もかも話したんだから、もう千絵におかしなことはしないでくれ。頼む、お願いだよ」

鈴木が哀願し、額を床に擦(す)りつけた。

反町は黙殺して、愛撫に熱を入れた。ほどなく千絵が体を硬直させた。エクスタシーの前兆だ。反町は千絵の口許から手を外した。

その瞬間、千絵が悦(よろこ)びの声を迸(ほとばし)らせた。唸りながら、彼女は全身をリズミカルに震わせた。エロティックだった。

「だいぶ仕込んだようだな。感度は悪くない」

反町は鈴木に言って、愛液に濡れた指を寝具で拭った。千絵がスカートを拾い上げ、ふらつく足で寝室に向かった。

「ひどいじゃないか」

鈴木が子供のように、両方の拳で床を叩いた。

「あそこまで煽ったら、極みに押し上げてやらなきゃ、かえって残酷だろうが！」

「ふざけるなっ」

「そっちの話が事実かどうか、これから確かめに行こう」

「どういう意味なんだ？」

「桜木純大は、まだヤマト製糖にいそうだな。まず会社に案内してもらおう。もう帰った後だったら、自宅におれを連れていけ」

反町はそう言い、鈴木を摑み起こした。

鈴木が反町の腕を振り払いかけた。反町は素早く特殊短杖の先端を鈴木の腹部に押し当てた。

「ワンタッチボタンを押せば、こいつが腸まで届くぞ」

「わ、わかった。言われた通りにするから、もう手荒なことはやめてくれ」

鈴木が観念した顔で足を踏みだした。

反町も歩きはじめた。鈴木の片腕を捉え、特殊短杖は腹部に当てたままだった。

二人は部屋を出て、マンションの前の道に出た。

そのとき、横から無灯火の白いＲＶが急に飛び出してきた。旧型のアストロ・ハイルーフだった。

反町は鈴木を引き寄せ、マンションの白い鉄柵にへばりついた。一瞬、遅かった。

重い衝突音がし、鈴木の体が撥ね飛ばされた。

年式の旧いアストロ・ハイルーフは、フルスピードで走り去った。ナンバープレートは確認できなかった。高く宙に舞った鈴木は、マンションの隣の家の塀に設置された鉄串状の防犯金具の上にまともに落ちた。

仰向けだった。何本かの尖った金具が体に突き刺さった。

鈴木は獣じみた声をあげ、すぐに動かなくなった。息絶えたらしい。

敵に始末されたようだ。ひとまず逃げたほうが賢明だろう。

反町はボルボＸＣ60を駐めてある脇道に駆け込んだ。

第三章　残忍な遊戯

1

深川の依頼人宅に戻ったのは八時過ぎだった。

反町は母屋に入った。山名祥太郎は階下の仏間にいた。大きな仏壇の前に正坐し、誰かの位牌に手を合わせている。

「いま、戻りました」

反町は声をかけた。山名が振り返る。

「やあ、ご苦労さん！　桜木先生の秘書だった鈴木さんには会えたんですかい？」

「ええ。しかし、彼は無灯火の車に撥ね飛ばされてしまったんですよ。死んだと思います。おそらく犯人グループに消されたのでしょう」

「なんだって⁉　いったい何があったんです？」

「いま、お話しします」

反町は老やくざの前に正坐し、経過を報告した。

「先生のご長男が裏で糸を引いてたなんて、偽に決まってまさあ。鈴木悟が苦し紛れに、純大さんに罪を被せようとしたんでしょう」

「そうなのかもしれませんね。しかし、参考までに桜木純大氏のことを教えていただきたいんですよ。鈴木が言っていたように桜木議員の息子さんがデリバティブでおよそ九十億円の損失を出したことで、父子の関係が気まずくなったとは考えられませんか？」

「先生は器の大きな方です。たとえ純大さんがそういうしくじりをしたとしても、辛く当たるようなことはないでしょう」

「父親のほうはそうでも、息子は平然とはしていられないでしょう。五十男が尻拭いをしてもらったわけですからね。なんとかして失点をカバーしたいと考えるんじゃないのかな」

「百歩譲って、そうだとしやしょう。それでも、純大さんが荒っぽい債権回収代行業なんてやるはずありませんや」

「別に疑ってるわけじゃないんですが、桜木純大氏に会えるよう労を取ってもらえませんか？」

「申し訳ねえが、そいつはご勘弁願いてえな。桜木先生には借りがあるんでさあ。若いころ、わたし、不良外国人を日本刀で叩っ斬ろうとしたことがあるんですよ」

山名が言った。

「そいつが何か目に余るようなことをしたんですね？」

「ええ、そうでさあ。小学生の坊やの頭にピストルを突きつけて、てめえのマラをしゃぶらせたんですよ。で、わたしは頭に血が上っちまって、その野郎の背中を段平で袈裟斬りにしてやったんです。相手は背中から血を流しながらも、発砲してきやした」

「撃たれたんですか？」

反町は訊いた。山名がうなずき、左の二の腕のあたりを手で押さえた。

「弾は、どうしました？」

「幸いにも、貫通してくれました。不良外国人と睨み合ってると、パトカーがやってきたんでさあ。相手の白人男はあっしにいきなり斬りつけられたとお巡りたちに訴えやがったようです。こっちは英語がわからねえから、ただ突っ立ってるだけでした」

「緊急逮捕されたんですか？」

「いや、お巡りに両腕を摑まれたとき、一部始終を見てた桜木先生が事実を訴えてくれたんですよ。白人男は大病院に搬送されて、こっちは警察で取り調べを受けやした。議員になりたてだった先生が警察やアメリカ側に掛け合ってくれたんで、あっしは軽い刑で済みました」

「そんなことがあったんですか」

「ええ、そうなんでさあ。だから、先生の息子さんにも仁義に反するようなことはできねえんですよ」

「わかりました。桜木純大氏には、自分で接触を図ってみましょう」

「失礼のないよう頼みまさあ」

「その点は、ご心配なく。亡くなられた奥さんの位牌に手を合わせてらっしゃったんですか？」

反町は訊いた。

「ええ、美和と安寿を護ってやってくれって頼んできたんですよ」

「安寿さんの様子はどうです？　こっちの代役の藤巻君をうっとうしがっていませんでしたか？」

「いや、なんか話が合うみてえですよ。さっき別棟を覗いてみたんですが、二人で何か愉しそうに話し込んでやしたから」

「それを聞いて、安心しました」

「藤巻って探偵さんは明るい性格の好人物のようだから、安寿も少し明るさを取り戻すでしょう」

「それじゃ、このまま彼女のガードを藤巻君に頼むか。四十近い男にエスコートされても、心は弾まないでしょうからね」

「別にそんな意味で言ったんじゃねえんですよ。誤解しないでもらいたいな」

山名が困惑顔で言って、首のガーゼを軽く押さえた。

「まだ傷口が痛むようですね？」

「そうじゃねえんでさあ。時々、痒くなるんです」

「治りが早いんだな。きっと体が若いんでしょう。百まで生きられそうじゃないですか」

「そんなに長生きしたくありやせん。もう楽しみは酒だけになっちまったからね」

「まだ女のほうだって、現役でしょう？」

「近頃の女はがさつでいけません。色気も情愛も、まるでねえ。もう色の道は卒業でさあ」

「そうですか。他人事ながら、なんかもったいない気がします」

反町はそう言い、口を閉じた。

そのとき、廊下で足音がした。仏間を覗いたのは代貸の大竹だった。

「組長さん、晩飯の用意ができました」

「そうかい。反町さんも一緒に喰いましょうや。新しいお手伝いさんは料理上手なんですよ。息子んとこじゃ、レトルト食品ばっかりでね」

「せっかくですが、後でいただきます。ちょっと別棟に顔を出したいもので」

「そういうことなら、後で！」

山名が立ち上がり、大竹とともにダイニングルームに向かった。

反町は仏間を出ると、玄関に急いだ。母屋を出て、老やくざの息子一家の住む別棟に回る。木の香りのする北欧輸入住宅の玄関ドアを開けると、居間からトレーナー姿の安寿が現われた。下はスパッツだった。

「お帰りなさい。意外に早かったのね」

「なんか残念そうな口ぶりだな。藤巻君といいムードなんだって？」

「祖父がそんなことを言ったのね。ばっかみたい！　何か勘違いしてるのよ」

「親父さんは？」

「少し前に帰ってきて、自分の部屋に引き籠ったままなの。すごく暗い顔をしてたから、母を誘拐した連中が何か言ってきたんじゃないのかな」

「そうなんだろうか」

「食事、まだなんでしょ？　クッキングブックを見ながら、八宝菜をこしらえたの。すぐに食べる？」

「とりあえず、コーヒーをご馳走してくれないか」

反町はそう言い、居間に入った。

藤巻はソファに坐っていた。反町は藤巻のかたわらに腰かけ、マールボロに火を点けた。安寿はダイニングキッチンに立ち、コーヒーを淹れる準備に取りかかっていた。

「鈴木って奴は押さえられたんすか？」

藤巻が小声で問いかけてきた。

反町は、意外な展開になったことをかいつまんで語った。

「おそらく仲間が、鈴木悟の口を封じたんでしょうね？」

「それは間違いないだろう。鈴木が言った話は偽臭いが、一応、桜木純大も洗ってみるつもりなんだ」

「力石さんと一緒にヤマト製糖の常務さんとこに行く気なんすか？」

「そうしようと思ってるんだが、何か……」

「まずいっすよ。ひょっとしたら、常務が首謀者ってこともあり得るわけでしょ？」

「それは、あり得ないと思うよ」

「なんで、そう言えるんすか？」

藤巻が言った。

「根拠があるわけじゃないんだ。いってみれば、勘ってやつだな。強いて理由を挙げれば、鈴木があっさり黒幕の名を吐いたことかな」

「何か作為を感じたんすね。でも、大事をとるべきなんじゃないっすか。なんだったら、おれが桜木純大の自宅を調べて盗聴器を仕掛けてもいいっすよ」

「それじゃ、そうしてもらおうか」

反町は長くなった煙草の灰を指先ではたき落とした。

会話が中断したとき、安寿が三人分のコーヒーを運んできた。コーヒーを卓上に置くと、彼女は藤巻の正面に坐った。藤巻を見つめる目は、どこか熱っぽかった。羞恥の色も混じっている。どうやら安寿は藤巻に一目惚れしたらしい。

しかし、藤巻が安寿を恋愛の対象として眺めることはないだろう。当分、彼は双葉への想いを断ち切れないのではないか。反町はそう思いながら、短くなったマールボロの火を消した。

「ドリップ式で淹れたんだけど、味はどう？」

安寿が藤巻に話しかけた。

「おいしいよ」

「よかった！　ねえ、彼女いるんでしょ？」

「残念ながら、いないんだ」

「嘘！　だって、藤巻さんはモテモテって感じだもの」

「本当にモテないんだよ。貧乏してるからかな」

「そんなこと、関係ないわ」

「しかし、デート代にも事欠く暮らしをしてたんじゃ、誰も寄りつかないだろう」

「ううん、そんなことないよ。愛し合ってれば、ただ一緒に歩いてるだけでも愉しいんじゃない？」

「おれも、そう思うんだけどね」

「わたしが五年早く生まれてたら、彼女に立候補するんだけどな」

「こんな話をするのは、ちょっとまずいんじゃないか。きみのお母さんは何者かに拉致(らち)されたままなんだから」

藤巻が窘(たしな)めた。

「そうだね。でも、別に母のことを忘れてるわけじゃないの。ネガティブに考えてると、心配で心配でたまらなくなっちゃうから、誰かと陽気にはしゃいでいたいのよ」

「そうだったのか」

「わたしだって、父や祖父以上に母の身を案じてるわ」

安寿がうつむいて、下唇を嚙んだ。

「おれが必ずお母さんを取り返してやるよ」

反町は安寿を励まし、コーヒーを啜(すす)った。ブラックのままだった。

藤巻が、したり顔で説教したことを安寿に詫(わ)びた。安寿は顔を上げ、少しも気にしていないと答えた。

「ちょっと親父さんのとこに行ってくる」

反町は安寿に断って、ソファから立ち上がった。

山名将宏の部屋は階下の奥にある。部屋のドアをノックすると、すぐに返事があった。

「反町です。ちょっとお話があるのですが……」

「どうぞ入ってください」

ドア越しに、安寿の父親が言った。

反町は入室した。山名将宏は出窓の際(きわ)に立ち、ガラス窓の向こうの暗がりを見つめていた。ドレープとレースのカーテンは両側に寄せられている。

十五畳ほどの広さだった。両袖(そで)机や書棚が壁際に並び、その反対側にはソファセットが置かれている。

「いい書斎ですね」

「めったに本なんか読まないんですが、ここにいると何となく落ち着くんですよ」

老やくざの息子が振り向いて、照れ臭そうに笑った。ネクタイを外しただけで、まだ背広は着たままだ。

二人はソファに坐った。

反町は、きょうの出来事をつぶさに語った。話し終えると、山名将宏が口を開いた。

「桜木先生のご長男はよく存じ上げていますが、そんな危ないことを思いつくような方じゃありませんよ」

「やっぱり、そうですか。お父上も、同じことをおっしゃっていました」

「おおかた元公設第一秘書の鈴木は純大さんに濡衣(ぬれぎぬ)を着せて、黒幕の存在を隠したかったんでしょう」

「ええ、おそらくね。それはそうと、奥さんを拉致した奴らは、なぜ、その後なにも言ってこないんでしょう？」

反町は素朴(そぼく)な疑問を口にした。

「実はきょうの午後四時ごろ、わたしの東銀座のオフィスに他人に見られたくない写真と脅迫状が届いたんですよ」

「それは、いま、どこにあるんです？」

「さっき机の引き出しに入れたんですが、取ってきましょう」

山名将宏が立ち上がり、両袖机に大股で歩み寄った。最下段の引き出しから白い角封筒を取り出し、すぐに戻ってくる。

「脅迫状を読ませてもらえますか？」

反町は言った。

山名将宏が無言で顎(あご)を引き、角封筒から四つ折りにされた紙片を抓(つま)み出した。

反町はそれを受け取り、紙切れを押し開いた。パソコンで打たれた脅迫状の文面を目で追いはじめる。

山名将宏へ
おまえは薄情な男だ。妻がどうなってもいいのか。

確かに、百四十億円を超える債務は大きい。差し当たって、三十億円を用意しろ。

身代金を受け取ったら、美和は解放してやろう。

期限は本日を含めて五日後だ。身代金は預金小切手で用意しろ。受け渡しの方法や場所は後日、連絡する。

もし命令に背いたら、娘の安寿も同封の写真と同じ目に遭わせる。もちろん、美和は殺す。

東京経済研究所

反町は脅迫状を折り畳み、安寿の父に顔を向けた。

「どんな写真が同封されてたんです？」

「できれば、お見せしたくないのですが……」

山名将宏が苦渋に満ちた顔で言い、角封筒の中からカラー写真の束を抜き出した。

反町は写真を受け取った瞬間、ぎくりとした。いちばん上の写真には、全裸の美和が逆さ吊りにされた姿が写っていた。

二枚目の写真も痛ましかった。

逆海老固めに縛られた美和は、床に転がされていた。その口許には、黒々とした巨根が迫っている。加虐者の体は下半身しか写っていない。美和を拉致した二人組のどちらかだろうか。

三枚目の写真はグロテスクだった。自由を奪われた美和の裸身の上を十数匹の蛇が這っていた。

「ひでえことしやがる」

反町は首を横に振って、四枚目の写真を見た。

美和の乳房に、西洋剃刀の刃が宛がわれていた。

五番目の写真を見て、思わず反町は声をあげそうになった。

なんと床に這わされた美和の尻の上に、大型犬のアフガンハウンドがのしかかっているのではないか。大型犬の口許には、防声具に似た物が嵌めてあった。二本の前肢には布が分厚く巻かれている。

アフガンハウンドの性器は、美和の体内に深々と埋まっていた。

ふつう獣姦に使われる動物は、中型犬やチンパンジーだ。反町は獣姦の裏ビデオを何巻か観たことがあるが、大型犬と人間の交合は目にしたことがない。

セックスリンチとはいえ、ここまで残忍な行為を人質に強いられるものだろうか。犯人グループの中に、異常性欲に取り憑かれた男がいるようだ。

写真は、いずれも紙焼きだった。犯人たちは、ネガを恐喝材料にするつもりなのだろう。

「その写真が脅迫状に同封されてたことは、父や娘には絶対に言わないでほしいんです」

安寿の父が言った。

「もちろん、誰にも話しません」

「よろしくお願いします」

「写真は早く焼却したほうがいいでしょう」

反町は五葉のプリントを返した。

山名将宏がうなずき、すぐにライターの炎で写真を一枚ずつ焼いた。灰皿に溜まった印画紙の灰を彼はライターの底で神経質に押し潰した。

「あと四日と数時間しかないな、期限まで」

「そんな短い間に、三十億円なんて大金は工面できるわけがないっ」

「犯人グループは、三十億なら回収できると読んだんじゃありませんか？」

「そ、それはどういう意味なんです？　おれに、いいえ、わたしに隠し財産があるとでもおっしゃりたいんですか⁉」

「どうなんです？」

反町は相手の顔を見据えた。

短くためらってから、山名将宏が観念したように喋りだした。

「実は言いにくいことなんですが、借入金のすべてを事業資金に遣ったわけじゃないんですよ。一部は好景気のころ、一キロ・バーの地金を百キロほど購入するのに……」

「いくらで買ったんです？」

「十五億円ちょっとだったと思います。しかし、いまは十二、三億円の価値もないでしょう」

「その金塊は、どこにあるんですか？」

「ある金保管業者に預けてあります、東京商品取引所指定のね」

「株も所有してるんじゃないですか？」

「いまは一株も持っていません。美術品なんかと一緒に、とうに換金してしまいました。この敷地は親父が所有者ですんで、売るに売れません。建物の一部は、わたしの名義になっていますがね」

「奥さんのために、百キロの金塊を処分する気なんですね」

「いま、買い手を探してもらってるところです。しかし、せいぜい八、九億円にしかならないでしょう。後の二十一、二億円をどう工面したらいいのか……」

老やくざの息子が頭を抱えた。

「金策の当ては？」

「ありません。もう少し時間があれば、昔の繋がりでコカインか覚醒剤を卸元から大量に仕込めるんですがね」

「堅気になった人間が、そんなことを考えちゃいけませんよ」

「確かに、おっしゃる通りですね。つまらない考えは捨てます」

「とりあえず金を処分して、都合のついた金だけを犯人グループに渡すという交渉をするほかないと思います」

「犯人どもは、そこまで譲歩してくれるでしょうか？」

「もちろん、最初は突っ撥ねるでしょうね。しかし、逆上して奥さんを殺したら、犯人側は貸金の回収ができなくなります」

「ですが、危険な賭けだな」

「ええ、まあ」

「美和が殺されるようなことになったら、娘に一生、恨まれます。どうなるかわかりませんが、二十一、二億円なら、ある人物が用立ててくれるかもしれません。金塊を処分したら、その方に会ってみます」

「その人物が誰なのか教えてもらえませんか」

反町は言った。

「そいつは勘弁してください」

「桜木一矢さんのところに行く気なんじゃありませんか？」

「ちがいますよ。桜木先生のとこに行ったら、親父に叩っ斬られちゃうでしょう」

「もしかすると、息子のほうに頭を下げる気なのかな」

「純大さんのとこにも行けませんよ。昔、ちょっとした面倒を見たことのある男がいるんです。そいつに相談してみるつもりです」

山名将宏がそう言い、長嘆息した。

反町は、それ以上は探りを入れられなかった。二人は相前後して煙草をくわえた。

2

スマートフォンに着信があった。

反町は助手席に腕を伸ばした。ボルボは聖光女子高校の校庭の際に駐めてあった。

翌日の午前十一時過ぎだ。反町はスマートフォンを耳に当てた。

「おれっす」

発信者は藤巻だった。

「きのうは代役ご苦労さんだったな」

「こっちこそ、五万も代役料を貰(もら)っちゃって申し訳ないっす。最初に頼まれた調査がうまくいかなかったのに」

「そんなことより、桜木純大の自宅はわかった？」

「ばかにしないでもらいたいな。おれはプロの探偵っすよ。昨夜(ゆうべ)のうちに、ちゃんと調べました。自宅は千代田区四番町(ちよだよんばんちょう)にあります」

「で、電話外線に盗聴器は？」

「夜が明ける前に電信柱によじ登って、ブラックボックスを仕掛けたっす」

「仕事が早いな」

反町は誉(ほ)めた。

俗にブラックボックスと呼ばれる超小型盗聴器は、わずか二センチ角だ。それを電話回線や電話機内部に仕掛けて、通話内容を盗み聴(ぎ)きするわけだ。

拾われた音声は、電波に乗せて伝えられる仕組みになっている。昔はＦＭの放送帯で受信するのが一般的だったが、いまはＶＨＦやＵＨＦの周波数で盗聴する者が多い。そのほうが雑音(ノイズ)が少なく、音声も変化しないからだ。

「ヤマト製糖の常務は午前九時に家を出ました。西新宿にある本社に出勤したんだと思うっす」

「気になる電話は？」

「一本もかかってきませんでした。桜木自身も固定電話では一度も発信しなかったっすね。スマホでどこかに電話したかもしれませんけど」

「そうだな」

「ただ、ちょっと妙なことがあったんすよ」

藤巻がいったん言葉を切って、すぐに言い継いだ。

「常務の自宅の車庫の階上に部屋があるんですが、そこからヤー公ふうの男たちが出てきたんす。五人だったんで、すぐに京輪組の連中じゃないかと思いました」

「考えられないことじゃないな。その五人は、車で出かけたのか？」

「ええ、そうっす。車は白の旧型アストロ・ハイルーフでした。アメリカ製のRVですが、もはやヴィンテージカーに近いっすね」

「その連中は、京輪組の元組員たちに間違いないだろう」

「やっぱりね。おれ、何かの役に立つかと思って、その五人をデジカメで撮ったんすよ。それはそうと、東麻布に回りましょうか。ICレコーダー付きの受信機を桜木邸の近くにセットしとけば、ずっと張り込んでる必要はありませんので」

「そうしてもらえると、ありがたいな」

反町は通話を切り上げた。

頭が混乱して、考えがまとまらない。昨夜、無灯火のアストロ・ハイルーフに撥ねられた鈴木悟は、桜木純大が黒幕だと口を割った。

しかし、山名父子は桜木純大が事件に関与しているとは思えないと口を揃えた。自分自身も、その推測に傾きかけていた。

だが、伊原たち五人が桜木邸内に匿われているとしたら、大物政治家の長男が事件に何らかの形で関わっている疑いは濃い。

ほかにも、謎はある。美和を黒いレクサスに乗せて連れ去った男たちの正体がはっきりしない。スポーツキャップを目深に被っていた二人組は、京輪組に絶縁状を回された極道たちだったのか。それとも、大阪の大津組の西村たちだったのだろうか。

あるいは、六本木で安寿を拉致しかけた東南アジア系の男なのか。その男は特殊な短刀を持っていた。あれは、かつて英米の女性工作員たちが護身用に使っていた〝ダドリーの駒鳥〟という名の特殊短刀と思われる。

あの種の特殊刃物を使っていたのは、英米の特殊部隊や情報機関の工作員だけだ。ということは、実行犯グループにそうした人間が混じっている可能性は高いのではないか。

反町はマールボロに火を点けた。

事件の鍵を握っている鈴木悟は残念なことに死んでしまった。鈴木の死は、きょうの朝刊で報じられていた。捜査当局は、鈴木が何らかのトラブルに巻き込まれて殺害されたという見方をしているようだ。しかし、まだ大きな手がかりは摑んでいないらしい。

反町は数紙に目を通してみたが、現場から立ち去った自分のことは一行も書かれていなかった。ネットニュースも同じだった。近所の誰かに見られていたら、少し面倒なことになっていただろう。

どうやら千絵は、警察に自分のことは話さなかったようだ。官能を煽られたことを明かすことに抵抗があったのか。また、青山霊園での出来事の詳報は載っていなかった。

藤巻が来たら、桜新町のマンションに行ってみるつもりだ。富岡千絵が何か知っているかもしれない。

反町は煙草を深く喫いつけた。

そのとき、またスマートフォンが着信音を発した。今度は力石刑事からの電話だった。

「飯島早苗を殺したって男が、今朝早く赤坂署の捜査本部に出頭してきました」

「そいつは、どんな奴なんだ？」

「大阪の大津組の元組員の西村透って男です」

「そいつは、老やくざの家に押しかけてきた三人組のひとりだよ」

「そうだったんですか」

「で、西村はどう言ってるんだ？」

反町は訊いた。すると、力石が早口で言った。

「先輩、きのう桜新町で、民自党の桜木一矢の公設第一秘書だった鈴木悟って男が何者かに轢(ひ)き殺されたのを知ってます？」

「知ってるよ、ニュースで報じられたからな」

反町は空とぼけた。力石とは親しくしているが、相手は現職の警察官だ。何もかも正直に話すわけにはいかなかった。

「西村は、その鈴木悟と事件前夜に知り合って、『総合ハウジングローン』に多額の債務を抱えている飯島晴通に揺さぶりをかけてほしいと頼まれたと供述してるんですよ」

「しかし、飯島が返済する気配を見せなかったんで、妻の早苗を拉致して殺害したって筋読みか？」

「ええ、そうです。早苗の体に五寸釘(ごすんくぎ)を打ち込んだ後、絞殺したと……」

「早苗の体内から、複数人の精液が検出されたって話だったよな？」

「はい。おそらく西村は、仲間の罪も自分ひとりで被(かぶ)る気なんでしょう。西村は鈴木に早苗殺しを命じられたと言っていますが、鈴木のバックにヤマト製糖の桜木純大常務がいるはずだとも語っています。鈴木が電話で常務に指示を仰(あお)いでるのを耳にしたらしいんですよ」

力石が長々と喋った。

「桜木純大の身辺を洗いはじめてるのか？」

「少し前に、刑事が動きだしました」

「そうか」

「先輩は、西村が仲間と飯島早苗を殺ったと思います？」

「多分、西村は身替わりだろう。早苗が拉致される前の晩だかに、飯島の自宅の様子をうかがってたのは京都弁の男たちだったよな？」

「ええ、そうです」

「おおかた西村は少しまとまった金を貰って、身替わり犯になる気になったんだろう」

反町は指先に熱さを感じ、慌てて短くなった煙草の火を消した。

「そう言われると、西村の供述は曖昧だし、矛盾もあるな」

「桜木純大のことで何か掴んだら、情報を回してくれないか」

「いいですよ。ところで、山名美和を拉致した奴らはその後、何も言ってこないんですか？」

力石が問いかけてきた。反町は短く考え、またシラを切ることにした。

「そうなんだよ。人質の夫に隠し資産がないことを犯人グループは知ったのかもしれないな」

「そうなんでしょうか」

「忙しいのに、手間をかけさせて悪かったな」

「そんな改まった言い方しないでくださいよ。先輩のおかげで、おれは命拾いしたんですから」

「また、その話か。尻の穴がこそばゆくなるから、もういい加減にしてくれ」

「先輩のそういうシャイなところがいいんだよな。自分、惚れ直しました」

「おまえにそんなことを言われたって、嬉しくないよ」

「照れちゃって」

力石が笑い声を響かせ、先に通話を切り上げた。

反町はスマートフォンを助手席に置くと、後部座席からコンビニエンスストアの白いビニール袋を摑み上げた。

中身は、シャケ弁当とペットボトル入りのウーロン茶だった。安寿を学校に送り届けたついでに、コンビニエンスストアに立ち寄って昼食用に買っておいたものだ。

少し早いが、腹ごしらえをすることにした。

反町はカーラジオの音楽を聴きながら、弁当を食べはじめた。

おかずの数は少なくなかったが、味はどれも及第点をつけられなかった。しかし、贅沢を言っている場合ではない。ダイナミックに搔き込み、ウーロン茶を飲み干す。

正午を少し過ぎると、校舎から昼休みのチャイムが流れてきた。

ダイエット中なのか、すぐに校庭に生徒たちの姿が見えはじめた。それから十五分ほど経ったころ、制服姿の安寿が小走りに駆けてきた。

反町はパワーウインドーのシールドを下げて、先に口を開いた。

「何かあったのか？」

「ううん、そうじゃないの。番犬さんに差し入れよ」

「差し入れ？」

「そう。クラスの子たちにおかずを一品ずつ分けてもらったら、こんなになっちゃった」

安寿が立ち止まり、アルミホイルにくるまれた塊(かたまり)を両手で差し出した。

「すごい量だな」

「コンビニのお弁当だけじゃ、足(た)りないと思ったの」

「せっかくだから、ご馳走(ちそう)になろう」

反町は包みを受け取った。

「それじゃ、また下校時にね」

「ちょっと待った。ひょっとしたら、また藤巻君におれの代役をやってもらうことになるかもしれないんだ。少し調べたいことがあるんでな」

「謝ることないわよ。どっちかって言うと、おじさんに送ってもらうよりも、彼と一緒に帰るほうが楽しいもの」

「言ってくれるな」

「わたし、嘘つけない性質(たち)なの。それじゃ、バイバイ！」

安寿は明るく手を振り、駆け足で遠ざかっていった。

反町は膝の上で、アルミホイルの包みを開いた。ハム、ウインナー、クリームコロッケ、海老フライ、厚焼き卵、ミートボール、アボカドなどが、ごちゃごちゃに並んでいる。

これでは豚の餌だ。

反町は呆れながらも、一つひとつ手摑みで口の中に放り込んだ。味はともかく、さすがに満腹になった。

藤巻が到着したのは、昼休みの終了チャイムが鳴っているときだった。

ランドクルーザーはボルボの前に回り込んだ。反町は先に車を降り、ランドクルーザーに歩み寄った。

藤巻も車から出てきた。アルマーニの淡い灰色のスーツを着込み、大胆な縞のワイシャツをまとっている。ネクタイは暗緑色だった。

「藤巻ちゃん、その恰好で電信柱によじ登ったのか⁉」

「そうっすよ。盗聴器を取り付けたときは、まだ暗かったから、別に誰かに怪しまれたりはしなかったと思うっす」

「それはいいとしても、四駆にスーツは似合わないだろう？」

反町は言った。

「そういうセンスが、もう古いんだな。ニューヨークのエリートビジネスマンなんかは背広姿で、電動スケーターで出勤してるんですよ。キャリアウーマンの中には、ローラースケートでオフィスに通ってるのもいるんすから」

「それにしてもなあ。おれのセンスじゃ、やっぱり考えられないよ。ランドクルーザーに乗るんだったら、絶対にラフな服装じゃなきゃ」

「反町さん、そんなことより……」

藤巻が反町の言葉を遮り、手にしていた紙袋を差し出した。

反町は紙袋を受け取って、プリントアウトを抓み出した。写っている五人は、紛れもなく京輪組の元組員だった。

「こいつらが車庫の上の部屋に寝泊まりしてるんだったら、ヤマト製糖の常務が雇い主とも考えられるな」

「そうっすね。一応、桜木純大の顔写真も撮っておきました。下の方にあると思います」

藤巻が言った。

反町は手早く写真を捲った。確かに、桜木純大の写真は下の方にあった。五十年配の紳士然とした人物だ。チタンフレームと思われる眼鏡をかけていた。

「助かったよ」

「その写真、反町さんにあげます。おれが持ってても、しょうがないっすから」

「そうか。話は飛ぶが、きょうも安寿のガードを頼むな。何か予定があった？」

「別にないっす。わかってるくせに、性格悪いな」

「和製マーロウもきょうはオフなんだ」

「おれをからかいたきゃ、好きなだけ茶化してください」

「拗ねるなって。ほんの冗談だろうが」

「わかってますよ。安寿ちゃんのことは任せてください」

「頼むぞ。きょうの日当は三万円にまけといてくれ」

「いいっすよ。で、反町さんはどこに行くんです？」

藤巻が訊いた。

「殺された鈴木悟と同棲してた女に会ってみるよ」

「その女なら、何か知ってるかもしれませんね」

「それを期待してるんだが、どうなるかな。とにかく、行ってみる。こいつは貰っとくぜ」

反町は写真の入った紙袋を目の高さに掲げ、自分の車に乗り込んだ。

藤巻もランドクルーザーの運転席に入った。

反町はボルボを発進させた。道路は、いつもより渋滞気味だった。

桜新町にある目的のマンションまで小一時間もかかってしまった。

反町は、きのうと同じ脇道にボルボXC60を駐めた。

一〇五号室に急ぐ。あたりをうかがってから、反町は玄関ドアに耳を押し当てた。室内に、人のいる気配が伝わってきた。

インターフォンを鳴らすと、富岡千絵は居留守を使う恐れがある。

反町は、そっとドア・ノブを握った。思いがけなく、ノブは回った。反町は、できるだけ静かに玄関のドアを引いた。

部屋の中に忍び込む。気づかれた様子はない。

反町は靴を脱ぎ、抜き足で居間に向かった。

千絵は床に女坐りをし、シャネルの鞄、洋服、装身具、香水などを整理していた。後ろ向きだった。

「勝手に入らせてもらったぞ」

反町は話しかけた。

千絵が振り返り、頰を強張らせた。

「もう乱暴なことはしないよ。引っ越しの準備か?」

「そ、そう」

「おれが鈴木を連れ出したこと、なぜ警察に話さなかったんだ。きのう、事情聴取されたんだろう?」

「ええ。喋らなかったのは、この階の通路から、あなたも轢かれそうになったところを見てたからよ。彼とあなた、どうして命を狙われたの？」

「そいつが知りたくて、ここに来たんだ」

反町はそう言い、無断で千絵の近くのソファに腰を沈めた。

「わたしこそ、なんでこんなことになったのか教えてほしいわ。鈴木さんが死ななかったら、このマンションにずっと住めたのに。自分では家賃を払えないんで、しばらく友達の部屋に厄介になることになったの」

「シャネルの製品を売っ払えば、しばらくこの部屋にいられるだろうが？」

「いやよ。どんな小物でも手放したくないわ。どれも宝物だもの」

「だったら、新しいパトロンを見つけるんだな」

「そう簡単にスポンサーなんか見つからないわよ。まだ景気が完全に回復したわけじゃないから」

「おれがパトロンになってやろうか？」

「ほんとに!?」

千絵が媚を孕んだ目を向けてきた。

「冗談を真に受けるようじゃ、まだ愛人修業が足りないな」

「いじわるね」

「さて、ちょっと協力してもらいたいんだ。後で、お礼はする。きみのパトロンだった男の最近の交友関係を教えてほしいんだよ。まず、この写真を見てくれないか」

反町は、藤巻が隠し撮りした写真をコーヒーテーブルに並べた。

「見たことのある人は、ひとりもいないわね」

「よく見てくれないか」

「やっぱり、知らない男たちばかりだわ」

千絵が写真を顔に寄せながら、そう断言した。

「鈴木の遺品の中に、手帳や住所録があったよな？」

「警察の人たちが、そういう物は全部持ってっちゃったの」

「やっぱり、そうか。そういえば、今朝早く西村って男が鈴木に命じられて殺しをしたと自首したことは知ってるか？」

「ええ、刑事さんから電話があったの。それで、鈴木さんと西村って男がどういう関係だったかなんて、しつこく訊かれたわ」

「で、どうなんだい？　鈴木と西村の関係は？」

「何もわからないのよ、わたしは」

「鈴木はこの部屋の電話で、誰か特定の人間にちょくちょく電話してなかった？」

「彼は、ここの固定電話はあまり使わなかったわ。自分のスマホを持ってたから」

「そのスマホも、警察が預かってるのか？」

「そうなの」

「ここに鈴木の知り合いが訪ねてきたことは？」

反町は卓上の写真を搔き集め、紙袋に戻した。すぐに綿ジャケットのポケットに突っ込む。

「お客さんは誰も来なかったわ。ただ、桜木って中年の男が二度電話してきたわね」

「桜木って名を覚えてる理由は？」

「わたしが二度とも受話器を取ったの。それから、民自党の桜木一矢の選挙のとき、ウグイス嬢をやったことがあるから、同じ姓だとよく憶えてたわけ」

「きみは桜木議員の長男に会ったことがあるのか？」

「ううん、一度もないわ。ヤマト製糖の常務をやってるって話は誰かに聞いたことはあるけどね」

「その桜木という男と鈴木は、どういう遣り取りをしてた？」

「わからないわ。二度とも彼に、寝室に入ってろって言われたんでね」

千絵がおもむろに立ち上がり、反町の横に腰かけた。

鈴木が言っていたようにボスは桜木純大なのか。反町はマールボロに火を点けた。

「さっきお礼をくれると言ってたけど」

「何が欲しいんだ。金か？」

「ううん。あなた、すごいテクニシャンなのね。まさか彼の前で、あんなことになるとは思わなかったわ。自分でも、びっくりしちゃった」

「そっちの感度がよかったのさ」

「ううん、あなたが上手なのよ。どうせなら、お礼は、これがいいわ」

千絵が反町の耳許で囁き、いきなり股間に手を伸ばしてきた。

「おれは、パトロンにはなれないぜ」

「遊びでいいの。ただ抱いてくれればいいんです」

「そういうことなら、いつでも協力するよ」

反町は千絵を抱き寄せた。

3

指先が匂った。

煙草をくわえたときだ。千絵の肌の匂いだった。

反町は煙草に火を点けた。

寝室のダブルベッドの上だった。裸の千絵は俯せになって、死んだように動かない。

濃厚な情事だった。

「やっぱり、セックスの相性はぴったりだったわ」

シーツに顔を埋めた千絵が言って、人差し指で反町の脇腹を撫でた。反町はくすぐったさを堪えて、千絵のヒップを大きく揉んだ。

「こっちも娯しませてもらったよ」

「ね、名刺を貰えない？　また会いたいの」

「いや、これっきりにしよう」

「お金のことなら、心配しないで。なんとか別のパトロンを見つけるから」

「そういうことじゃないんだ。おれは遊びの場合、ベッドパートナーは一度しか抱かない主義なんだよ。ちょっとシャワーを借りるぞ」

反町は煙草の火を消し、ダブルベッドから離れた。

「意外に考え方が真面目なのね」

千絵が皮肉っぽく言った。

反町は相手にならなかった。素っ裸で浴室に向かい、体をざっと洗う。寝室に戻ると、千絵は頭から毛布を引っ被って体を丸めていた。女心を傷つけたようだ。

反町は手早く身繕いをし、黙って寝室を出た。別れの言葉ぐらいはかけるべきだったかもしれないが、善人ぶっても仕方がない。マンションを走り出てボルボに乗り込む。午後三時半を回っていた。

反町は車を千代田区四番町に走らせた。

桜木純大の自宅を探し当てたのは四時半過ぎだった。反町はわざと邸の前を通り抜け、少し先の路上にボルボを駐めた。

言うまでもなく、ミラーで人の出入りのわかる位置だった。見通しは悪くない。

ヤマト製糖の常務の自宅は敷地が広かった。優に三百坪はあるだろう。

門の左側に、住まい付きの車庫がある。家屋は奥まった場所に建っていた。庭木も多かった。

反町は煙草に火を点けながら、さりげなく邸内に目をやった。車庫は空っぽだった。玄関前の車寄せにも、ベンツや旧型アストロ・ハイルーフは見当たらない。

伊原たち五人は、まだ帰っていないのだろう。

反町は一服すると、車を降りた。三軒先の邸宅の生垣まで歩く。そこに藤巻が自動録音機付きの電波受信機を隠したことは、電話で確認済みだった。

反町は生垣の隙間に手を突っ込み、新書判ほどの大きさの電波受信機を取り出した。それを上着の裾の下に隠し、ごく自然な足取りで車の中に戻る。

反町はデータを呼び出し、音声を再生してみた。桜木純大の妻と思われる女性の声が録音されていた。電話をかけた相手は、学生時代の女友達のようだった。二人は十分ほど雑談をし、通話を終わらせた。

桜木家の者が電話をかけたのは、その一本だけだった。外から二本の電話がかかっている。反町は、どちらも聴いてみた。一本は別荘販売の案内で、もう一本は網戸の張り替えの注文取りだった。特に収穫はなかった。

長い時間が過ぎた。

いつしか陽(ひ)が沈み、あたりは暗くなった。それでも、京輪組の五人は戻ってこない。

反町は、車庫の上にある部屋に忍び込む気になった。

そっと車を降り、改めて桜木邸の門の周辺を検(しら)べる。防犯カメラは、どこにも設置されていなかった。赤外線防犯装置もないようだ。

反町は近くに人の姿がないのを見届けてから、桜木邸の隣家の石塀(いしべい)を乗り越えた。

広い庭には、大小の樹木が植えてあった。中腰で少し歩き、両家の境界線になっているコンクリートの万年塀によじ登った。

手の届く場所に車庫の庇(ひさし)があった。

反町は、そこによじ登った。車庫の上には、二部屋あるようだった。サッシ窓が二つあった。

道路側の窓はロックされていた。

だが、母屋側のほうは施錠(せじょう)されていなかった。どちらの部屋も真っ暗だ。

反町はサッシ窓の戸を静かに横に払って、室内に忍び込んだ。手早く戸を閉める。

すぐに反町はライターの火を点けた。炎の明かりで、部屋の中が浮かび上がった。

六畳の和室が二つ並び、左手に小さな台所があった。トイレとシャワールームもあった。

かつて桜木純大のお抱え運転手が、ここで寝起きしていたのではないか。二つの和室には、五組の夜具が敷きっ放しになっていた。京輪組を追放された伊原、郷間、浅沼、瀬畑、井上の五人がここに泊まり込んでいるにちがいない。

ライターが熱くなった。

反町は火を消した。熱が冷めるまで、暗がりの中で待つ。

ふたたびライターを鳴らし、反町は室内を仔細に観察した。

奥の部屋の隅には、インスタント食品や缶ビールがたくさんストックされていた。その近くに未使用の下着やシャツが見える。旅行鞄の類はなかった。

伊原たちが戻ってきたら、締め上げることにした。相手が五人でも、誰かを最初に楯にすれば、なんとかなるだろう。

反町はライターの火を消し、蒲団の上に横たわった。

待った。ひたすら待つ。だが、五人はいっこうに戻ってこない。

今夜は別のアジトに泊まることになっているのだろうか。

午後十時を回ったとき、反町は起き上がった。

そのすぐ後、誰かが鉄骨階段を上がってくる足音が聞こえた。ひとりではない。二人だった。

ひとまず様子をうかがおう。

反町は道路側の部屋の押入れに潜り込んだ。襖(ふすま)を五ミリほど開けておく。

ドアを開ける音がして、男と女の話し声が響いてきた。電灯が点けられた。

「やだあ、蒲団が敷いてあるじゃないの。早く片づけて」

「今夜、友達が泊まりに来るよってな。気にせんとき」

「いやよ。蒲団を片づけてくれないんだったら、わたし、帰るわ」

「いまさら、なに言うとんねん。ここまで従(つ)いてきたんやから、その気やったんやろ？」

「あんた、なに考えてんのよ。わたしは、あんたの部屋をちょっと見たいと思っただけじゃないの」

「ごちゃごちゃ言わんと、早(はよ)う服を脱がんかいっ」

「冗談じゃないわ。わたし、帰る！」

女がドアに向かう気配がした。

男が女の顔面を張る音も、反町の耳に届いた。女が短い悲鳴をあげ、蒲団の上に倒れた。男がのしかかったようだ。

「やめて！　やめてちょうだいっ」

「静かにせんかい。わしは、ガマンしょってる人間やぞ」

「ガマンって何よ？」

「そうか、東京の女にそう言うてもわからへんのやな。関西では刺青のことをガマンいうんや」

「それじゃ、あんたは……」

「極道や。言うこと聞かなんだら、痛めつけるで」

男が威し、女の唇を吸いつけはじめた。

そろそろ女を救けてやるか。反町はそっと襖を開け、押入れから出た。

二十歳前後の女の唇を貪っているのは角刈りの男だった。二十六、七歳だろうか。

反町は二人の横に回り込んで、男の側頭部を蹴り込んだ。

男が女の上から転げ落ちる。反町は男の顔を見た。京輪組の元組員の井上だった。

髪をブロンドに染めた丸顔の女が跳ね起き、反町に不安そうな目を向けてくる。

「おれは、こいつの仲間じゃない。きみは早く逃げろ。ただし、交番には行かないでくれ」

反町は言った。

女が無言でうなずいて、素早くパンプスを摑んだ。そのまま、彼女は裸足で部屋を飛び出していった。白ずくめの身なりの井上が起き上がった。

反町は井上に組みつき、大腰で投げ飛ばした。

井上は二回転し、奥の部屋の中央まで飛んだ。仰向けで横たわる。

反町は走り寄って、井上の脚を割った。

左膝で相手の太腿を押さえ、素早く右腕の動きを封じる。柔道の固め技の一つだった。

井上が全身で暴れた。反町は腰から特殊短杖を引き抜き、いっぱいに伸ばした。短杖で、相手のこめかみと耳の下を連続して叩く。どちらも人体の急所だった。

井上がくの字になって、体を左右に振った。

反町は特殊短杖を縮めると、その先端を井上の首筋に当てた。

「京輪組にいられなくなった五人が、ここに寝泊まりしてるんだな？」

「……………」

「黙ってると、おまえの首の骨が折れるぞ。答えろ！」

「せ、せや」

「おまえら五人は、桜木純大に雇われてるのかっ」

「知らん。わしら、鈴木ちゅう男の指示で動いとっただけや。ここに泊まれ言われたさかい、泊まっとんのや」

井上がようやく口を割った。

「その鈴木をヴィンテージ物のアストロ・ハイルーフで撥ねたのも、おまえらだなっ」

「わしらやない！　わしらが、そないなことするわけないやんかっ」

「それじゃ、誰が鈴木悟を殺ったんだ？」

「知らんがな」

「いい根性してるな」

反町は伸縮式の短杖の先端を喉元に移し、ワンタッチボタンを押した。

ほとんど同時に井上が雄叫びめいた声を放ち、さらに体を丸めた。

もう抵抗しないだろう。反町は固め技を解いた。

「ほんまに、わしらやないんや。鈴木はわしらのほかにも、大阪の極道崩れを使うとるねん」

「それは大阪の大津組にいた西村、藤本、堺の三人だなっ」

「そうや」

「鈴木は、東南アジア系の男も使ってるな？」

「それは知らんわ。わしらは鈴木に言われて、債務者に脅しをかけたり、二人の女を誘拐しただけやねん」

「飯島早苗と山名美和だな？」

「ああ、せや」

「おまえら五人で飯島早苗を輪姦して、絞殺死体を赤坂のホテルに投げ込んだんだろっ」

「ちゃう、ちゃう！　わしら、殺しなんかしてへん。飯島早苗ちゅう女を鈴木に渡したきりで、後のことは何も知らんのや」

井上が喉のあたりをさすりながら、真剣な顔で訴えた。

「山名美和も鈴木に引き渡しただけだと言うのかっ」

「せや。その通りやねん。わしらの仕事は、そこまでいう約束やったん」

「鈴木のバックには、誰かいるはずだ。桜木純大なのか？」

「ほんまに、そこまでは知らんて。ただ、ヤマト製糖の常務はボスやない思うわ」

「そう思った理由は？」

反町は訊いた。

「わし、鈴木がスマホで桜木いう常務と喋っとんのをたまたま耳にしたことがあるんや。そのとき、鈴木は割に横柄な喋り方しとったんでな」

「なるほど。ところで、伊原たち四人はどこにいる？」

「兄貴たちは新宿の高級ソープに遊びに行っとるわ。わしも誘われたんやけど、断ったんや」

「さっきの女は？」

「歌舞伎町でナンパした女や。東京の最後の晩やから、あの女を腰が抜けるまで抱くつもりやったんやけど」

「最後の晩？」

「そや。わしら、明日、飛行機で福岡に行くねん。鈴木が死んでもうたから、もう銭が入らへんさかいな。伊原の兄貴の知り合いが、福岡でスクラップ屋やってはんねん。わしら、そこで働くことになっとんのや」

井上が答えて、ゆっくりと上体を起こした。

「おまえの話をすんなり信じるほど甘くない。伊原たちが戻ってくるまで、そっちは人質だ」

「わし、嘘なんか言うてへんで」

「そいつは、後でわかるだろう」

反町は言って、井上のベルトを外した。すぐに両手首をきつく縛る。

「頼むさかい、去(い)んでくれや。わしが失敗(ドジ)踏んだこと、兄貴たちに知られとうないねん」

「諦(あきら)めるんだな」

「そない殺生(せっしょう)なこと言わんと……」

「仰向けになれ！」

「その前に、ちょっと小便に行かせてんか」

「行ってこい」

「おおきに」

井上は立ち上がり、トイレに向かった。トイレのドア・ノブを回しかけ、すぐに体をずらした。

井上は出入口のドアを開けると、踊り場に飛び出した。逃げる気なのだろう。

反町は追った。部屋を出たとき、井上が階段を踏み外した。前のめりに転がり、階段の下まで転げ落ちた。俯せだった。首が奇妙な恰好に捩れている。井上は微動だにしない。

反町は階段を駆け降りた。

声をかけてみたが、返事はなかった。反町は屈み込んで、井上の頸動脈に触れてみた。脈動は伝わってこなかった。

母屋の誰かが、いまの落下音を聞いたかもしれない。ここにいるのは、得策ではないだろう。

反町は万年塀を乗り越え、隣家の庭に飛び降りた。

そこから裏道に出て、ボルボまで自然な足取りで歩く。幸運にも、人通りは絶えていた。

4

制服姿の安寿が二階から降りてきた。

藤巻がダイニングテーブルから素早く離れる。

「それじゃ、行ってきます」

「悪いな。昨夜話したように、おれは『ヤマト製糖』の本社に行ってみる。後で、聖光女子高の前に行くよ」

反町は藤巻に言った。前夜、藤巻も安寿の家に泊まったのである。

安寿と藤巻が連れだって出かけた。

反町は居間のソファに移って、朝刊に目を通しはじめた。昨夜、階段から転げ落ちて死んだ井上智也の事故は記事になっていなかった。

反町は遠隔操作器を使って、大型テレビの電源スイッチを入れた。朝のワイドショー番組が画面に映し出された。

しばらくテレビを観ていたが、井上の転落死は報じられなかった。桜木純大の父親が警察関係者に手を回し、マスコミ各社への発表を控えさせたのかもしれない。

反町はテレビの電源スイッチを切り、ネットニュースをチェックした。井上に関する情報は得られなかった。

　スマートフォンを懐に戻したとき、奥の部屋からガウン姿の山名将宏が現われた。瞼が腫れぼったい。安寿の父親が帰宅したのはきょうの午前一時過ぎだった。

「おはようございます。例の百キロの金塊の買い手は見つかりました？」

　反町は問いかけた。

「ええ、ようやくね。赤羽の石材店経営者が九億円で引き取ってくれました。九億円の預金小切手は、銀行の貸金庫に保管しておきました」

「そうですか。もう一方の金策のほうはどうなりました？」

「きのうは、先方さんに会えなかったんですよ。しかし、きょうは何が何でも会ってきます」

「どのくらい借りられそうですか？」

「できれば、不足分の二十一億円をそっくり借りたいところですが、そんなには回してもらえないでしょう」

　山名将宏が暗い顔で言い、ダイニングテーブルの椅子に腰かけた。

「失礼な言い方ですが、百キロの金塊のほかには換金できるものはないんですね？」

「あれば、とっくに処分してますよ。美和には苦労をかけたんです。妻の命と引き換えなら、全財産を抛っても惜しくありません」

「気を悪くされたんだったら、謝りますあやま」

「いや、いいんです」

二人は気まずく黙り込んだ。

数分後、老やくざが緊張した面持ちおももで息子の家に入ってきた。

「将宏、庭にこいつが投げ込まれてたぞ。おそらく美和を連れ去った奴らが、放り込んだんだろう」

「中身は何かな？」

「触った感じだと、ＩＣレコーダーみてえだったな。将宏、早く開けてみろや」

「うん、わかった」

安寿の父が椅子から立ち上がり、山名祥太郎から将宏宛あてのクッション封筒を受け取った。

反町はソファから腰を浮かせ、ダイニングテーブルに歩み寄った。

封が切られる。安寿の父が最初に抓み出したのはビニールの小袋だった。その中には、黒々とした陰毛が詰まっていた。

「くそっ。犯人どもは、妻の恥毛を剃そりやがったんだ」

山名将宏が呻くように言った。

反町は封筒の中からＩＣレコーダーを摑み出し、ダイニングテーブルの上に置いた。安寿の父が手早く再生ボタンを押す。

ややあって、女の涙声がスピーカーから洩(も)れてきた。

美和です。将宏さん、救(たす)けて！

わたし、とてもひどいことをされてるの。何人もの男たちに体を穢(けが)され、その上、大型犬とのセックスも強(し)いられた。それから、少し前には下のヘアも剃られてしまったの。

あなたが期限までに三十億円を工面しなければ、ここにいる人たちはわたしの全身に五寸釘を打ち込んで、手脚を電動鋸(のこぎり)でバラバラに切断すると言ってる。

ただの脅しじゃないと思うわ。犯人たちは残忍なことを平気でやるから。恐ろしくて、わたし、気がおかしくなりそう。

わたし、辱(はずか)しめられただけじゃないのよ。変な薬も注射されてるの。よくわからないけど、新しい麻薬なんだと思うわ。

その注射をうたれると、何も考えられなくなるし、とっても投げ遣(や)りな気持ちになってしまうのよ。わたし、このままじゃ、駄目になってしまうわ。

将宏さん、早く救けてちょうだい。お願いよ。将宏さーん、救けてーっ。

音声が途切れた。

安寿の父が乱暴にＩＣレコーダーの停止ボタンを押した。固めた両拳が、ぶるぶると震えはじめた。

「犯人どもはサディスト集団にちがいねえ。美和の監禁されてる場所がわかれば、すぐにも斬り込んでやるんだが……」

山名組長が歯嚙みして、息子の肩口をぐっと摑んだ。

「親父には黙ってたが、九億円は工面できたんだよ」

「えっ、そうなのか。どこで都合をつけたんだ？」

「実は、百キロの金塊を持ってたんだ」

安寿の父親が詳しい話をした。

「そうだったのか。将宏、ここの土地は抵当権を設定されてねえ。おれの唯一の財産だが、土地を担保に銀行から銭を借りてやる。といっても、せいぜい二、三億円しか借りられねえだろうがな」

「親父の気持ちは嬉しいが、残りの二十一億はおれが何とか都合つけるよ」

「金策の当てがないって言ってただろうが。おまえ、まさか金塊を売った銭で覚醒剤を仕込む気なんじゃねえだろうな？」

「そんなことはしないよ。昔、ちょっと面倒を見てやった男が金融機関にいるんだ。その男に頼んでみる」

「けど、おまえにゃ担保物件が何もねえよな」

「金利を倍払うってことで、なんとか頼むつもりなんだ」

「その話は見込みがなさそうだな。友好団体の親分衆たちに相談してみてやらあ」

「親父は他人に迷惑をかけずに生きることを信条にしてきたのに」

「けどな、息子の嫁を見殺しにするわけにはいかねえよ。安寿のことも心配だしな」

「親父、申し訳ない」

「湿っぽい声なんか出してねえで、おまえはおまえで早く金策に駆けずり回れ！」

老やくざが息子をどやしつけた。

将宏が幼児のようにうなずき、自分の部屋に向かいかけた。そのとき、居間の固定電話が鳴った。

反町は安寿の父に顔を向けた。

「犯人からの連絡かもしれません。電話をスピーカーモードにしてもらえますか？」

「わかりました」

山名将宏が反町の言葉に従った。

電話機から、男のくぐもった声が流れてきた。

「美和の旦那だな？」

「そうだ」

「録音音声は聴いたか？」

「ああ。美和と話をさせてくれ」

「駄目だ。同封したヘアを見た感想は、どうだい？」

「何も陰毛まで剃ることはなかっただろうが！」

「くっくっく。ぐーんと眺めがよくなったよ」

「妻になんの麻薬（ヤク）を射（ズ）けてるんだ？」

「そんな隠語が出てくるなんて、やっぱり元やくざだな」

「いいから、答えろ！」

安寿の父親が声を張った。

「どこにもない麻薬さ。数種の麻薬を混合したドラッグ・カクテルだよ。媚薬（びやく）がたっぷり入ってる」

「てめえは何を考えてるんだっ」

「山名、百キロの金の延べ棒（インゴット）はいくらで売れた？」

「なんだって、てめえがそんなことまで知ってるんだ!?」

「さあね。とにかく、早く金を用意しろ！」

男が言って、不意に電話を切った。

依頼人が息子に話しかけた。

「将宏、金塊のことは美和も知ってたのか？」

「いや、知らないはずだよ。妻や娘だけじゃなく、会社の連中にも内緒で買ったんだ」

「延べ棒は、どこから買った？」

「池袋にある信協堂商事って、地金の輸入販売業者だよ。買った金塊は、『信協堂商事』の子会社の信協堂倉庫に保管してもらってたんだ。倉庫は同じ豊島区内にある」

「犯人どもは金塊のことまで知ってたんだから、その『信協堂商事』の誰かが内通してやがるんだろうな。担当者は、なんて奴なんだ？」

「久世輝男って販売部長だよ。五十歳前後で、額の禿げ上がった小太りの男だ。しかし、あの男だけじゃなく、『信協堂商事』の社員が顧客名簿を見てるだろうし、倉庫会社の奴らだって……」

「念のため、『信協堂商事』と倉庫会社を少し探ってみましょう。正確な住所を教えてもらえますか」

反町は、安寿の父親に言った。

山名将宏は快く応じ、自分の部屋に走った。待つほどもなく戻ってきた。渡されたメモには、住所と電話番号が記してあった。

「おれはいったんオフィスに顔を出して、さっき話した人物に会ってくるよ」

山名将宏が父親に言い、ＩＣレコーダーから妻の声が録音されたメモリーを抜いた。メモリーと恥毛の詰まったビニール袋をクッション封筒に突っ込み、ふたたび自分の部屋に戻っていく。

「腰かけやしょう」

老博徒がそう言い、先にリビングソファに坐った。反町も、山名祥太郎の前に腰を下ろした。

二人は、しばらく黙って向かい合っていた。

十数分後、背広に着替えた山名将宏が慌ただしく出かけていった。反町はマールボロに火を点けてから、きのうの晩の出来事を明かした。

「京輪組にいた五人の極道が、桜木先生のご長男のご自宅の車庫の上の居住スペースで寝起きしてた⁉　そんなばかな。あっしには信じられねえ」

「驚かれたでしょうが、それは事実なんです。足を踏み外して転落した井上は、車庫の上にある部屋に堂々と入ってきましたから」

「そうですかい。なんだか悪い夢を見てるようでさあ」

「これは単なる勘なんですが、おそらく桜木純大氏は鈴木悟に何かで脅され、仕方なく伊原たち五人に塒を提供したんでしょう」

「桜木先生の公設第一秘書だった鈴木さん、いや、鈴木は純大さんが黒幕であるようにカムフラージュしたってわけですかい？」

「おそらく、そうだったんでしょうね」

「鈴木の野郎、桜木先生にさんざん世話になったってえのに、恩人の息子さんを脅すなんて太え野郎だっ」

老やくざが憤りを露にした。

「鈴木は何か特別な世話を受けたんですか？」

「そうでさあ。先生はあの男の母親が交通事故に遭って大怪我したとき、入院費用も払ってやったんですよ」

「そんなことがあったんですか」

「ええ」

「山名組長、あなたにお願いがあるんですよ」

反町は居ずまいを正した。

「何なんでしょう？」

「自分と一緒にヤマト製糖に行ってもらいたいんです」

「純大さんを追いつめるんですね？」

「結果的には、そういうことになるのかもしれません。しかし、桜木常務が事実を打ち明けてくれれば、陰で鈴木悟を操っていた人物が明らかになる可能性もあります。お辛い立場はわかりますが、なんとか協力してもらえませんか」

「うむ」

「桜木純大氏が半グレなら、こっちが締め上げて口を割らせることもできるんですがね」

「わかりやした。ご一緒しましょう。いま、外出の仕度をしてきますんで、ちょっくらお待ちになってくだせえ」

「もう少ししたら、自分は車の中に移ります」

「なら、そちらに行きまさあ」

山名祥太郎が腰を上げた。片足を引きずりながら、玄関に向かう。

反町は一瞬、老やくざに手を添える気になった。

しかし、すぐに思い留まった。そうすることで、相手の自尊心を傷つけたくなかったからだ。

反町は洗面室に行き、シェーバーで髭を当たった。やや長めの髪も、ついでに手櫛で整えた。

反町はゆったりと煙草を吹かしてから、安寿の家を出た。預かったスペアキーで玄関のドアをロックして、庭を横切る。

母屋の前で、代貸の大竹が竹箒を使っていた。

「竹箒は最近、めったに見かけなくなりました。なんか懐かしいな」

「組長さんとお出かけになるそうですね」

「ええ、ちょっと」

「わたしもお供するつもりだったのですが、ひとりで大丈夫だと言うもので、留守を預かることになりました」

「心配ありませんよ。山名さんは足が不自由なだけで、まだまだしっかりしてますから」

「よろしくお願いします」

「はい。それはそうと、時代が変わったんで組の稼ぎは大変なんでしょ？」

反町は小声で言った。

「ええ、まあ。常盆張れる日が少なくなったので、組でやってる小さな居酒屋で何とか遣り繰りしてるんです」

「それは大変だな」

「もう何年も前に組長さんにネットカジノを縄張り内でやろうって提案したんですが、あの通りの昔気質だから……」

「頑として首を縦に振らなかった？」

「そうなんですよ。ルーレットやバカラをやるぐらいなら、組を解散すると言ってね。このままじゃ、いずれ組は解散せざるを得なくなるでしょう。せめて若が跡目を継いでくれてたら、そんな惨めなことにはならないのかもしれませんが……」

大竹が暗い表情になった。自分の行く末に、ふと不安を覚えたのだろうか。

反町はボルボに乗り込み、車首を門の方に向けた。

それから間もなく、黒紋付きの羽織に袴姿の山名祥太郎が母屋の玄関から現われた。手には、外出時に使っている飴色の杖を握っていた。

大竹が甲斐甲斐しく山名を助手席に坐らせる。代貸は時代遅れな組長に呆れながらも、その人柄を慕っているようだ。

「それじゃ、車を出します」

反町は老組長がシートベルトを掛けたのを目で確かめてから、ボルボを穏やかに走らせはじめた。

永代通りから神田神保町に出て、ＪＲ市ケ谷駅方面に向かう。靖国通りだ。西新宿八丁目にある『ヤマト製糖』本社ビルに着いたのは午前九時半ごろだった。

依頼人が名乗って、桜木常務との面会を求めた。受付嬢が内線電話をかける。遣り取りは短かった。

「十八階の常務室にお上がりになってください」

受付嬢が微笑をたたえ、エレベーターホールの方を手で示した。

反町たちは十八階に上がった。山名が常務室のドアをノックすると、桜木純大本人が応対に現われた。写真よりも若々しかった。

「あっしのような者がこんな所に来ちゃいけねえんですが、きょうは折り入ってうかがいたいことがありやしてね」

山名組長が言った。反町は会釈した。

「お連れの方は？」

「反町さんとおっしゃる方で、プロのボディガードさんですよ。元ＳＰでさあ。安寿のガードをお願いしてるんです」

「どういうことなのかな？」

「ちょっと困ったことが起こりましてね」

「じっくり話を聞かせてもらいましょうか」

桜木純大が言って、反町たち二人を応接ソファに坐らせた。

常務室は広かった。嵌め殺しの窓ガラスの向こうに、新宿西口の高層ビルやホテルが林立している。

「おじさんはコーヒーよりも、緑茶のほうがいいよね？」

桜木が山名に訊いた。

「茶は結構でさあ。純大さん、坐ってくだせえ」

「しかし、お茶ぐらい差し上げないとね」

「どうかお構いなく」

反町も言った。

桜木が老やくざの前に坐った。山名が、これまでの経過を包み隠さずに話す。桜木は心底、驚いた表情になった。

「鈴木は、あなたが東京経済研究所という荒っぽい取り立て屋グループの黒幕と見せかけたかったんでしょう。それで、京輪組の元組員たち五人をあなたの自宅の敷地内に寝泊まりさせたんだと思います」

反町は桜木に言った。

「そうだったのか」

「あなたは、どんな弱みを鈴木悟に握られたんです?」

「それは……」

桜木が言い澱み、下を向いてしまった。

「わたしの調査によると、あなたはデリバティブで約九十億円の損失を出された。その穴埋めをお父上にしてもらった。そのあたりのことで、何か疚しいことでも?」

「そうじゃない、そうじゃありませんよ。プライベートなことで、鈴木に脅迫されたんです」

「その弱みというのは?」

「お話ししなければ、ならないでしょうか」

「人質の命がかかってるんです。なんとか協力してもらえませんかね」

反町は言った。

桜木は一分近く黙り込んでいたが、意を決したように勢いよく顔を上げた。

「もう三年前の話ですが、わが社の企業秘密がライバル社の『東西製糖』に筒抜けになってたんですよ。わたしは危機感を覚え、父の公設第一秘書をやっていた鈴木に裏切り者捜しを頼みました」

「誰がライバル社のスパイだったんです？」

「わたしが最も信頼していた部下でした。その男は金と女で釣られて、原料の輸入原価や加工賃などの細かい数字を『東西製糖』に流してたんです。怒りに駆られたわたしは、その部下をある神社に呼び出し……」

「突き落としたんですね？」

「いいえ、そうではありません。殴りつけただけです。しかし、部下は弾みで石段から転げ落ちてしまいました。運悪く頭を強く打って、意識を失ってしまったんですよ。そのとき、その神社の境内に鈴木が潜んでいたとは夢にも思っていませんでした」

「あなたは鈴木に、たびたび強請られたんですね？」

「彼が父のところを辞めさせられるまでは、一度も強請られませんでした。しかし、それからは三百万、五百万とちょくちょく口止め料を要求されました。併せて二千万以上は脅し取られたでしょう」

「そうした弱みがあったんで、京輪組を追放された五人の塒(ねぐら)を提供してしまったんですね？」

「ええ、そうです」

「井上という男のことがニュースになってないようですが……」

反町は桜木の顔を直視した。

「井上というんですか。深夜に帰宅したとき、死体を発見しました。妙な事件に巻き込まれたくなかったので、夜が明けないうちに車のトランクに死体を入れて奥多摩(おくたま)の山の中に穴を掘って、埋めたんです」

「井上は自分で足を踏み外したんですよ」

「あなたが、どうしてそれをご存じなんです？」

桜木が訝(いぶか)しそうに問いかけてきた。

反町は、その理由を話した。

「そうだったんですか。わたしは、自宅内で殺人事件が起こったと早合点(はやがてん)してしまって、ひどく取り乱しました。後で警察に電話をして、死体のある場所を教えます。それから、三年前のことも話すつもりです」

「会社を売った男のことまで、わざわざ話すことはありませんよ。しかも、事故性が強いんですから」

「しかし、わたしが殴らなければ、彼は昏睡状態になることはなかったでしょう。早く真実を話して、楽になりたいんですよ。この三年間、ずっと罪の意識にさいなまれ通しでしたんでね」

「そこまで覚悟されているんでしたら、もう反対はしません。残りの四人は、もう姿を消したんですね？」

「昨夜、彼らはわたしより早く仲間の死体を見たんでしょう。それで、四人とも逃げ出したんだと思います」

　桜木が言った。

「もう一つ教えてください。死んだ鈴木悟の背後にいる人物が誰だか、思い当たりませんか？」

「ええ。ただ、鈴木はそう遠くない将来、海外に移住する予定だと洩らしていました。何かで、まとまった金が入ることになってたんでしょう」

「そうなんですかね」

「純大さん、思い出したくねえことを思い出させちまって、勘弁してくだせえ」

　山名がコーヒーテーブルに両手を突き、深々と頭を垂れた。

　桜木が無言で首を振った。反町は目礼し、先に常務室を出た。

少し待つと、老やくざがやってきた。

「残酷だね、人生ってやつは」

「そうですね。あなたを深川に送り届けたら、池袋の信協堂商事に行ってみます」

「あっしはタクシーで帰りまさあ。あんたは池袋に向かってくだせえ」

「それじゃ、そうさせてもらいます」

反町は口を結んだ。

二人はエレベーターが一階に着くまで、どちらも口を開かなかった。

第四章　元グルカ兵たちの影

1

会話が中断された。

二人分の茶を持った女性社員が、応接室に入ってきた。池袋二丁目にある『信協堂商事』だ。

反町は、久世輝男と向かい合っていた。刑事に成りすまして、久世との面会を求めたのだ。二十六、七歳に見える女子社員がコーヒーテーブルに茶を置き、すぐに下がった。

「山名さんが何か事件を起こしたんですか？」

久世が訊いた。

「いや、逆ですよ。ある事件に巻き込まれたんです」

「そうなんですか」

「さきほどの話だと、山名さんが持っていた百キロの金を買われたのは赤羽の石材店経営者でしたね？」

「そうです。影山健二という方です」

「念のため、売買契約書を見せてもらえます？」

反町は頼んだ。

久世がファイルの売買契約書を開く。山名と影山の署名があり、それぞれ実印が捺されている。売買価格は九億円だった。

「影山さんは当社の系列の倉庫会社に金の保管を委託されましたので、結局、所有者の名義変更があっただけなんですよ。影山さんが銀行の支店長振り出しの九億円の預金小切手を山名さんに渡され、契約はすぐに終わりました」

「そうですか。ところで、こちらの社員の方や子会社の倉庫会社の方々は、山名さんが百キロの金塊を所有してたことを当然、知っていましたでしょう？」

「全部じゃありませんが、地金の販売や保管に携わってる者は知っていたはずです」

「そういう方たちをリストアップしてもらえませんかね。もちろん、ご迷惑はかけませんん」

反町は小さく頭を下げた。

久世が禿げ上がった額に手を当て、考える顔つきになった。反町は、もうひと押しした。

「ご協力願えませんかね」

「いいでしょう」

久世が名簿のコピーを差し出した。列記された人数は十名近かった。

「その中で、山名さんと何かトラブルを起こした方は？」

「おりません。百キロの金塊を購入してくださるお客さまは、上客も上客です。少々の無理を言われても、怒ったりする者などいません」

「そうでしょうね。それでは、リストアップされた方たちの中で経済的に苦しんでた方は？」

「それぞれ家や車のローンを抱えていますが、特に大きな借金のある者はいないと思います」

「そうですか。山名さんの金塊のことで、身内や知人がこちらに問い合わせてきたことは？」

反町は畳みかけ、マールボロに火を点けた。

「それはありませんが、ひとりだけ妙な方が訪ねてきました」

「何者なんです？」

「東京国税局の査察官です。加東とかいう方でした。身分証明書をちらっと見せてくれただけで、名刺はくれなかったな。それで少しおかしいと思ったのですが、以前に査察を受けて痛い思いをしたことがあるので、国税局に問い合わせるのも何となくためらわれたんですよ」

「それは、いつのことなんです？」

「もう三カ月ほど前です。山名さんが百キロの金を購入された時期や価格をメモして、すぐに帰っていきました。あの男は、もしかしたら、偽の査察官だったのかもしれませんね」

　久世がそう言い、ひと口茶を啜った。

「なぜ、そう思われたんでしょう？」

「その男は、どことなく崩れた感じだったんですよ。五十年配で、筋者風というかね。喋るときは少し巻き舌でしたし、両手にカマボコ型の指輪をしてたんですよ」

「査察官というよりは、テキ屋っぽい感じだな」

「ええ、そうでしたね。ひょっとしたら、ヤミ金の者かもしれないな。数こそ多くありませんが、金塊マニアがいるんですよ。あちこちから借金しまくって、延べ棒をたくさん買い込んだりしてるんです」

「山名さんが百キロの金を買ったときの支払い方法は？」

「二枚の預金小切手でした」

「そうですか。加東とかいう男は、どんな髪型をしてました？」

反町は大竹澄夫が両手に大ぶりの金の指輪をしていたことを思い出し、さりげなく久世に問うた。

「職人刈りのような髪型でしたね」

「背恰好(かっこう)はどうです？」

「身長は百六十七、八センチでしょうか。体つきは、がっしりしていました」

「そのほか何か特徴は？」

「特に印象に残っていることはありません。ここにいたのは、せいぜい十分ぐらいでしたのでね」

「その男は、ひとりで現われたんですか？」

「はっきりとは断定できませんが、外に女性を待たせていた様子でしたよ」

「どんな女性だったんだろう？」

「加東という男と女性が並んで歩く後ろ姿を見ただけなんですよ。体型から察して、女性はまだ三十代でしょう」

久世がそう言い、また茶を飲んだ。

髪型と両手に指輪をしている点は、自称加東と大竹は合致している。しかし、それだけで査察官と称した男が大竹だとは断定できない。大竹は山名を慕(した)って、尽くしてもいるようだ。彼が後ろ暗いことをしているとは考えにくい。

それにしても、連れの女性はいったい何者なのか。どうも気になる。

山名将宏の愛人なのだろうか。そうだとしたら、加東と名乗った男は、女性の新しい彼氏なのかもしれない。そして、手切れ金の要求額を決めるために山名の財産調べをしていたのではないか。反町はそう推測しながら、短くなった煙草の火を灰皿の中で消した。

「あのう、そろそろよろしいでしょうか。これから、人と会う約束があるんですよ」

久世が腕時計に視線を落とした。

もう五分ほどで、十一時になる。反町は礼を述べて、急いで辞去した。

ボルボは『信協堂商事』の裏通りの路上に駐めてあった。

反町は車の中に入ると、老やくざの自宅に電話をかけた。固定電話の受話器を取ったのは代貸の大竹だった。

反町は、わけもなく緊張した。しかし、確たる証拠もないのに、大竹を詰問するわけにはいかない。電話を山名祥太郎に替わってもらう。

「タクシー、すぐに拾えました？」

「ええ、少し待っただけでね。そちらは何か収穫がおありになりやした？」

「いや、収穫といえるようなものはありませんでした」

「そうですかい。いま少し前に、桜木先生から電話があったんですよ。純大さんはヤマト製糖の顧問弁護士さんと一緒に桜田門に出頭したそうです」

「そうですか。多分、執行猶予が付くでしょう。それにしても、なんだか後味が悪いな」

「気にすることはありませんや。いずれ純大さんも、肚を括らなきゃならなかったんですから」

「桜木一矢氏は政界から引退することになるんだろうか」

「先生はその覚悟のようでした。けど、少しも気落ちはしてなかったな。先生は、政治屋ばかりになっちまった政界に前々から苦りきってたんです。この機会に、政界とはきっぱりと縁を切るとおっしゃっていましたよ」

「そのほうがいいかもしれませんね」

「あっしも、そう思いまさあ」

山名組長が言葉を切り、すぐに言い重ねた。

「それから、身代金のことですが、長いつき合いの親分衆から計五億円借りられることになりやした。これで、十四億が工面できたわけです。後は倅がどこまで都合できるかです。将宏の金策がうまくいかなかったら、ここの土地と家の権利証を差し出して、恥をしのんで桜木先生と彦根外科医院の二代目に相談してみるつもりでさあ」

「どちらも資産家のようだから、いくらか貸してもらえるでしょう？」

「それはわかりませんが、十六億円は巨額ですんで、すんなりとは借りられねえと思います」

「そうだろうな。ところで、ちょっとうかがいたいのですが、息子さんには愛人がいます？」

「急に何なんです？」

「実はですね、『信協堂商事』の久世って男から聞いたことなんですが……」

反町は詳しい話をした。しかし、東京国税局の査察官と自称した男については細かく喋らなかった。

「以前、倅が面倒を見てた女はいました。けど、とうに手は切れてるでしょう」

「参考までに、その方のことを教えてもらえます？」

「神楽坂(かぐらざか)で『初音(はつね)』って小料理屋をやってる女です。益田路代(ますだみちよ)って名で、三十六、七歳だったか。確か店の二階が住まいになってたんじゃねえかな」

「ちょっと気になるんで行ってみます」

「無駄足になると思いますぜ。その女のことが美和にバレちまって、倅はいくらか手切れ金を渡して別れたって言っててやしたんでね」

山名がそう言って、電話を切った。

反町はスマートフォンを耳から離した。ほとんど同時に、軽やかな着信音が響いた。

電話をかけてきたのは力石だった。

「少し前に西村が釈放になりました。奴は、やっぱり身替わりだったようです。飯島早苗を殺ったのは別の奴らなんでしょう。警察はそう判断したんで、西村を釈放したんですよ」

「釈放後、西村は誰と接触した？」

「いまのところ、まだ誰とも会っていません。奴はいま、上野のサウナにいます。ずっと張りつくつもりです。先輩のほうは、どうでした？」

「あまり進展がないな。力石、玉川署に親しい刑事はいるか？　鈴木悟の住所録なんかが署にまだあると思うんだ」

「残念ながら、特に親しくしてる奴はいないんですよ。なんだったら、間接的に手を回してもかまいませんけど」

「いや、そこまでやってもらわなくてもいいよ。西村の動きに何かあったら、また連絡してくれないか」

反町は電話を切り、ボルボを神楽坂に走らせた。

小料理屋『初音』は神楽坂の裏通りにあった。小ぢんまりとした店だった。間口は、二間ほどしかない。

反町は店のガラス戸を開けた。

カウンターの内側に、三十六、七歳の色気のある女性がいた。こんにゃくに、庖丁の先で切れ目を入れていた。捩りこんにゃくの下拵えをしているのだろう。

「ごめんなさい。まだ準備中なんですよ。営業時間は夕方の五時からなの」

「客じゃないんだ」

反町は模造警察手帳を短く見せ、女の前まで進んだ。

「うちは、警察に睨まれるようなことなんかしてませんよ」

「益田路代さんですよね？」

「ええ、そうです」

「山名将宏さんとのことを少し訊きたいんですよ。彼の世話になってるのかな、いまも？」

「いいえ。もう半年以上も前に別れました。山名さんが何かまずいことをしたんですか？」

路代は手を休めなかった。

「そういうことじゃないんですよ。あなたは三カ月ほど前、池袋二丁目にある『信協堂商事』を訪ねませんでした？」

「いいえ、そんなとこには行ってません。何とか商事って、何なんです？」

「地金を輸入販売してる会社ですよ。その会社の部長が、あなたと年恰好のよく似た女性を見かけてるらしいんです」

「その女性、わたしじゃありませんよ。三カ月前なら、わたし、郷里の秋田に帰っていましたもの。ちょっと体調を崩して、実家で一カ月ぐらい静養してたんです」

「そうなんですか。なら、あなたじゃなさそうだな」

「山名さん、金の延べ棒を持ってるの？」

「きのう、売ってしまったようです。百キロの金塊をね」

「へえ、そんな隠し財産があったの。だったら、もっと手切れ金を貰えばよかったわ。リーマン・ショック以降、事業がずっとよくないって言ってたから、たったの三百万円しか貰わなかったのよ。ああ、損しちゃった」

「もっと欲を出せばよかったのに」

反町は笑顔で言った。

そのとき、階段が軋んだ。ほどなく五十歳前後の髪の短い男が姿を見せた。寝起きの顔だった。肩や胸が厚く、両手に指輪の跡がくっきりと彫り込まれていた。

「いま一緒に暮らしてる男性なの」

路代が照れた顔で言った。男が軽く頭を下げた。

この二人が三カ月ほど前に『信協堂商事』に行った可能性もあるのではないか。反町は男の顔を見ながら、ふと思った。

「警察の旦那だそうで？」

男が話しかけてきた。

「そうだが……」

「路代が何か？」

「ちょっとした聞き込みですよ。気にしないでほしいな。おたく、素っ堅気じゃないね？」

「若いころ、東門会にいましたが、いまは堅気です。一応、調理師の免許も持ってるんですよ」

「この人、河豚も捌けるの」

路代が幾分、誇らしげに言った。

「そう。似合いのカップルですね」

「お客さんにも、よくそう言われるのよ」

「どうもお邪魔しました」

反町はどちらにともなく言って、『初音』を出た。

ボルボに乗り込み、数十メートル後退させる。しばらく張り込んで、二人の動きを探ってみる気になったのだ。

反町はシートに凭れて、ラスクを齧りはじめた。

昼飯代わりだ。ペットボトル入りのコーラを飲みながら、十枚ほど食べた。

いつしか一時間が流れた。

だが、路代たち二人が動き出す気配はなかった。

店の前に灰色のメルセデス・ベンツが停(と)まったのは午後二時すぎだった。反町は、その車を注視した。

運転席から降りたのは、なんと山名将宏だった。老組長の息子だ。

いったい、どういうことなのか。反町は、わけがわからなかった。

安寿の父親は『初音』の中に入っていった。

反町はボルボを降り、店に近づいた。店内で、男同士が怒鳴り合っている。片方は山名、もう一方は路代の新しい彼氏だった。

「山名さん、帰ってちょうだい。棄(す)てた女の力を借りようだなんて、みっともないわ。そう思わない？」

路代の声もした。

どうやら山名は、何か路代に頼みにきたらしい。数分後、安寿の父が店から出てきた。悄然(しょうぜん)とした表情だった。

「山名さん……」

反町は声をかけた。山名将宏が驚き、すぐに問いかけてきた。

「なんで反町さんが、ここに⁉」

「あなたと路代さんのことを、お父上からうかがったんですよ。実は午前中に池袋の信協堂商事に行きました」

反町は経緯を語った。

「そうだったんですか。しかし、東京国税局の査察官と称した奴の連れは、路代じゃないと思います。路代は、そんなことをするような女じゃありません」

「そうですか。ところで、あなたはなぜ路代さんの店に？」

「路代の従兄がメガバンクで融資課長をやってるんです。その男を紹介してほしかったんですが、けんもほろろでした。当てにしてた相手からは、たったの一億円しか回してもらえなかったんですよ」

「そうだったのか。さっきお父上と電話で喋ったんですが、旧知の親分衆から五億円ほど借りられたそうですよ」

「ほんとですか!?　親父の奴……」

安寿の父が声を詰まらせた。目が潤んでいる。

「これで、十五億は工面できたわけですね」

「ええ。あと半分だな」

「お父上は、桜木一矢氏と彦根公盛氏に相談してみると言っていました」

「親父にそこまでさせたくないな。もう一度、一億円を貸してくれた男に頭を下げてみます」

「犯人側と交渉してみたら、どうでしょう？」

「しかし、三十億の半分じゃ、犯人側は納得しないんじゃないかな」

「それは、わかりませんよ。ひょっとしたら、とりあえず十五億円だけでも手に入れたいと思うかもしれませんので」

反町は言った。

「そうですかね」

「駄目で元々というつもりで、交渉してみる価値はある気がします。それに、小切手の受け渡しのとき、うまくすれば犯人たちの正体を摑めるかもしれません。そうなれば、奥さんの救出もできるでしょう」

「しかし、危険は危険ですよね。犯人グループが工面できた身代金だけ受け取って、妻を殺すことも考えられますんで」

「ええ、確かにね」

「親父にこれ以上迷惑をかけたくないんで、期限ぎりぎりまで金策に駆けずり回ってみますよ。それじゃ、ここで失礼します」

山名将宏が慌ただしくメルセデス・ベンツに乗り込んだ。

反町は踵を返し、自分のボルボに戻った。張り込みを切り上げて、聖光女子高校に向かった。

2

禍々しい予感が膨らんだ。

反町は喫いさしの煙草の火を消した。安寿の家の居間である。

ひとりだった。安寿は二階の自分の部屋にいる。

山名将宏から反町に連絡があったのは夕方だった。かつて面倒を見てやったことのある人物が渋々ながらも、残りの十五億円を用立ててくれることになったという。

その人物は午後九時に山名のオフィスに十五億円分の預金小切手を届けることになっていたそうだ。しかし、もう午前零時近い。

いくらなんでも、帰りが遅すぎる。

反町は、安寿の父親のオフィスに電話をしてみた。

だが、いくら待っても先方の受話器は外れなかった。反町は事務所に様子を見に行ってみる気になった。階段を駆け上がり、安寿の部屋のドアをノックする。

すぐにドアが開けられた。

「親父さんの帰りが遅いから、ちょっとオフィスに行ってくる。きみは母屋で待っててくれないか」

「心配だから、わたしも行く」

「できれば待っててほしいな」

「一緒に連れてって。わたし、なんだかさっきから妙な胸騒ぎがしてるの。祖父の家にいても落ち着かないのよ」

安寿が言った。

「わかった。それなら、一緒に行こう」

「うん。祖父には、コンビニに買物に行くって言っといて。心配かけたくないの」

「ああ、そうしよう」

反町は階下に降り、先に庭に出た。母屋に立ち寄り、三十代の部屋住みの組員に安寿と近くのコンビニエンスストアに出かけると告げた。

「いま、組長(オヤジ)さんを呼んできましょう」

「いいんです。そう伝えといてください」

「承知しました。お気をつけて」

組員が一礼した。

反町はボルボＸＣ60の運転席に入った。一分ほど過ぎると、Ｔシャツの上に長袖(そで)のデニムシャツを羽織(はお)った安寿が別棟から飛び出してきた。

二人は山名将宏の経営する会社に向かった。

二十分ほどで東銀座のオフィスに着いた。安寿の父のオフィスは雑居ビルの五階にある。広いワンフロアをそっくり使っていた。入口には、五つの会社の社名プレートが掲(かか)げられている。山名将宏の事務所に急ぐ。室内は明るかったが、人のいる気配は伝わってこない。

反町は室内に足を踏み入れた。

スチールデスクが六卓置かれ、壁際(かべぎわ)にキャビネットやOA機器が並んでいる。右手に仕切り壁があり、その奥が社長室になっていた。

社長室のドアは、開け放った状態だった。照明で明るい。

部屋の中が乱れていた。桜材の両袖机の上の電話機や書類函(ばこ)が落ちかけている。肘(ひじ)当ての付いた椅子(いす)は横に転がっていた。

「父は誰かに襲われたのね」

安寿が震(ふる)える声で言った。

反町は無言でうなずき、机の周(まわ)りを素早く見た。椅子の近くに血痕(けっこん)が散っている。

二人は室内をくまなく検(しら)べてみたが、山名将宏はどこにも倒れていなかった。

反町は廊下に出て、エレベーターホール横のトイレに向かった。すぐに安寿が追ってきた。反町は三つのブースを次々に覗(のぞ)いてみた。

と、安寿の父が最後のブースの洋式便器の蓋に腰かけていた。やや前屈みの姿勢だった。

「山名さん、何があったんです?」

反町は呼びかけた。

だが、返事がない。反町は山名将宏の肩に手を掛けた。

そのとき、安寿の父が前のめりに倒れてきた。首の後ろに小さな傷があった。そこから、血の条が垂れている。

「お父さん、しっかりして!」

安寿が後ろで叫んだ。

反町は山名の手首を取った。脈動は熄んでいた。

「駄目だ」

「え?」

「親父さんは、もう死んでる」

「いやーっ」

安寿が床に泣き崩れた。

山名は細いナイフで、延髄を断ち切られたと思われる。

反町は死体を貯水タンクの脚部に凭せかけ、改めて手首に触れた。温もりは、まったく感じられない。何時間も前に殺されたようだ。

延髄を狙ったところを見ると、殺し屋の犯行だろう。

反町はトイレのドアを閉め、泣きじゃくっている安寿をオフィスフロアに連れ戻した。そして、椅子に腰かけさせた。山名将宏の遺体をオフィスに運んでやりたかったが、現場検証や犯人の遺留品の採取のことを考え、それは断念せざるを得なかった。

「誰が、誰が父さんを殺したのっ」

安寿が泣きながら、切れ切れに言った。

「親父さんは、今夜九時に誰かから十五億円を借りることになってたんだ。すでに親父さんは、その人物から一億円借りたと言ってた」

「そのお金は、母を監禁してる人たちに払うためだったの？」

「そう。その十五億があれば、犯人側の要求額の都合がついたんだよ」

「十五億円を貸してくれることになってた人が、父を殺したの？」

「その人物が直に手を汚したんじゃなく、殺し屋を雇ったんじゃないかな。明らかに、プロの手口だから」

反町は言って、安寿の細い肩に両手を置いた。

「なぜ、父さんは殺されることに……」

「きみには辛い話だが、おそらく親父さんは相手の弱みを握ってたんだろうな。それをちらつかせて、まず一億円を出させた。その後、さらに強引に十五億円を借りようとしたんじゃないだろうか」

「父さんが強請(ゆすり)めいたことをしてたってこと？」

「ああ、おそらくね」

「信じられないわ。ううん、信じたくない。父さんは、もうとっくの昔に足を洗ってたのよ」

安寿が事務机に突っ伏して、激しく泣きはじめた。

反町は社長室に戻り、両袖机に近づいた。ハンカチを手に巻き、机の引き出しの中をことごとく検(しら)べてみた。だが、一億円の小切手はなかった。

机の斜め後ろに、大きな耐火金庫があった。銀行の貸金庫の鍵は、その中に入っているのだろう。金庫はロックされたままだった。

反町は山名祥太郎の自宅に電話をかけた。

受話器を取ったのは部屋住みの組員だった。反町は名乗って、電話口に老やくざを出してもらった。

「山名さん、息子さんが亡(な)くなられました。オフィスのある階のトイレのブースの中で何者かに殺害されたんです」

「なんだって⁉」

安寿の祖父が絶句した。

反町は死体を発見するまでのことをつぶさに話した。

「いま、そっちに行きます。それまで、警察は呼ばねえでくだせえ」

「わかりました」

「反町さん、安寿はどうしてます？」

「ショックが大きかったのでしょう。泣きじゃくっています」

「かわいそうに。あっしが行くまで、安寿のそばにいてやってくれますか。お願いします」

老やくざが電話を切った。

反町は社長室を出て、安寿のいる場所に戻った。安寿のかたわらの椅子に腰かけ、波打つ背に黙って手を置いた。

何か慰め（なぐさ）の言葉をかけてやりたかった。

しかし、深い悲しみに沈んでいる者には、どんな言葉も無力だ。なまじ声をかけたりすると、かえって悲しみを誘うことになる。

安寿の嗚咽（おえつ）は、いつまでも熄（や）まなかった。反町は泣き声が高まるたびに、無言で安寿の背を撫（な）でさすった。

山名祥太郎が大竹とともに駆けつけたのは、およそ三十分後だった。

老博徒は最初に安寿の肩を抱き、優しい声で言った。

「辛えよな。泣きたいだけ泣きな」

「お祖父ちゃん！」

安寿が椅子ごと振り向き、山名祥太郎に抱き縋った。

祖父と孫娘はひしと抱き合った。痛ましい光景だった。

「若はどこなんです？」

大竹が小声で訊いた。

反町は山名祥太郎と大竹をトイレに導き、最も奥のブースのドアを開けた。老やくざが変わり果てた息子に近づき、その両肩に手を掛けた。無言だった。それほどショックが大きかったのではないか。

「若！　なんだって、こんなことになったんです？　まだお若いのに。組長さんとおれが、きっと仇を討ちます」

大竹が山名組長の肩越しに遺体を覗き込み、涙声で言った。

「鋭い刃物で延髄をやられたようです」

「ひでえことをしやがる」

「素人の犯行じゃないと思います」

反町は言って、少し退がった。大竹がスラックスのヒップポケットから、皺だらけのハンカチを取り出した。その目には涙が溜まっていた。

山名は何も言わずに、じっと息子の死顔を見つめていた。

大竹が焦れた口調で言った。

「組長さん、若に何か言ってやってください」

「こんなに冷たくなっちまって」

「もう少し優しい言葉をかけてやったら、どうなんです？　若は、たったひとりの子供じゃありませんか」

「親より先に死んじまうなんて、どうしようもねえ親不孝者だよ。そんな奴に、どう優しくしろってんだっ」

老やくざが啖呵を切るように言い、目を閉じて両手を合わせた。

骨張った手は小刻みに震えていた。肩も不自然に強張っている。懸命に涙を堪えているのだろう。

反町は先にトイレを出て、たオフィスフロアに戻った。一一〇番通報する。

所轄署の捜査員や機動隊の初動捜査班の面々が相次いで駆けつけたのは八分後だった。少し遅れて、本庁の捜査一課員たちも臨場した。

一課員の中には、反町の知っている者が何人かいた。鑑識係の男たちが犯人の遺留品や指紋採取に取りかかった。

反町は死体の第一発見者として、顔見知りの刑事に事情聴取された。差し障りのあることと以外は、正直に喋った。被害者の身内や大竹も、それぞれ事情聴取された。

現場写真の撮影が終わると、山名将宏の死体はトイレから運び出された。夜が明けたら、所轄署から東京都監察医務院に搬送され、司法解剖に付されることになるだろう。

「どなたか、耐火金庫のダイヤル錠の暗証番号をご存じじゃありませんか？」

本庁捜査一課の中年刑事が、老やくざと安寿を等分に見た。

「あっしは存じません」

「知ってるわ、わたし。いつか父さんが番号を憶えてたほうがいいって、無理に教え込まれたの」

山名の声に、安寿の声が重なった。

「それじゃ、金庫のロックを外してもらえます？　何か手がかりがあるかもしれないんでね」

「わかりました」

安寿がハンカチで目許を拭って、刑事に従いていった。

反町、山名、大竹の三人も社長室に移った。

安寿がダイヤルを何度か左右に回すと、ロックが解除された。白い布手袋をした刑事が耐火金庫から、書類、銀行の貸金庫の鍵、八つの帯封の掛かった札束などを取り出した。

不動産の権利証や有価証券の類は何もなかった。

安寿の父親は、金融機関の誰かの弱みを押さえていたにちがいない。その証拠音声か写真データが、どこかにあるはずだ。自宅のどこに隠してあるのだろうか。

反町は捜査員や鑑識係の動きを目で追いながら、密かに考えていた。

「明朝、いや、もう日が変わりましたね。これから、ご自宅のほうも少し調べさせていただけますか？」

捜査員のひとりが、山名と安寿に言った。

二人は黙ってうなずいた。それから間もなく、反町たち四人は二台の車に分乗して深川の山名宅に戻った。

反町は老やくざと安寿の許可を得て、被害者の部屋を検べさせてもらった。すると、一個のメモリーが額縁の裏側にセロテープで貼りつけてあった。すぐに剝がす。

反町はメモリーを持って、居間に戻った。

安寿の姿はなかった。老やくざがリビングソファに坐って、ぼんやりしていた。

「お孫さんは？」

「自分の部屋に引き取りやした。ひとりで思い切り泣きたいんでしょう」

「かわいそうに。息子さんの部屋に、こいつがありました。いま、車の中からレコーダーを持ってきます」

反町はメモリーを山名に渡し、急いで庭に出た。ボルボのグローブボックスからＩＣレコーダーを取り出し、すぐに別棟に戻った。

居間のソファに坐り、山名の目の前でメモリーを再生する。ややあって、男同士の会話が流れてきた。

――山名さん、わざわざお呼び立てして申し訳ありません。今夜は、折り入ってお願いがあるんですよ。

――頭取がこんな高級な料亭に招いてくださるんだから、よっぽどお困りのことがあるんでしょうね。

――ええ。うちの不動産部が都心のビル用地の買収をしてるんですが、ある地主が自分のアパートにやくざふうの男たちを住まわせて、法外な立退き料を請求してるんですよ。どうもその連中の背後には名古屋の大親分がいるようなんです。地主の親類らしいんですがね。どうしても土地が欲しけりゃ、一坪十億円出せなんて、まるで話にならないんですよ。

――わたしに、地上げの手伝いをしろとおっしゃるわけですね？

――ええ、その通りです。あなたは、かつて荒っぽい世界に身を置かれていたという噂ですし、お父さまも深川界隈の顔役でいらっしゃるそうだから、裏社会にはいろいろ顔がお利(き)きになると思うんですよ。

――古橋さん、わたしはとうの昔に足を洗った人間です。事業家としては駆け出しも駆け出しですが、真っ当な暮らしをしてるんですよ。

――それは、よく存じ上げています。だから、当行の社外ブレーンとして、お力をお借りしたいと思ったわけです。

――しかし……。

――もちろん、それなりの謝礼はさせていただきます。あなたにご融資した四十二億の金利を半分にいたしましょう。さらに当行の系列の『ホープファイナンス』から借りた負債を新たに超低金利でお貸ししましょう。もちろん、融資審査はフリーパスです。

――事業資金を融資してもらえるのはありがたいが、やはりお断りします。

――ほう、なかなか手強(ごわ)い方だ。それなら、あなたに現金で十億出しましょう。むろん、領収証は必要ありません。ただし、問題の地主が頑張ってる西新宿の古アパートを全焼させてほしいんですよ。

――わたしに放火をやれとおっしゃるんですか⁉

――何も、あなた自身がやることはありません。昔の舎弟か誰かにやらせればいいんですよ。その後、あなたに強欲な地主にちょいと脅(おど)しをかけてほしいんです。

――悪い話じゃないが、いまのわたしには引き受けられません。それに、いまは銀行さん、ノンバンクのどこも預金をだぶつかせてるから、わたしにも融資してくれるとこがあるんですよ。

――山名さん、ちょっと待ってください。謝礼を五十億差し上げます。それで、負債はぐっと少なくなります。いかがでしょうか？

――話は聞かなかったことにしましょう。お先に失礼します。

山名将宏が立ち上がる気配が伝わってきて、急に音声が途絶えた。

「密談の相手は、友和銀行の古橋雄作ですね」

反町はそう言って、音声を停止させた。

「倅は、将宏はその密談音声で古橋から銭を引き出そうとしたんでしょう」

「ええ、多分。すでに引き出した一億円の小切手がオフィスの金庫に入っていませんでしたから、おそらく息子さんを殺害した奴が持ち去ったんでしょう。あるいは、銀行の貸金庫の中に保管されてるのかもしれないな」

「ばかな奴だ、てめえで命を縮めやがって」

老やくざが震え声で言った。

「この密談音声、お借りできますか？」

「あんたが古橋って男を締め上げてくれるんですかい？」

「この録音音声が公(おおやけ)になったら、お孫さんは辛いでしょう」

「あんたは侠気(おとこぎ)があるね。音声は好きなように使ってくだせえ」

「そうさせてもらいます」

反町は超小型録音機をメモリーごと上着のポケットに入れた。

3

仮通夜だった。

それでも、弔問客は引きも切らない。山名将宏の亡骸(なきがら)は母屋の仏間に安置されている。

司法解剖は、きょうの正午前に終わっていた。

やはり、刃物で延髄を切断されたことによる失血性ショック死だった。凶器は短刀らしい。遺体が山名家に運びこまれたのは午後四時過ぎだった。それから、およそ三時間が流れている。

反町は広い縁側に斜めに腰かけ、仏間に目を当てていた。

北枕に安置された遺体のかたわらには、老やくざと安寿が並んで正坐している。安寿は制服姿だった。泣き腫(は)らした目が痛々しい。

弔問客は裏社会の人間ばかりではなかった。

故人と関わりのあった堅気の男女も次々に訪れた。山名祥太郎の知り合いも少なくなかった。

仮通夜の手伝いをしているのは、故人が経営していた会社の社員たちだった。

大竹たち山名組の組員たちは、もっぱら裏方に徹していた。昔気質の組長が、そうするよう指示したのだろう。

玄関の方から、見覚えのある老人が歩いてきた。新聞やテレビで馴染み深い民自党の大物議員だった。

反町は立ち上がって、弔問客に目礼した。

桜木一矢は連れの公設秘書らしき男を廊下に待たせ、ひとりで遺体の安置された和室に入っていった。

山名祥太郎が恐縮し、桜木に何度も頭を下げた。桜木は故人の死顔を辛そうに見てから、長いこと手を合わせていた。それから大物政治家は老組長と安寿の手を同時に握り、何か悔やみの言葉を述べた。

言葉は短かったが、遺族には大きな慰めになったようだ。山名祥太郎と安寿は幾度も深くうなずいた。

桜木一矢が辞去すると、今度は彦根外科医院の二代目院長が訪れた。

老やくざが故人の顔に掛かった白布を取り除くと、彦根公盛は男泣きに泣きはじめた。ほぼ同年代の故人の急死に驚き、思わず悲しみを露にしてしまったのだろう。

末席に連なる親分衆たちの中には、貰い泣きする者もいた。

彦根は二人の遺族に長々と何か語り、ようやく立ち上がった。端整なマスクには、涙の痕がくっきりと残っていた。

反町は少し焦れはじめた。

友和銀行の古橋雄作をマークしているはずの藤巻から、何も報告がない。古橋に尾行を気づかれ、まかれてしまったのか。

反町は何となく落ち着かなくなって、山名邸の前の道に出た。

塀に沿って、弔問客たちの車が列をなしている。六、七台先のセダンが、ライトを短く灯した。見覚えがあった。力石の覆面パトカーだった。

反町は大股で覆面パトカーに歩み寄り、素早く助手席に乗り込んだ。

「まさか西村のその後の足取りをわざわざ教えに来てくれたわけじゃないよな？」

「その報告もありますが、先に飯島晴通のことを話します」

「殺られたのか？」

「さすがは先輩だな。夕方六時ごろ、隅田川に飯島の惨殺体が浮いてたんです。両国橋の近くです。臨場のついでに、こっちまで来たわけですよ」

力石が言った。

「死体の損傷について、もう少し詳しく話してくれ」

「飯島は山刀(やまがたな)のような厚刃(あつば)の刃物で喉(のど)を掻(か)っ切られてました。さらに切断されたペニスが口の中に突っ込まれてました」

「ちょっと異常だな。怨恨(えんこん)がよっぽど深かったんだろう」

「ええ、そう思われます。ほぼ全身にリベットが打ち込まれていましたので」

「五寸釘は？」

反町は問いかけ、マールボロをくわえた。

「それは一本も打たれていませんでした。しかし、リベットと五寸釘は似てなくもないですよね？　妻の早苗を殺(や)った奴の犯行(ヤマ)でしょう」

「おおよその死亡推定時刻は？」

「検視官の話だと、死後半日以上は経(た)ってるだろうってことでした。両手と両足に針金で縛られた痕がありましたから、拷問(ごうもん)された後、喉と性器を掻っ切られたんだと思います」

「だろうな」

「先輩、地下(さ)げ屋って、わかりますよね？」

力石が問いかけてきた。

「おいおい、あんまりなめるなよ。ホテル住まいのおれだって、新聞も読むし、テレビやネットニュースだって観てる」

「別に、なめたわけじゃないんですがね」

「まあ、いいさ。地下げ屋ってのは、賃借権を悪用してビルに居坐って、法外な立退き料を要求したり、その不動産を買い叩いたりしてる連中のことだろ？　確か〝占有屋〟とか〝妨害屋〟とも呼ばれてるはずだ」

「よく勉強してますね」

「年下のおまえに、そんな言い方されたくないな」

「あっ、すみません！　話が脱線しちゃいましたが、殺された飯島は実は大物の地下げ屋だったんですよ」

「それじゃ、銀行やノンバンクにだいぶ恨まれてただろうな」

反町は言って、煙草の煙を口の端から吐き出した。

景気が悪くなったとたん、多くの金融機関が不良債権を抱え込むようになった。回収の見込みのない融資先の担保物件は売りに出される。

その情報を入手すると、地下げ屋たちは狙いをつけたテナントビルの賃借権を得て、テナントになる。そして、そこで何かビジネスをしている振りをする。

地下げ屋のほとんどが暴力団関係者だ。金融筋が一日も早く担保のビルを売却しようと焦っても、まず買い手は現われない。

裁判所に申請して担保不動産を競売にかけても、結果は似たようなものだ。

メガバンクやノンバンクが頭を抱え込むと、いよいよ地下げ屋たちは動き出す。途方もない立退き料を要求したり、担保物件を安値で譲れと迫るわけだ。

だいぶ昔、全国の主な金融機関が出資し合って千代田区内に共同債権買取機構を設立した。

共同債権買取機構が一九九六年三月末までに買い取った不良債権の元本額は、約十二兆円だった。それに対し時価と認めた価格は五兆円にすぎない。その差額七兆円は売却損として、銀行業界が処理した。

不動産の売却や家賃などで利益が出たのはわずか六十九件で、その額は四十九億円だ。損のほうは三百二十四件で、計七百三十九億円である。赤字も赤字だ。

また、暴力団による債権回収の妨害も跡を絶たない。彼らは不当な短期賃借権の設定、所有権仮登記、物件占有、所有権移転などで債権の回収を妨害しているわけだ。

優良担保物件なら、割にスムーズに共同債権買取機構に引き取ってもらえる。しかし、地下げ屋などトラブル絡みの土地や建物は絶対に買い取ってくれない。

そんな事情があって、メガバンクやノンバンクなどは地下げ屋の要求を突っ撥ねられなくなる。わずか五坪足らずの部屋の賃借権を数億円で買わされたケースは一件や二件ではない。

「飯島は地下げで荒稼ぎして、さらに好景気のころに地上げされたビル用地の前地主に代わって、残金の回収代行をやってたんですよ」

「そういえば、高値で地上げ屋に土地を売っても、業者の倒産で代金の半分も貰ってなかった連中が案外、多いらしいな」

「そうだったみたいですね。飯島は空き家になったままの店舗や住宅に若い連中を住まわせ、地上げ業者に巨額を融資したメガバンクやノンバンクの責任は大きいと捩込んで、残金の支払いを肩代わりさせてたんです」

「その回収分の半分を自分の取り分にしてたのか？」

「ええ、そうです。飯島は、ハイエナみたいな野郎でした。おまけに、債務を放ったらかしにしてたんだから、妻を引っさらわれたんでしょう。それでも反省の色を見せなかったんで、早苗はあんなことになったんだと思います」

「そして、とうとう自分まで消されてしまったわけか」

「自業自得ですよ」

力石が冷ややかに言った。

反町はパワーウインドーのシールドを下げ、短くなった煙草を路上に投げ捨てた。

「元ＳＰが煙草のポイ捨てはまずいなあ」

力石が笑顔で咎めた。

「そうだな。この車体に煙草の火を擦りつけて消すべきだったよ」

「もっとひどいな。そうそう、東京経済研究所と称してる取り立て屋グループは総額で約二千億円、すでに回収してます。しかし、その金はメガバンクやノンバンクのどこにも収められてないんですよ。どうも詐取されたようですね」

「最初から、そうするつもりだったんだろう。債権者たちは、債権回収委託書についてはどう言ってるんだ？」

　反町は訊いた。

「約七割が委託書にサインした覚えはないと答えていますね。つまり、偽造されたものだというわけです」

「残りの三割は、ちゃんと委託書に頭取なり、社長なりが署名したんだな？」

「ええ。債権回収代行の話を持ち込んだのが桜木一矢の公設第一秘書をやってた鈴木悟だったんで、一応、信用したって口を揃えてるようです。しかし、東京経済研究所が債権を回収できると本気で考えてた頭取や社長はいなかったという話でしたよ」

「おおかた回収委託書を書いた連中は、鈴木に何か弱みをちらつかされて、仕方なく同意したんだろう」

「なるほど。そういうことだったのかもしれないな。問題は、誰が鈴木悟を操ってたかですよね。先輩、何か摑んだんじゃないんですか？」

力石が探るような眼差しを向けてきた。

「そこまでわかってるんだったら、わざわざ力石から情報を集めたりしないよ」

「それもそうですね」

「力石、西村の尾行はどうなったんだ？」

「ああ、そうでした。みっともない話なんですが、サウナを出た後に逃げられちゃったんですよ」

「締まらねえな」

「西村はサウナから、どこかに電話したんですよ。後でわかったことですが、奴はおれに気づいて仲間に救いを求めたんです。西村はサウナから出ると、急に走りだして、あっという間に待機してた黒いレクサスの後部座席に乗り込みました。その車のナンバープレートの数字は黒いビニールテープで隠されていました。助っ人の追尾班の車も、結局、まかれることに……」

「そのレクサスには、どんな奴が乗ってた？」

反町は訊いた。

「野球帽を目深に被った二人の男が乗っていました。男たちの顔は、よく見えませんでした。ただ、助手席に乗ってた男がサウナを出た西村に、聞いたことのない外国語で何か短く言ってましたね」

「どこの国の言葉か、だいたいの見当はつくだろう？」

「最初はタイ語かと思ったんですが、もっと抑揚が小さかったんですよ。パキスタンか、ネパールあたりの言葉だったのかもしれませんね」

「ネパールか」

反町は呟いた。ネパール王国の山岳民族たちの中には、英陸軍に入隊した者が少なくない。グルカ兵と呼ばれている彼らなら、特殊な刃物〝ダドリーの駒鳥〟の入手も可能だろう。

「先輩、何か思い当たるんですね？」

力石が急に声のトーンを高めた。

「おまえ、さっき飯島が山刀のような厚刃の刃物で喉を搔っ切られたと言ってたよな？」

「ええ」

「凶器はグルカ兵が使ってるクークリという短刀かもしれないぜ」

「グルカ兵って、ネパール王国の山岳民族たちで構成されてる英陸軍の外国人部隊員のことですよね？」

「そう。彼らは世界でもっとも勇猛な兵士と呼ばれ、くの字に反った独特な形をしたクークリ刀を常に携行してるんだ。その短刀は厚刃なんだよ」

「クークリのことは、写真やニュース映像で見たことがあります」

「西村と逃げた二人組は、元グルカ兵かもしれないぞ」

「元グルカ兵が取り立て屋集団に混じってるっていうんですか⁉　それは、ちょっと考えすぎでしょう？　何かで読んだことがありますけど、彼らは英陸軍で大事に扱われてたんですよ。何も日本で悪事に加わらなくても、別に暮らしには困らないでしょ？」

「かつて英陸軍のグルカ兵は十万人以上もいて、それぞれ英国本土、ブルネイ首長国、香港の基地に所属してたんだ」

「四半世紀前にイギリスの香港租借期限が切れました。香港にいたグルカ兵たちは、どうなったんでしょう？」

「一、二個大隊だけが英国本土に呼び戻されて、ほかは解隊させたようだな。イギリスも、軍事費の縮小を迫られたんだろう」

「英陸軍も冷たいな。さんざんグルカ兵に助けられたのに、あっさりお払い箱にするなんて」

「それだけ、イギリスの経済事情も苦しいんだろう。そういうことで、大勢のグルカ兵が職を失った」

反町は言った。

「そうなんでしょうね。フランス陸軍の外国人部隊や民間軍事会社に潜り込む手もあるでしょうが、あぶれた連中がすべて入隊できたわけではないんでしょう」

「入隊できたのは、わずかだろうな。グルカ兵は十七歳から新兵としての訓練を受けて、最低十五年の兵役につくんだ。言ってみれば、戦争のプロだな。闘うことしか知らない連中が除隊後に一般の生活に入るのは、そうたやすいことじゃない」

「ええ。英陸軍に残れなかった兵士が、何か手っ取り早い方法で大金を得たいと考えても不思議ではないな」

「充分に考えられることだよ」

「取り立て屋集団に元グルカ兵が混じってるとしたら、犯人グループの中に英国と深い繋がりを持ってる人間がいるんじゃないですか？」

「それは間違いないだろう。民間人か防衛省関係者かは、まだ何とも言えないがな」

「凶器がクークリ刀と断定されれば、先輩の推測は正しいと思います」

力石が言った。

反町は京輪組の四人が消えたことを話し、彼らの行方も探ってほしいと頼んだ。力石は快諾してくれた。

「それじゃ、よろしく頼むな」

反町は覆面パトカーから降りた。

六、七メートル進むと、上着の内ポケットの中でスマートフォンが震えた。反町は足を止め、スマートフォンを耳に当てた。発信者は藤巻だった。

「古橋に逃げられたのか？」

「そんな失敗は踏みませんよ」

「さすが和製マーロウだ。いまも張り込み中なのかな？」

反町は訊いた。

「ええ。古橋は築地の『菊川』って料亭で、二人の男と会食中です。ひとりは友和系列の『ホープファイナンス』の社長の一谷直義、もうひとりは金融庁監督局局長の樺沢忠紘です」

「もうそこまで調べてくれたのか。仲居さんか誰かに接近したな？」

「外れです。下足番のおじさんに万札握らせて、古橋の客の名を教えてもらったんすよ」

「一万円を握らせたってとこが、いかにも貧乏探偵らしいな」

「金にゆとりのある反町さんはそう言うけど、一万円あれば、立ち喰い蕎麦を何杯も食べられますからね」

「情けないことを言うなって。せめて立ち喰いのステーキは喰えると言ってくれ」

「いいじゃないですか。食生活が貧しくたって、心が豊かならいいんです！」

「それだけ貧乏してたら、気持ちまでいじけちゃってるんじゃないのか？」

「おれの精神は少しも歪んでませんよ」

「その台詞は聞き飽きたよ。おっと、ふざけてる場合じゃないな。これから、すぐに築地に行くよ」

「わかりました。もし古橋たち三人が反町さんが来る前に料亭から出てきたら、おれは尾行を再開します」

「そうしてくれ」

反町は電話を切ると、山名の家に戻った。母屋の玄関の脇に、部屋住みの組員がいた。

「山名さんに、ちょっと出かけてくると伝えてください」

反町は部屋住みの組員に耳打ちして、ボルボに乗り込んだ。

仮通夜の晩に敵の人間が現われる可能性はあまりない。そう判断し、築地に向かう気になったのだ。むろん、後で藤巻に代役を務めてもらうつもりだった。

4

料亭『菊川』は中央区築地四丁目にあった。

反町は車を低速で走らせながら、目でランドクルーザーを探した。藤巻の車は、料亭のかなり先の暗がりに駐められている。

反町は自分の車をランドクルーザーの後ろに停めて、エンジンを切った。

藤巻がさりげなく車を降り、ボルボの助手席に乗り込んできた。

「三人とも、まだ出てこないっす」

「そうか」

「一応、一谷と樺沢の顔を撮っておきました。写りは悪いっすけどね」

「それでも、ありがたいよ」

反町は二枚の画像データを受け取り、ルームランプを灯した。

『ホープファイナンス』の一谷社長は、ほとんど頭髪がなかった。馬面で、やや垂れ目だ。五十一、二歳だろう。

金融庁の樺沢監督局局長はシャープな容貌だった。いかにもエリート官僚という感じで、少しも隙がない。縁なしの眼鏡をかけている。四十八、九歳だろうか。

ルームランプを消したとき、藤巻が口を開いた。

「金融庁のエリート官僚は、古橋と一谷の接待を受けてるんでしょうね？」

「そうだろう。おそらく樺沢は不良債権額のチェックを甘くして、経営破綻隠しに一役買ってたんだろうな。それにしても、こんなときに危険を冒してまで、いったい三人はどんな密談をしてるんだろうか。古橋たちは樺沢を引き抜く気なのかな」

「そんなことはないでしょう。財務省前身の大蔵省に対する国民の風当たりはいまも強いですからね。しかし、住専七社の経営が立ち行かなくなったのは、旧大蔵省との癒着がいけなかったんですよ。だいたい住専そのものが、キャリア官僚たちの天下りの受け皿として作られたようなもんでしたでしょ？」

「そうだったな。大蔵省が金融界の指導をするというシステムが、そもそもおかしかったんだよ。そのせいで、銀行、住専との癒着が生まれて、結局、住専七社の経営が破綻(はたん)したわけだからな」

反町は言った。

「ええ。それにしても、母体行もやり方が汚なかったな。危ない融資申し込み客は住専各社や系列のノンバンクに押しつけて、甘い汁だけ吸ってたんですから」

「住専にしろ、ノンバンクにしろ、欲に引きずられて、めちゃくちゃな貸し込みをやったんだから、連中にも責任はあるよな」

「ええ。それから、借り得なんてうそぶいてた大口債権者たちも赦(ゆる)せないっすね。そいつらがきちんと借りた金を返してれば、金融界全体で約三十九兆円もの不良債権を抱え込むなんてことにはならなかったと思うんすよ」

「銭を貸した方も借りた方も、欲に目が眩(くら)んでたのさ」

「現代人は物質文明に毒されてますよ。おれみたいに心の充足感を第一に考えて生きてれば、くだらないことで頭を悩ませることもないのに」

「その分、藤巻ちゃんは生活費の捻出(ねんしゅつ)に苦労してるがな」

「雑(ま)ぜ返さないでくださいよ」

藤巻が口を尖らせた。

「そっちは深川に戻ってくれないか。仮通夜の晩に安寿が狙われることはないだろうが、念のためにガードを頼むぜ」

「安寿ちゃん、気の毒だな。母親は人質に取られたままだし、父親は無残な殺され方をしてしまって」

「あの娘は、藤巻ちゃんに惚れはじめてる。そっちが慰めてやれば、少しは悲しみが薄れるかもしれない」

「おれも安寿ちゃんのことはかわいいと思ってますよ。もちろん、恋愛感情とは別のものですけどね」

「とにかく、早く彼女のそばにいてやってくれ」

反町は急かした。

藤巻が車を降り、自分のランドクルーザーにあたふたと乗り込んだ。四輪駆動車は、じきに走り去った。

反町は煙草に火を点けた。

張り込みは、いつも自分との闘いだった。焦れたら、たいてい悪い結果を招く。マークした人物を粘り強く待ちつづけることが最善の方法だった。

反町はマールボロをひっきりなしに喫いながら、張り込みつづけた。

スマートフォンが震動したのは九時二十分ごろだった。スマートフォンを耳に当てると、和香奈の声が響いてきた。

「今夜あたり、赤坂のホテルに押しかけようと思ってるんだけど、都合はどう？」

「悪い！　いま、張り込み中なんだ」

「そうなの」

「ごめん！」

反町は詫びた。

「ううん、いいの。体が空いたら、連絡して」

和香奈が電話を切った。

仕事などほったらかして、和香奈とベッドで娯しいことをしたかった。しかし、そうもいかない。反町はスマートフォンを懐に収め、カーラジオの電源スイッチを入れた。チューナーをＡＦＮに合わせると、ブルースが流れてきた。チャーリー・パットンの歌だった。腹の底から絞り出すような声には、聴き手の魂を揺さぶるような迫力があった。

チャーリー・パットンのナンバーが三曲メドレーで流れ、古いＲ＆Ｂがかかりはじめた。

ちょうどそのとき、黒塗りのハイヤーが料亭『菊川』の前に横づけされた。センチュリーだ。六十年配の運転手が車を降り、『菊川』の中に入っていった。

反町はラジオのスイッチを切り、グローブボックスに腕を伸ばした。

旧ソ連軍の将校が使っていた暗視望遠鏡を掴み出す。密輸品ではない。日本の貿易商が正式ルートで、ロシアから輸入したものだ。長さ十数センチで、直径は三・八センチと小さい。だが、レンズの倍率は高かった。ハイテク技術を結集した暗視望遠鏡だった。

反町は暗視望遠鏡を目に当てた。

少し待つと、運転手とともに二人の男が『菊川』から出てきた。『ホープファイナンス』の一谷社長と金融庁の樺沢監督局局長だった。

運転手が恭しくハイヤーの後部座席のドアを開けた。樺沢、一谷の順に乗り込んだ。

一谷が樺沢を自宅まで送り届けるのだろう。

反町は暗視望遠鏡を下げた。黒塗りのハイヤーが動きだす。反町は古橋を待つことにした。

ハイヤーが遠ざかっていった。

五分ほど経過したころ、『菊川』の前に別のハイヤーが停まった。クラクションが短く鳴らされる。

料亭から、二つの人影が現われた。

友和銀行の古橋と六十年配の女だった。女は『菊川』の女将だろう。

古橋が女将と思われる和服姿の女に軽く手を振り、センチュリーの後部座席に乗り込んだ。

反町はハンドルを握った。古橋を乗せたハイヤーは料亭街を走り抜け、晴海通りに出た。

反町は充分な車間距離を取りながら、ハイヤーを追尾しつづけた。

やがて、ハイヤーは港区南麻布の高級住宅街の一角に停まった。フランス大使館のある通りだった。ハイヤーを降りた古橋は、趣のある洋館に消えた。自宅ではない。古橋の自宅は目黒区内にあるはずだ。

反町はボルボＸＣ60を道端に寄せ、後部座席から強力な高圧電流銃を摑み上げた。スイッチボタンを押すと、高圧電流が電極から放たれる。素肌に電極を押し当てられた人間は、たいがい十数秒で気絶してしまう。

女性用の護身用スタンガンは、数万ボルトの電流しか放たれない。その程度では、痴漢や暴漢を昏倒させることは不可能だ。体に痺れを覚えた相手が、せいぜい怯むだけだろう。

反町はドア・ポケットから取り出した伸縮自在の特殊金属短杖と高圧電流銃をベルトに挟み、静かに車を降りた。

上着の左ポケットにはＩＣレコーダーが入っている。山名将宏と古橋雄作の密談が収録されていた。

大使館や欧米人ビジネスマンの自宅が建ち並ぶ高級住宅街は、ひっそりとしていた。反町は、古橋が吸い込まれた洋館までゆっくりと歩いた。

洋館は二階建てだったが、それほど大きくなかった。木造だ。

外壁はペパーミントグリーンと白に塗り分けられている。窓は、すべてカーテンで閉ざされていた。それでも、カーテン越しに照明の光がかすかに洩れている。

塀も門扉もない。

道路から一段高い前庭には芝生が植えられ、左手のカーポートには赤いアルファロメオが納まっていた。アプローチの石畳は白っぽかった。

反町は前庭に足を踏み入れ、建物の右手に回り込んだ。角の部屋は電灯が点いているが、誰もいないようだった。

次の部屋から、ダンス音楽が聴こえる。

反町は腰を屈めて、ガラス戸に顔を寄せた。うまい具合に、カーテンとカーテンの間が一センチほど空いていた。片目をつぶって、室内を覗き込む。

広い居間の中央で古橋が二人の小柄な金髪美女を抱え、嬉しそうに体を左右に揺らしていた。

二人の白人女は、顔かたちがそっくりだった。一卵性の双生児らしい。二十三、四歳だろうか。

二人の女は淡いクリーム色のナイトウェアをまとっていた。どちらも乳房が豊かで、ウエストのくびれが深かった。古橋は小さくステップを踏みながら、両側の女と交互に浅く唇を重ねた。ブロンドの女たちは、古橋に囲われているのだろう。

3Pプレイが繰り広げられるのではないか。三人が寝室に入ったら、家の中に忍び込むことにした。

反町は抜き足で、建物の裏に回った。

キッチンのドアには、内錠が掛かっていなかった。ノブは楽に回った。反町は、ほくそ笑んだ。侵入口を探すのに、もっと手間取ると思っていたからだ。

反町はキッチンの白いドアに耳を押し当て、古橋たちが寝室に籠るのをじっと待った。

三人は何か談笑していた。

会話は英語だった。古橋の英語は澱みがなかった。若いころ、海外勤務をしていたのかもしれない。元SPの反町も、英語とドイツ語の日常会話には不自由しなかった。挨拶程度なら、フランス語やスペイン語も操れる。

小一時間が過ぎたころ、三人が二階に上がる足音が伝わってきた。

反町は五分ほど時間を遣り過ごしてから、洋館に忍び込んだ。キッチンにシャンパンのボトルが並び、チーズの匂いが漂っている。

反町はキッチンと食堂を抜けて、リビングルームに移った。

居間の一隅に階段があった。ステップには焦茶のカーペットが敷き詰められている。靴音は、だいぶ吸収されるだろう。

反町は二階に上がった。

右側に、三つの部屋が並んでいる。最初と二番目の白いドアは開いていた。

反町は、ドアの閉ざされた奥の部屋に忍び寄った。

腰から高圧電流銃を引き抜き、そっとドア・ノブを回す。かすかな音は、古橋たち三人の耳には届かなかったようだ。

反町はドアを細く開け、十五畳ほどの部屋に身を滑り込ませた。

三人は、キングサイズのベッドの上にいた。全員、一糸もまとっていない。

古橋は仰向けになっていた。

ショートヘアのほうの女性が古橋の股の間にうずくまり、ペニスに舌を這わせている。

髪の長いほうは古橋に斜めにのしかかり、唇を重ねていた。

反町はベッドに駆け寄った。その足音で、双生児らしき金髪美女たちが弾かれたように古橋から離れた。

反町は電極を古橋の腹部に押し当て、素早く高圧電流銃のスイッチボタンを押した。

鈍い放電音が響き、青い火花が散る。古橋の短い叫びに、二人の女性の悲鳴が重なった。古橋が四肢を痙攣（けいれん）させながら、そのまま気を失った。

「騒ぐと、きみらも同じ目に遭（あ）わせるぞ」

反町は二人のブロンド美人に英語で言い、古橋を床に引きずり下ろした。

近くにあった女たちのガウンのベルトを二本引き抜き、古橋の両手を後ろ手に縛（しば）った。

もう一本のベルトで、両足首も括（くく）る。

「泥棒なの？」

髪の長いほうの女が、母国語で問いかけてきた。反町は首を横に振った。

「そうじゃない。古橋に訊きたいことがあるだけだ。きみらはアメリカ人か？」

「いいえ。カナダ人よ。フランス系なの」

「双生児なんだろう？」

「ええ。わたしが姉で、こっちが妹よ」

片方がそう言い、ショートヘアの女を指さした。

「きみらがこっちの指示通りにすれば、手荒なことはしないよ。二人とも、古橋の愛人なんだな？」

「そう、〝パパ活〟ね」

妹のほうが、たどたどしい日本語で答えた。

「そんな日本語もわかるのか」

「でも、複雑な話はできないの」

「なら、このまま英語で話そう。なんで、こんな年寄りの世話になんかなってるんだ？」

「古橋さんは気前がいいの。この家の家賃も払ってくれるし、わたしたちに日本円で毎月二百万もくれる。姉とわたしはアメリカ資本の商社で働いてたんだけど、仕事がハードだったのよ」

「それで、姉妹で愛人になったのか？」

「そう」

「ついでに、二人の名前を教えてくれ」

「わたしがカトリーヌで、姉がシモーヌよ」

「いい名だ、どちらも。二人ともベッドに坐って、おとなしくしててくれ」

反町は言った。

双生児の姉妹がベッドに並んで胡坐(あぐら)をかいた。二人とも、胸も下腹部も隠そうとしなかった。

どちらも飾り毛は薄かった。性器のメラニン色素も薄い。

「ねえ、カトリーヌ。彼だけ服を着てると、なんか落ち着かないと思わない？」

シモーヌが反町に流し目をくれながら、妹に言った。

「思う、思う。ミスター古橋が気を失ってる間に、ちょっと楽しんじゃう？」

「いいわね」

美しい姉妹がうなずき合い、相前後して膝を立てた。わざと性器を見せつけたのだ。

「二人がその気なら、つき合うよ。きみらのパトロンには、もう少し眠っててもらおう」

反町は古橋の背に高圧電流銃（スタンガン）の電極を押し当て、スイッチボタンを一分近く押しつづけた。裸の古橋は小さく跳（は）ねた。

これで、数十分は意識を取り戻さないだろう。反町は高圧電流銃（スタンガン）と特殊短杖をナイトテーブルの上に置き、上着と靴を脱いだ。それから彼は、カトリーヌとシモーヌの間に入った。

二人とは向き合う恰好だった。美しい双生児が左右から、顔を寄せてきた。

「おっと、キスはノーサンキューだ。さっき、きみらは古橋の男根（ディック）と唇を熱心に貪（むさぼ）ってたからな」

反町は二人の唇に人差し指を軽く押し当てた。

「つまらないの」

カトリーヌが頬を膨らませ、反町のベルトを緩（ゆる）めた。姉のシモーヌは、グリーングレイのスラックスのファスナーを下げた。

反町は姉妹の乳房を同時に揉（も）みはじめた。３Ｐは刺激的だった。シモーヌとカトリーヌの性感帯を同時に愛撫する。前戯は長かった。

最初に男性器を含んだのは、姉のほうだった。妹のカトリーヌは自分の乳首を反町の口に近づけてきた。反町は乳首を舌の先で弾きはじめた。

シモーヌの舌技はダイナミックだったが、いくらか単調だった。数分後、姉妹はポジションを替えた。

カトリーヌの舌の動き方は絶妙だった。

反町は姉妹を獣(けもの)の姿勢で横に並ばせ、交互にバックから貫(つらぬ)きはじめた。どちらか一方に長く留(とど)まると、姉妹喧嘩(げんか)の原因になるかもしれない。

反町は公平に突き、同じように捻(ひね)りを加えた。また、交わっていない相手には必ず指で乳房や秘部を愛(め)でた。問題なのは、どちらで果てるかだ。外に放ったほうがよさそうだが、成り行きに任せようか。

反町はそう考えながら、シモーヌを突きまくった。

「カミング！」

突然、シモーヌが極(きわ)みに達した。すぐに鋭い緊縮感が伝わってきた。

シモーヌが裸身を硬直させながら、シーツに倒れ込んだ。結合は解(と)けなかった。

「早くわたしの中に……」

カトリーヌがせがんだ。

反町はシモーヌから離れ、カトリーヌの張りのあるヒップを抱えた。日本人女性よりも肌理は粗かったが、色は透けるように白かった。

ヒップの形も美しい。

反町は熱い塊を埋め込み、クリトリスと乳首を抓んだ。六、七回浅く突き、一気に奥まで埋める。それを繰り返していると、ベッドの下で古橋が驚きの声をあげた。

「おまえたち、何をしてるんだ⁉」

「見りゃ、わかるだろうが」

「おい、やめろ！　やめるんだっ」

「もう待ったが利かないな」

反町はせせら笑って、律動を速めた。カトリーヌが淫蕩な声をあげながら、腰を弾ませはじめた。

悪人どもの金と女は、こっちのものだ。

反町は一段と大きく腰を躍らせた。それから間もなく、カトリーヌが絶頂に達した。カミングとメルティングという言葉を交互に口にし、体を硬直させた。震えはリズミカルだった。

反町は痺れるような緊縮感を覚えはじめた。がむしゃらに動き、抜いた陰茎を古橋に向ける。

迸った精液は古橋の腰に振りかかった。古橋が奇声を発した。カトリーヌが崩れるように俯(うつぶ)せになった。シモーヌが溜息をつく。

反町はトランクスとチノクロスパンツを整え、上着の左ポケットからＩＣレコーダーを取り出した。

「あんたは偽刑事だったんだな。連れの力石という男も……」

「桜田門に助けを求めたら、あんたの弱みを公にするぞ。それはそうと、この音声を聴いてもらおう」

「なんの音声だ？」

古橋が首を少し持ち上げた。体は、くの字になっていた。

反町はベッドに浅く腰かけ、ＩＣレコーダーの再生ボタンを押した。山名将宏と古橋の密談が流れはじめた。みる間に、古橋の顔から血の気が失(う)せた。

やがて、音声が熄(や)んだ。反町はＩＣレコーダーを停め、ナイトテーブルの上から高圧電流銃(スタンガン)を摑み上げた。

「きみらは、少し眠っててくれ」

「なぜ、わたしたちまで⁉」

「女に拷問シーンは見せたくないんだよ」

「どういう意味なの？」

カトリーヌが訊き返した。

反町は目顔（めがお）で謝り、カトリーヌのヒップに電極を押し当てた。スイッチボタンを長めに押す。ほどなくカトリーヌは気を失った。同じようにシモーヌも昏睡（こんすい）させ、反町は左手に金属短杖を握った。

「山名将宏はこの密談音声を材料（ネタ）にして、あんたから金を引き出そうとした。あんたは仕方なく、とりあえず山名に一億円渡した」

「何を言ってるんだ⁉」

「黙って聞け！　山名は、それでは承知しなかった。で、新たに十五億円を要求した。あんたは、それを昨夜九時に山名のオフィスに届けることになっていた。だが、このままでは身の破滅と考え、あんたはプロの殺し屋を雇って、山名を始末させた。どこか違ってるか？」

「すべて身に覚えのないことだ。わたしは、山名を誰にも殺させちゃいない」

古橋が強く否定した。

反町は唇をたわめ、特殊短杖のワンタッチボタンを押した。短杖の先端が古橋の右のこめかみを直撃する。古橋が呻いて、目を白黒させた。

反町は特殊短杖で、古橋の肩口、腰、腿、足首を強打した。古橋は凄（すさ）まじい声をあげ、何度も体を縮めた。

「口を割らなきゃ、次は睾丸（こうがん）を叩き潰（つぶ）すことになる」

「わ、わかった。そうだよ、きみの言う通りだ。山名の奴は、その録音音声で十五億円の無担保融資を迫ってきたんだよ。いくらわたしでも、この時期にそんなことはできない。それに、どうせ十六億円は返してもらえないと思ったんで……」

「殺しは誰に頼んだんだっ」

反町は声を張った。

「昔、地上げで世話になった京都の極道だよ」

「そいつの名は？」

「伊原秀幸という男だ。京輪組の組員だったんだが、絶縁になって喰えなくなったんだよ。それで、仲間の四人を引き連れて、わたしんとこに泣きついてきたんだ。まとまった金が欲しいと言うんで、追い払うつもりで、ちょっとした知恵を授けてやったんだよ」

「ちょっとした知恵？」

「そう。わたしは不良債権を抱え込んでる地方銀行やノンバンクに債権回収の代行を頼まれたことにして、不良債務者の所に押しかけてみろって言ったんだ」

「あんた、東京経済研究所に関わりが深そうだな。ひょっとしたら、あんたが東京経済研究所の黒幕なんじゃないのかっ」

「いや、わたしじゃない。わたしは、金儲けのヒントを与えてやっただけだ。その見返りとして、伊原に山名を殺らせたんだよ。嘘じゃない」

古橋が訴えた。

「友和銀行、系列の『ホープファイナンス』も多額の不良債権を抱えてる。あんたが鈴木悟を抱き込んで、桜木純大が絵図を画いたように見せかけたとも考えられるな」

「本当にわたしじゃないよ。伊原たちに鈴木悟を紹介したことは認めるが、絶対にわたしは東京経済研究所とは何の関係もない」

「あんたは、地下げ屋の飯島にも苦りきってたにちがいない。飯島夫婦を殺害する動機もありそうだな」

「飯島って、誰なんだね？」

「そこまで、とぼけるのか。まあ、いいや。伊原たちは、大阪の極道どもや元グルカ兵も雇ったんだな？」

「鈴木に紹介した後のことは何も知らないんだ」

「鈴木が殺され、あんたが関係ないとしたら、誰が首謀者なんだ？　おおよその見当はつくんじゃないのかっ」

反町は特殊短杖で、また古橋の全身を叩きはじめた。

「伊原たちのバックにいる人間など、わたしには見当もつかんよ。もう打たないでくれ」

「伊原たちは、どこに潜んでる？」

「居所は知らないんだ」

「それじゃ、そろそろパトカーに来てもらおうか」

「や、やめてくれ。お願いだから、警察は呼ばないでくれないか。きみが欲しいだけの口止め料を払うよ」

「それじゃ、明日の夕方までに十五億円の預金小切手を用意しておいてもらおうか」

「い、いくら何でも高すぎるよ」

古橋の声が裏返った。

「それじゃ、話はなかったことにしよう」

「待ってくれ。何とかするよ。その代わり、さっきの音声のメモリーを渡してくれるな？」

「いいだろう」

反町は古橋の縛(いまし)めをほどいて、ベッドの上に押し上げた。古橋は、抗(あらが)う素振りも見せない。

古橋はカトリーヌを仰向けにさせ、股の間にうずくまった。反町は高圧電流銃(スタンガン)と特殊短杖をベルトの下に差し入れ、上着を羽織った。そして、寝室を出た。

第五章　歪んだ犯罪

1

展望室に不審な者はいなかった。

横浜の山下公園の筋向かいにあるシーサイドタワーだ。

反町は、残照にきらめく横浜港を眺め下ろしていた。眺望が素晴らしい。氷川丸の向こうを港内巡りの遊覧船が滑っていた。

視線を転じれば、横浜ベイブリッジやランドマークタワーも見える。

友和銀行の古橋頭取と落ち合う時間は午後六時だった。いまは五時四十分だ。

反町は刺客を警戒し、早目に約束の場所に来たのだ。安寿のガードは、老博徒の子分たちに頼んであった。藤巻に頼むつもりでいたのだが、彼の都合がつかなかったのだ。

古橋に電話をかけたのは、ちょうど四時だった。約束の十五億円は、三億円ずつ五つの銀行の預金小切手で用意してあるという。

会う場所を指定したのは古橋のほうだった。シーサイドタワーの展望室と聞いたとき、反町は何か厭な予感を覚えた。空中から狙撃される恐れがあったからだ。炸薬を載せたドローンが飛来するかもしれない。

しかし、反町は怯まなかった。

危険は危険だが、そうなら、また古橋を強請ることができる。それだけではなく、古橋が糊塗しようとしていることを暴くチャンスでもあった。

反町は昨夜、金髪姉妹の自宅にいるときから、古橋が何かを隠しているような気がしてならなかった。

たいして痛めつけたわけでもないのに、古橋は意外にもあっさりと山名将宏を伊原に殺させたことを白状した。しかも、十五億円の口止め料を出すとも言った。

実際に伊原に山名を始末させたとしても、十五億円の口止め料は重い。たとえ頭取であっても、巨額を裏操作で捻り出すことは容易ではないだろう。

古橋は何か他人に言えない秘密があって、誰かの罪を被ったのではないのか。また、山名将宏の延髄を切断した実行犯が京輪組を追われた伊原秀幸だという話も鵜呑みにはできない。

あの手口は間違いなく殺し屋のものだ。極道崩れが、あれだけ鮮やかに殺せるとは思えなかった。おそらく実行犯は元グルカ兵だろう。

反町は確信を深めた。

そのとき、エレベーター乗り場の方から古橋が憮然とした顔でやってきた。渋い灰色のスーツを身につけている。両手には何も持っていなかった。

反町は後ろの壁まで退がった。狙い撃ちされることを避けなければならない。空を仰ぐ。怪しいパラプレーンやドローンは飛んでいなかった。ひとまず安堵する。

古橋が横にたたずみ、顔を外に向けた。

「きのうは、あれからカトリーヌたちと3Pを娯しんだのか？」

「そんな気持ちになれるわけないじゃないか。あの二人は、もうお払い箱だっ」

「そうはさせない。これからも二人に、ちゃんとお手当を渡すんだ。もちろん、家賃も払ってやれ。ただ、金髪姉妹を抱くことは禁じる」

「偉そうに、何なんだっ」

「こっちの言った通りにしないと、あんたのやったことをメディアに教えるぞ」

「まだ、わたしを脅迫する気なのか⁉」

「まあな」

反町は冷笑した。

「例の音声と画像データは持ってきたな？」

「ああ。先に預金小切手を受け取りたい」

「いま、渡すよ」

古橋が上着の内ポケットから、小さめの書類袋を抓み出した。

反町は、あたりに目を配った。五、六人の男女がいたが、誰もが夕景に見惚れていた。

書類袋を受け取り、素早く中身を検める。三億円の預金小切手が五枚入っていた。

「早く音声と画像データを出してくれ」

「あんた、何か勘違いしてるな。いま受け取った預手は、山名将宏の件のチャック代だ」

「は、話が違うじゃないかっ」

古橋が気色ばんだ。

「昨夜は言わなかったが、あんたは山名を殺った奴に一億円の小切手を取り戻させたんだろう？」

「その小切手のことは知らない。山名のオフィスから消えてたんだとしたら、伊原が勝手に奪ったんじゃないか」

「そんな言い訳が通用すると思ってるのかっ。そこまでシラを切る気なら、あんたを警察に引き渡すほかないな」

「ま、待ってくれ。わかった、正直に言おう。その小切手は確かに取り戻させた」

「やっぱり、そうだったか。そいつと引き換えに、密談音声と淫らな画像データを渡してやるよ」

「なんて男なんだ。きみの正体は恐喝屋なんだなっ」

「こっちに妙な興味を持つと、取引額が何倍にも跳ね上がるぞ。それでも、かまわないってわけか」

反町は挑発し、預金小切手の入った書類袋をチャコールグレイのウールジャケットの内ポケットに収めた。

「どこまで汚い奴なんだ」

「二、三日中に、一億円の預手を受け取りたいね」

「くそっ！　何とかするよ」

古橋がそう言い、左手首の時計を見た。なぜ、時刻を気にかけるのか。反町は警戒心を強めながら、早口で言った。

「あんた、誰かに致命的な弱みを握られてるだろう？」

「何をばかなことを。山名のこと以外では、何も弱みなどないっ」

古橋が昂然と言った。

「きのうの晩、築地の『菊川』で『ホープファイナンス』の社長と一緒に金融庁の樺沢って監督局局長を接待してたよな？」

「えっ、どうして知ってるんだ⁉」

「樺沢に金を握らせて、系列の子会社の不良債権のチェックを甘くしてもらってたんじゃないのかっ」

「………………」

「どうなんだ？」

「もう無理だな。そうだよ」

「きのう、樺沢を接待したわけは？」

「金融庁の解体論なんかも一部で囁かれてるんで、樺沢さんは仕事に情熱をなくしてるんだ。それで、ちょっと力づけてやったんだよ。ただ、それだけさ」

「あんた、樺沢を使って他行の正確な焦げつき額を探らせてたんじゃないのかっ。どの金融機関も実際の不良債権額を公にはしたがらないからな」

反町は言った。

「なぜ、わたしがそんなことを探らせる必要がある？」

「銀行も、だいぶ前からサバイバル合戦の時代に入ってる。現に都銀のいくつかが合併してメガバンクになって、屋台骨のぐらついてる信託銀行や地方銀行を合併吸収した。あんたは、体力のなくなった銀行を吸い上げる気だったんじゃないのか？」

「当行にそんな余裕はないよ」

古橋は肩を竦めた。

しかし、その顔には狼狽(ろうばい)の色がありありと浮かんでいる。どうやら図星(ずぼし)だったらしい。

「おそらく、あんたの弱みはほかにもたくさんあるんだろう。たとえば、好景気のころは暴力団を使って荒っぽい地上げをしたとかな。それから系列のノンバンクに命じて、過剰融資客からキックバックさせてた。違うかい？」

「どれも言いがかりだ」

「弱みと言えば、双児(ふたご)のカナダ人娘たちを囲ってたこともそうだな。あんたは諸々(もろもろ)のスキャンダルや弱点を誰かに握られてしまったんじゃないのか」

「誰かって、誰のことだ？」

「東京経済研究所って荒っぽい取り立て屋集団の首謀者のことだよ。あんたは、樺沢に集めさせた他行、その系列のノンバンクの不正を裏付ける資料を提出させられた。東京経済研究所の黒幕はそれを悪用して、銀行やノンバンクに債権回収委託書を書かせた。同意しなかった金融機関については、勝手に委託書を偽造したにちがいない」

「あまりのばかばかしさに、笑いが込み上げてきたよ」

「それにしちゃ、さっきから落ち着きを失ってるな。こっちは、あんたが一連の荒っぽい事件の黒幕を知ってると睨(にら)んでる。しかし、あんたはそいつに弱みを握られてるから、言いたくとも言えない。そうなんじゃないのか？」

「きみは、お話づくりが上手だね。B級アクション小説なら、いつでも書けるだろう」

「言ってくれるな。もう小切手を貰ったから、言ってしまおう。実は、おれはあんたが山名将宏を伊原に殺らせたとは思っちゃいない。それから飯島もな」

「飯島なんて知らないと言ったのは嘘だったんだ。二人を始末させたのは、このわたしだよ。だから、きみに十五億円もの金を渡したんじゃないか」

「そんなふうに、むきになると、かえって疑いたくなる」

反町は薄く笑った。

古橋が何か言いかけて、口を噤んだ。そして、また左手首の腕時計に視線を落とした。

どこかに、自分をシュートする気でいる敵が潜んでいるのだろう。

反町は、また空に目をやった。気になる飛行物体は浮かんでいなかった。

古橋が唐突に感嘆の声をあげた。

「横浜もすっかり変わったな」

「急に何なんだ？」

反町は、古橋が自分を窓際に誘い込む気でいるのか。緊張感が高まる。

「ベイブリッジもランドマークタワーも名所になった」

古橋が窓辺に歩み寄った。

反町は古橋のかたわらにたたずむ振りをして、すぐに彼の背後に回って身を屈めた。

次の瞬間、ガラスの砕ける音がした。古橋が呻いて、反町の肩越しに後方に吹っ飛んだ。

反町は片膝をついたまま、体の向きを変えた。

古橋は壁に上体を凭せかける恰好で、斜めになっていた。額の半分がない。顔面は鮮血で染まっていた。まるで赤いペンキを頭から注がれたような感じだ。胸には、厚いガラスの破片が突き刺さっていた。

身じろぎ一つしない。即死だったのだろう。

展望室に悲鳴が走り、居合わせた男女が一斉にエレベーターホールに殺到した。

反町は中腰で窓際に寄り、破れた窓から闇を見た。

ほぼ正面にある山下埠頭の端に、白っぽいRVが見えた。見覚えのあるアストロ・ハイルーフだった。ヴィンテージカーになりつつあるアメリカ車だ。

古橋は、炸薬を積んだドローンによって、爆死させられたにちがいない。ドローンは素早く遠ざかったようで、視界に入ってこない。この近くにドローンのパイロットがいるのではないか。そのパイロットを押さえよう。

反町は急いでシーサイドタワーの一階に降りた。

表に出たとき、銃弾が飛んできた。それは反町の右耳のそばを掠め、後ろの壁を穿った。跳弾が窓の鉄枠に当たって、小さな火花を散らした。

小さなエンジン音が聞こえる。頭上で何かが舞っている。

反町は目を凝らした。

飛んでいるのは、パラプレーンだった。長方形のパラシュートとプロペラ付きのエンジンを搭載した軽便飛行遊具だ。高度六百メートルまで上昇できる。むろん、方向転換も利く。

飛行条件の悪い日本ではあまり普及していないが、アメリカの冒険好きな人々には人気が高い。価格は数十万円だ。特別な免許はいらないし、操縦もたやすい。少し広い野原なら、どこでも離発着ができる。

とはいえ、極道崩れたちが市街地の上空を軽々と飛び、しかも狙撃銃を使えるとは考えにくい。

狙撃手は、元グルカ兵だろう。反町は確信を深めた。

パラプレーンは、すでに港の見える丘公園の方に回り込みかけていた。パイロットの顔は、おぼろに霞んで見えない。

反町は目の前の海岸通りを突っ切った。後ろで車の警笛が重なり、急ブレーキ音とドライバーたちの怒声が交錯した。

かまわず反町は、山下埠頭の中ほどまで突っ走った。しかし、ロングボディ仕様のRVはどこにも見当たらなかった。

反町は歯噛みし、空を見上げた。

パラプレーンも消えていた。本牧市民公園あたりに舞い降りたのかもしれない。あるいは、もっと遠い場所まで飛ぶつもりなのか。

どっちにしても、もう追跡はできない。

反町は近くにある有料立体駐車場に足を向け、自分のボルボに乗り込んだ。深川の依頼人宅に戻らなければならない。きょうは安寿の父の本通夜である。

スマートフォンが鳴ったのは、横羽線の大師ランプを越えた直後だった。ハンズフリーにしてあった。

「おれです」

力石の声だ。

「何か摑んだようだな」

「ええ。飯島殺しの凶器ですが、傷口からクークリ刀と断定されました」

「やっぱり、そうだったな」

「それで東京出入国在留管理局に問い合わせたら、先々月の中旬に英国籍を持つ五人のネパール人が入国していました」

「そいつらの名前は？」

「五人とも英国人名で、デビット・マッケンジー、ジョン・スチュアート、マイケル・ボブソン、サイモン・アトキンス、ポール・ヒギンズです。五人とも二十五年ほど前に、香港のグルカ兵大隊を除隊しています」

「年齢は？」

「五人とも五十代後半です。必要なら、顔写真を送信しますが……」

「そうしてくれないか」

反町は言った。

「わかりました。それからですね、消息を絶っていた大津組の元組員西村、藤本、堺、京輪組にいた伊原、郷間、浅沼、瀬畑の計七人が富士山麓の青木ケ原の原生林の中で殺されていました」

「えっ⁉」

「地元の住民が散歩中に犬に引きずられて原生林に足を踏み入れ、たまたま七人の射殺死体を発見したそうです」

「いつのことなんだ？」

「今朝早くです。七人とも九ミリ・パラベラム弾を頭と左胸に撃ち込まれていたという話です」

「使用された銃器は？」

「英国製の消音型スターリング・サブマシンガンだそうです。正式には、九ミリL34A1という型だとか。先輩、知ってました？」

「銃器図鑑の写真で見たことはあるな。銃身が消音器に包まれる形で、筒みたいにぶっ太(と)いんだ。確か箱型弾倉には、三十四発装塡(そうてん)できるはずだよ」

「そうなんですか。えーと、それから、抵抗した跡の見られる伊原は飯島と同じように厚(あつ)刃(ば)の刃物で喉(のど)を掻(か)っ切られていました。それから、郷間と浅沼は細い短刀で両腕を刺されてますね」

「その短刀は、おそらく〝ダドリーの駒鳥〟だろう」

「何なんです、それは?」

力石が問いかけてきた。反町は説明し、付け加えた。

「かつて香港にいた元グルカ兵たちの犯行(ヤマ)臭いな」

「おれも、そう思っています。きっと伊原と飯島は、クークリ刀で喉を掻っ切られたんでしょう」

力石が言った。

「で、その五人の元グルカ兵の足取りは?」

「残念ながら、そこまではわかりません」

「そうか。しかし、役に立つ情報ばかりだったよ。送信の件、頼むな」

反町は先に電話を切った。

山名宅に急ぐ。目的地に着いたのは七時四十分ごろだった。本通夜ということで、弔問客は前夜よりも多かった。反町はボルボを扉のない門から庭の中に入れ、母屋に顔を出した。

仏間に山名祥太郎と安寿の姿はなかった。部屋住みの組員に声をかけると、二人は二階の大座敷にいるという。

反町は二階に上がり、襖越しに挨拶をした。すると、老博徒の返事があった。

「入ってくだせえ」

「失礼します」

反町は大座敷の襖を開けた。

五十畳ほどの大座敷の隅に、山名と安寿がいた。安寿は漆塗りの座卓に突っ伏して、しくしくと泣いていた。

「何があったんです?」

反町は山名の横に片膝を落とした。

「十分ほど前に、葬儀社の社員に成りすました二人組が安寿を庭で拉致しようとしたんでさあ」

「えっ、それは申し訳ありませんでした。やっぱり、きょうも藤巻君に代役を頼むべきだったな。お孫さんを怖い目に遭わせてしまったのは、こっちのせいです。謝ります」

「別に、あんたの不注意ってわけじゃない。それより、安寿を連れ去ろうとした二人の男はどうも日本人じゃないみてえなんでさあ」

　山名組長がそう言い、孫の肩を軽く叩いた。すぐに安寿が涙に濡れた顔を上げた。

「二人とも色が浅黒くて、スポーツキャップを目深に被ってたわ。わたしが大声をあげたら、何語かわからない言葉で何か言い交わして、逃げていったの。東南アジアのどこかの国の出身なんじゃないかな」

「その二人は、ネパールの山岳民族だろうな。かつて英陸軍のグルカ兵だった奴らだと思う」

「グルカ兵⁉」

「そう。若い子は知らないだろうね」

反町はグルカ兵のことを簡単に説明し、彼らが一連の事件の実行犯グループと思われることを付け加えた。

　話し終えると、山名が口を開いた。

「そんな戦争屋たちなら、どんな手を使ってでも安寿を引っさらうだろうな。反町さん、二、三日、安寿を匿ってもらえそうな家はねえですかい？　わたしの身内や知り合いのとこは危険だからね」

「ありますよ」

　反町は和香奈のマンションに安寿を連れていく気になった。

　それなら、和香奈と肌を合わせることもできそうだ。しかし、安寿は夜通し寝つけないかもしれない。そうなったら、情事どころではなくなる。

　いっそ精神科医の滝の自宅に安寿を連れていったほうがよさそうだ。ドクターの家には娘の双葉もいる。少し年齢差はあるが、どちらもまだ若い。共通の話題もあるだろう。滝のことを依頼人に話す。口を結ぶと、山名が問いかけてきた。

「そのお宅は遠いんですかい？」

「都内にあります。知り合いの精神科医が世田谷区の松原で、娘さんと二人だけで暮らしてるんですよ。いま、都合を訊いてみます」

「厚かましいお願いだが、よろしく頼みますさあ」

　老やくざが深々と頭を下げた。

　反町はスマートフォンで、滝に連絡をとった。滝は、反町と安寿が泊まることを快諾してくれた。

「何かおいしいものを拵えて待ってるよ」

「それじゃ、一、二時間後にはお邪魔します」

　反町は電話を切って、安寿に顔を向けた。

「大歓迎だってさ。お祖父さんとこの組員と一緒に別棟に戻って、洗面具やパジャマなんかをバッグに詰めてくれないか。後から、すぐにきみの家に行く」

「はい」

　安寿がしおらしく応じ、大座敷から出ていった。彼女の足音が遠ざかってから、反町は山名に問いかけた。

「例の録音音声の件ですが、お知り合いにアフガンハウンドをペットにしてる方はいませんか？」

「大型犬を飼ってる人間は何人か知ってるが、アフガンハウンドをペットにしてる者は知らないな」

「そうですか」

「大型犬の好きな方はいますがね」

「それは誰なんです？」

「彦根外科医院の二代目院長でさあ。若先生はイングリッシュ・セッターを飼ってらっしゃるな」

「そうですか。大型猟犬が好きだといっても、こちらさんとは親類同然の方が犯人側の中にいるなんてことは考えられませんよね？」

「ええ。それは、ありっこねえですよ」

　山名組長が断定口調で言った。

「でしょうね。ところで、犯人側から何か連絡は？」

「ありやせん」

「お金のほうの都合はついたんですか？」

「足りなかった分は桜木先生の口利きで、ある資産家から借りられやした」

「それじゃ、いつでも三十億円分の小切手を犯人側に渡せるんですね？」

「ええ」

「小切手の引き渡しのとき、なんとか敵の尻尾を摑みます」

「よろしく頼みまさあ」

「明日の告別式の前までには、必ずお孫さんとこちらに戻ります」

反町はそう言って、大座敷を出た。

別棟に戻り、スマートフォンをチェックする。五人の元グルカ兵の顔写真が力石から送信されていた。五人の中に、六本木駅で安寿を拉致しかけた男も混じっていた。デビット・マッケンジーという名だった。

バッグを提げた安寿が二階から降りてきて、ディスプレイの顔写真を覗き込んだ。

「きみを拉致しようとした二人の男は、この中にいる？」

反町は訊いた。安寿が顔をしかめて指さしたのは、マイケル・ボブソンとポール・ヒギンズだった。

「こいつらだけじゃなく、闇の奥に潜んでる奴も必ず引きずり出してやる」

「犯人たちは明日、お金と引き換えに母を解放してくれるのかな？　なんだか悪い予感がして仕方がないの」

「もし人質を返してくれなかったら、犯人どもを半殺しにしてやる。さ、そろそろ行こう」

反町はスマートフォンを上着のポケットに入れた。

それから間もなく二人は別棟を出た。

2

きのうの夕刊と今朝の新聞を読み終えた。

ついでにネットニュースもチェックしてから、反町は煙草に火を点けた。滝信行の自宅の居間である。まだ午前八時前だった。

昨夜、ここに来るまで反町は絶えず尾行者の有無を確かめつづけた。幸いにも、敵の車に追尾された気配はうかがえなかった。

伊原たち七人の射殺体が青木ケ原の樹海で発見されたという記事は、きのうの夕刊にでかでかと載っていた。しかし、犯人らしき人物を見かけたという目撃者はひとりもいなかった。

昨夕、横浜のシーサイドタワーの展望室で狙撃された古橋雄作のことは、きょうの朝刊の社会面で報じられていた。

ドローンを目撃した者は少なかったが、パラプレーンをはっきりと目にした者はいなかった。ただ、怪しいパラプレーンが三浦半島の山中に降下したことは地元の複数人が見ている。

しかし、その後の逃走経路は警察も把握していない。狙撃犯の仲間の車のことは一行も記述されていなかった。

きょうが犯人側の決めた期限の日だった。

パラプレーンの操縦者は元グルカ兵と思われる。その人物が古橋を射殺したのだろうか。その疑いはゼロではないかもしれない。

反町は、そう判断した。

狙撃犯は自分だけではなく、最初っから古橋も抹殺するつもりだったのだろうか。古橋の口を誰かが封じたということなら、何か裏がありそうだ。

煙草の灰を落としたとき、ダイニングキッチンから滝がやってきた。

「さあ、朝食にしよう」

「ドクター、気を遣わないでくださいよ。それはそうと、何を作ってくれたんです？」

「自己流のパスタ料理をちょっとね」

「アルコールを断ってから、すっかり料理に凝っちゃいましたね」

「何かに打ち込んでないと、また酒浸りになりそうなんでさ」

「いや、もうアルコール依存症には戻らないでしょう」

反町は言った。

滝が曖昧に笑って、総白髪の頭に手をやった。五十歳で髪が真っ白になってしまったのは、体質遺伝のせいばかりではなさそうだ。

精神科医の滝は、どの患者にも真摯な態度で接していた。患者たちは、それぞれ心に深い傷を負っている。家族に虐待されつづけた少年や実父に犯されてしまった少女は、並のカウンセリングでは救えないだろう。滝はその辛さと無力な自分に耐えられなくなって、ある時期、酒に溺れてしまったのだ。

酒を断ったいまは、血色もいい。服装は、相変わらず若造りだった。白いトレーナーを着ていた。下はキャメルのチノクロスパンツだ。

「友和銀行の頭取が殺されたね」

「ええ」

反町は短く答え、喫いさしの煙草の火を消した。きのうの夕方、自分が古橋のそばにいたことは話していなかった。

「あの頭取は大型猟犬の飼い主として、かなり知られてたんだよ。何かの雑誌のグラビアに、殺された頭取が愛犬のアフガンハウンドと一緒に写ってたことがあるな」

「アフガンハウンドですか」

「えっ、それがどうかした？」

滝が問いかけてきた。

反町はうまく言い繕ったが、彦根公盛も猟犬の飼い主であることに少し拘りを抱いた。

二人が猟犬好きであることは、単なる偶然なのか。

どこかで顔を合わせている可能性もある。つまり、接点があるかもしれないわけだ。

二人に個人的なつき合いがあったとしたら、どちらかが小細工を弄して、捜査の目を晦まそうとしたのではないか。

反町はそこまで考え、想像の翼を畳んだ。

彦根は開業医だが、山林王と呼ばれるほどの資産家らしい。そんな男が不良債権の横盗りをする気になるとは考えにくい。

「安寿というお嬢さん、一睡もできなかったんじゃないだろうか。午前一時過ぎまで、双葉がそばにいたようだがね」

「ええ、おそらく眠れなかったでしょう。母親は人質に取られたままですし、父親も殺されたばかりですんで」

「もしも神がいるとすれば、ずいぶん無慈悲なことをなさるもんだね。彼女の気持ちがなかなか安定しないようだったら、復職した病院に連れてきてほしいな」

滝がそう言い、階段の昇降口まで歩いた。大声で娘の名を呼び、客の安寿と階下にくるよう言った。

待つほどもなく、双葉と安寿が階下に顔を見せた。安寿は、やつれが目立つ。昨夜は、まんじりともしていないのだろう。

「安寿ちゃんは、わたしの隣に坐って」

双葉が客の手を取り、ダイニングテーブルに導いた。

セミプロの童話作家は、父親に負けないほど他人の憂い(うれ)や悲しみに敏感だった。頭の回転も速い。その上、美しかった。

藤巻がラブレターを書きたくなった気持ちもわかる。しかし、双葉のほうは絵描きの卵に熱くなっているらしい。世の中、うまくいかないものだ。

反町はそう思いながら、ダイニングテーブルに着いた。

滝と並び、安寿と向き合う形だった。食卓には、カラフルなパスタ料理が用意されていた。さまざまな形をしたイタリアパンやカプチーノが並んでいる。

「なんだかレストランに来てるようだな。遠慮なく、ご馳走(ちそう)になろうよ」

反町は安寿に言って、真っ先にフォークを手に取った。

安寿が倣(なら)う。滝父娘もフォークを摑み上げた。

双葉が食事をしながら、絶えず隣の安寿のことを気遣っていた。その思い遣りに報いたいとせっせとパスタを口に運ぶ安寿が、何ともいじらしかった。

反町は二人の様子を見ながら、他者への労りの難しさをつくづく感じた。

双葉の優しさに、不純なものは感じられない。少なくとも、スタンドプレイなどではなかった。悲しみに打ち沈んでいる安寿を少しでも力づけたいという思いは、もろに伝わってきた。

安寿は安寿で、双葉の気持ちの負担を軽くするため、ひたすらパスタを食べつづけている。ある意味では、残酷な〝優しさごっこ〟と言えるだろう。

人間が深い悲しみに包まれているときは何も言葉をかけずに、体のどこかにさりげなく触れるのがもっともスマートなのではないのか。反町は柄にもなく、そんなことを考えてしまった。

四人は黙しがちに食事を摂った。

山名将宏の告別式は午前十一時から執り行なわれることになっていた。だが、反町は滝が職場に向かう前に安寿とボルボに乗り込んだ。

山名邸に着いたのは九時半を少し回ったころだった。

母屋では、葬儀社の社員たちが告別式の準備に取りかかっていた。反町は母屋にいる老やくざに短い挨拶をして、安寿と別棟に引き取った。

「少し休んだら、制服に着替えるわ」

安寿は隈のできた目許を擦り、二階に上がっていった。

反町は居間の長椅子に身を横たえた。

犯人グループは山名将宏の告別式が終わったころ、三十億円の預金小切手と人質の交換場所と時刻を指示してくる気なのか。それを早く知りたかった。小切手の運び役に誰を選ぶかも、知りたいところだった。

山名組長が運び役を命じられるのだろうか。それとも、安寿のほうを選ぶのか。

反町はいろいろ想定し、安寿の母親の奪回の方法を考えはじめた。

取引の場所には、五人の元グルカ兵が現われるだろう。彼らは、さまざまな武器を持っているはずだ。しかも、ゲリラ戦法や白兵戦のエキスパートばかりだと思われる。

手強い敵だ。自分だけの力で美和を救い出して、いったん犯人側に渡した三十億円分の預金小切手を取り戻せるだろうか。

ともすると、自信が揺らいだ。いたずらに不安が募る。

何がなんでも、人質と小切手を奪回したい。自分はプロの用心棒だ。それに、首謀者から巨額を強請るチャンスではないか。

反町は胸中で自分に言い聞かせた。

そのとき、ファクスの受信音がした。反町は跳ね起きて、電話機付きのファクシミリに走り寄った。

反町は受信紙を抓(つま)み上げ、目で文字を追った。

　急告

三十億円の預金小切手と引き換えに、預かっている美和を解放する。きょうの午後五時に、地図の×印のある場所に金属製の茶筒に入れた小切手を置け。中身を確認したら、美和のいる場所を教える。

小切手は山名祥太郎に持たせろ。言うまでもないことだが、警察に通報したことがわかったら、その場で人質と山名組長を殺す。

だいぶ金策に苦労したようだから、回収した預金小切手は責任をもって債権者に届ける。後日、債権者の受領証が届くだろう。

東京経済研究所

反町は地図を見た。

長野(ながの)県諏訪(すわ)市の外れにある霧(きり)ケ峰(みね)スキー場の隣接地に×印が記(しる)されている。その横に、目印に白い木の椅子を置いておくと書いてあった。

ファクスの発信元は、渋谷(しぶや)にあるネットカフェだった。

反町は、すぐにその店に電話をしてみた。店員の話によると、ファクスを使った客は中年の白人男性だったらしい。犯人グループの中に白人男性がいたとしても、それほど不思議ではない。その外国人が元グルカ兵を集めたのではないか。その人物は英陸軍の関係者と考えられる。

犯人側は、老やくざと息子が金策に苦労したことを知っていた。やはり、山名父子の身辺に内通者がいるようだ。

反町は受信紙をダイニングテーブルの上に裏返しに載せ、上着からスマートフォンを取り出した。母屋に電話をすると、代貸の大竹が受話器を取った。

反町は名乗って、山名組長に替わってもらった。

「安寿がどうかしたんですかい？」

「いいえ。いま、犯人側からファクス着信があったんですよ。別棟のほうに来ていただけますか？」

「すぐに行きまさあ」

山名が受話器を置いた。

反町はスマートフォンを懐（ふところ）に戻した。玄関ホールで少し待つと、羽織袴（はおりはかま）の老組長がやってきた。

反町は受信紙を山名に渡した。

山名が受信紙を目から遠ざけ、文字をゆっくりと読みはじめた。老眼鏡をかけないと、よく字が見えないのだろう。

「信州なら、倅の出棺が済んでからでも間に合うな」

「火葬場で、お骨を拾うことはできないかもしれませんね」

「あっしは焼場にゃ行きません。親より子が先に死んじまったときは、ふつう家で遺骨を待つんでさあ。宗教や土地によって、いろいろでしょうがね。東京では、そうしてるんですよ」

「そういうものなのか。弔いには、あまり馴れてないものですから」

反町は少しきまりが悪かった。

「若い方は、それでいいんでさあ。できりゃ、将宏の骨をみな拾ってやりてえが、あっしらの稼業は昔の仕来りを尊ぶんでね。逆縁なんで、火葬場にはまいりません」

「こっちも途中で、火葬場から脱けさせてもらうことになると思います。その代わり、お孫さんは藤巻君にガードさせます」

「あんた、おひとりで霧ケ峰に先に？」

「そのつもりです。指定された午後五時より、四、五十分前には現地に着きたいですよ。事前に犯人グループの人数、それから各自の配置場所を探っておきたいんで」

「ひとりじゃ、何かと困るんじゃありやせんか。なんだったら、組の者を二、三人、お供させましょう」

「お気持ちはありがたいんですが、ひとりのほうが敵の目を欺きやすいでしょう。ですので、単独で行かせてください」

「わかりやした」

山名がうなずいた。

「組長は、大竹さんの運転する車で指定場所の近くまで行かれるんでしょ？」

「大竹には告別式を滞りなく執り行なうよう言ってありやすんで、別の組員に運転させるつもりです」

「そうですか」

「反町さん、犯人どもは何を考えてやがるんでしょう？　預金小切手を茶筒に入れろだなんて、わけがわかりませんや」

「取引後に追跡されることなく、確実に手に入れる方法を考えているんでしょう。たとえば、空からとか……」

「ということは、連中はヘリを使うつもりなんですかね？」

「いや、ヘリコプターじゃないでしょう。ハンググライダー、パラグライダー、パラプレーンの類を使う気なんではないかな」

反町は言った。

「どうも横文字系統は弱くてね」

「要するに、どれも簡単な装置で空を飛べる遊具のことですよ」

「ああ、なるほどね。小切手をせしめたら、倅の嫁のいる場所を書いたメモを上空から落とす気なんだな」

「多分、そうなんでしょう」

「誰でえ、ドアの向こうで立ち聞きしてやがるのは！」

急に山名組長が大声を張り上げ、杖の柄を少し浮かせた。細い刀身が十センチほど見えた。仕込み杖だったのだ。

玄関ドアの向こうで、逃げる足音がした。

山名が体を反転させ、ドアを開けた。反町は三和土に降り、素早く庭を見た。だが、もう人の姿はなかった。

「山名さん、逃げた奴の後ろ姿を見ませんでした？」

「ちらっと見やしたよ。しかし、何かの間違いでさあ」

「誰だったんです？」

「代貸の後ろ姿でした」

依頼人が小声で答え、仕込み杖の柄を押し下げた。

細い刀身が隠れた。もうどこから見ても、ありふれた杖にしか映らない。

「なぜ、大竹さんが盗み聴きしてたんでしょう？」

「盗み聴きしてたのかどうかわからねえですよ。大竹は、何かあっしに伝えたかったのかもしれないな」

「それだったら、何も慌てて逃げることはないでしょう？」

「それはそうですが……」

「彼が内通者だとしたら、どうします？」

反町は言った。

「やめてくだせえ。あいつは、大竹は十九んときから組にいるんです。あっしゃ死んだ息子を裏切るような真似をする男じゃありやせんよ」

「お言葉ですが、大竹さんは生粋の博徒として生き抜こうとしてる山名さんに、頭の切り替えをしてほしいと願ってたのではないかな」

「どういうことなんです？」

老やくざが、きっとした目つきになった。老人ながらも、凄みがあった。

「彼はテラ銭や居酒屋経営だけでは早晩、組は維持できなくなると考え、オンラインカジノにシフトすべきだと思ってたようなんです。ところが、あなたに強く反対されてしまった。それで、あなたや組に見切りをつける気になったのではないだろうか」

「奴は律儀な男ですぜ」

「それは、その通りでしょうね。しかし、あの年齢(とし)になれば、義理よりも将来の暮らしのことを考えはじめるんじゃないですか」

「きょうは倅の葬式なんです。大竹をすぐにも締め上げたいお気持ちでしょうが、きょうだけは堪(こら)えてくだせえ。折をみて、あっしが奴を詰問(きつもん)しやすんで」

「こっちはそこまでする気はありません。ただ、大竹さんが犯人側にこちらの動きを流してる疑いがゼロではないと感じただけです」

反町は言った。東京国税局の査察官に化けて『信協堂商事』を訪れたのは、大竹と考えてもよさそうだ。内通者だからこそ、さきほど盗み聴きをしていたのではないか。

「そうですかい。それでしたら、大竹のことは任せてもらえやすね？」

「ええ、結構です」

「礼を言いまさあ。組員は、わが子と同じです。大竹が何か不始末をしてたら、あっしがきっちりけじめを取りやす。それじゃ、後でまた！」

山名が二つ折りにした受信紙を懐(ふところ)に入れ、母屋に戻っていった。

代貸の大竹澄夫が犯人側と通じていることは、もはや疑いの余地はないのではないか。彼が池袋の信協堂商事に行ったことも確かだろう。大竹は、殺された山名将宏に隠し財産があるかどうか嗅(か)ぎ回っていたようだ。だとすると、『信協堂商事』の前で大竹を待っていた女性は誰なのか。

反町は居間の長椅子に腰かけ、芝大門二丁目に住む貧乏探偵に電話をかけた。

「はい、国際探偵社です」

藤巻の明るい声が告げた。

「いつも元気だな、失恋しそうなのに」

「失恋？　なんの話なんすか？」

「ごめん！　別の奴と混同してしまったんだ。また、安寿のガードを頼むよ。おれは長野の諏訪市まで出かけなきゃならないんだ」

反町は言い繕って、その理由を明かした。

「組対の力石さんにこっそり協力を依頼したほうがいいんじゃないっすか。ひとりじゃ、危険すぎるっすよ」

「力石は現職だ。犯人グループを見つけたら、片っ端から逮捕りたくなるだろう。それじゃ、こっちが困るんだよ」

「どうしてです？」

「おれ自身の手で黒幕を闇から引きずり出さなきゃ、三百万円の成功報酬が貰えないからな」

「あっ、そうっすね」

藤巻は、あっさり納得した。彼は、反町が非情な恐喝屋であることを薄々知っているはずだ。敢えて言いくるめられたのは、ランドクルーザーを貰った弱みがあるからだろうか。

「そっちの探偵仲間に、車輛追跡装置を積んだワンボックスカーを持ってる奴がいたよな？」

「ええ、いるっすよ」

「その彼から、ワンボックスカーを一日十万で借りてもらってくれないか。もちろん、電波発信器もな」

「いいっすよ」

「そのワンボックスカーに乗って、なるべく早く深川の山名宅に来てくれ。藤巻ちゃんの日当は、五万払うよ」

「一時間以内に行けると思うっす！」

「藤巻ちゃん、わずかな金で嬉しそうな声を出すなよ。和製フィリップ・マーロウの名が泣くぜ」

「けど、五万は大金っすよ。明日から、天ぷら蕎麦喰おっと」

「何がストイックに生きたいだよ」

反町は憎まれ口をたたいて、通話を終わらせた。

3

緊張感が緩(ゆる)んだ。

反町は中央自動車道を走行中、絶えずミラーを覗いていた。ハイウェイで敵に何か仕掛けられたら、命を失いかねない。

だが、幸いにも怪(あや)しい追尾車はなかった。

本線から諏訪(すわ)ＩＣ(インターチェンジ)の出口に向かう。ループを下(くだ)り、料金所を出た。

中央自動車道は、思いのほか空(す)いていた。まだ四時を過ぎたばかりだ。

反町は出棺前に、依頼人の山名組長と取引現場でどう動くか綿密に打ち合わせをしてあった。しかし、その通りに事が運んでくれるかどうか。その不安は拭(ぬぐ)えなかった。

火葬場を抜けたのは一時五十分ごろだった。山名将宏の柩(ひつぎ)が火葬炉の中に押し込まれて間(ま)もなく、反町は藤巻が探偵仲間から借りてくれた灰色のワンボックスカーに乗り込んだのである。

安寿のことが気がかりだった。

彼女は火葬炉の扉が閉められたとき、自分の体を支えられなくなってしまった。かたわらに藤巻がいなければ、コンクリートの床に頭を打ちつけていたかもしれない。

安寿は父親の遺骨を胸に抱いて、無事に帰宅できただろうか。

反町はワンボックスカーを国道二〇号線に進め、元町（もとまち）の交差点を右に折れた。そのあたりは上諏訪温泉街だった。大小のホテルや旅館が点在している。

反町は温泉街を抜け、ひたすら県道を北上した。道なりに走れば、やがて霧ケ峰スキー場に達する。

犯人側が指定した場所は、スキー場の少し手前だった。

すでに反町は、そのあたりの詳しい地図を見ていた。地形は丘陵のようだった。

県道を十数分走ると、民家が疎（まば）らになった。対向車は、めったに通らない。

車を隠す場所は地図を見て、すでに決めてあった。敵が老やくざを射殺することも予想し、防刃・防弾着（ボディアーマー）を着てもらうことになっていた。反町自身も、ボディアーマーを着用するつもりだ。

さらに直進し、右手の林道に折れる。

道幅は狭かった。ワンボックスカーが何とか通れるほどの幅だった。左右から伸びている樹木の小枝が鞭（むち）のように撓（しな）って、車体を叩く。小石も撥（は）ねた。

さらに奥に進むと、林道は行き止まりになった。

反町はワンボックスカーを停（と）めた。

一服してから黒いTシャツの上にボディアーマーをまとい、だぶだぶのダンガリーシャツを羽織る。反町は、その上に草色のサバイバル・ヴェストを着込んだ。大小のポケットが八つも付いている。

反町は、ポケットにアメリカ製の狩猟用強力パチンコのスリングショットを突っ込んだ。Y字形の部分は軽合金で、手術用のゴムチューブが使われている。

それで、鋼鉄球を飛ばすわけだ。野兎（のうさぎ）やリス程度の小動物なら、一発で仕留（しと）めることができる。標的が人間でも、頭や顔面を狙えば、かなりのダメージを与えられるだろう。射程は、およそ百メートルだ。

反町は反対側のポケットに、パチンコ玉よりもひと回り大きい鋼鉄球をちょうど十発入れた。

下は黒のチノクロスパンツだった。靴はアウトドア用だ。

反町はベルトの下に高圧電流銃（スタンガン）と特殊金属短杖を差し込んだ。暗視望遠鏡（ノクト・スコープ）はヴェストの胸ポケットに収める。

双眼鏡を首に掛け、反町は車を降りた。近くにある樹木の梢（こずえ）や枝を手早く折る。それで、ワンボックスカー全体を覆（おお）った。

反町は林の中を横に移動しはじめた。

数百メートル歩くと、急に視界が展（ひら）けた。目の前に擂鉢（すりばち）状の窪地（くぼち）があった。かなり広い。サッカーグラウンドの数倍はあるだろう。

×印の地点は、あの辺りと思われる。

反町は首に掛けた双眼鏡を両眼に当て、窪地にレンズの焦点を合わせた。

灌木(かんぼく)や山草が自生しているだけで、大木は数えるほどしかない。パラグライダーの離着陸場がある。

白い木製椅子は、どこにも見当たらない。まだ犯人グループは、ここに来ていないようだ。

反町は窪地の上の林を慎重に回りはじめた。羊歯(しだ)や朽葉(くちば)を踏みしだく自分の足音が割に高く響く。かなり歩きにくい。反町は一歩ずつ静かに進んだ。

時折、頭上で野鳥が羽ばたいたり、鳴き声を発する。そのたびに反町は緊張させられた。

百メートル前後進んだら、必ず足を止める。そのつど反町は、双眼鏡で窪地や周囲の山林をくまなく観察した。まだ人影は捉(とら)えられない。

スキー場の際(きわ)まで回り込んだとき、窪地の反対側に動くものが見えた。

反町は双眼鏡を覗き込んだ。レンズに、白い椅子を抱えた男の姿が入った。元グルカ兵のジョン・スチュアートだった。

細身ながら、筋肉質だ。とても五十代には見えない。動作が若々しい。黒ずくめだ。腰にククリ刀を帯(お)びている。きっと拳銃も忍ばせているにちがいない。

ジョンは窪地の斜面を駆け降り、白い椅子を無造作に草の上に置いた。窪地の真ん中のあたりだった。

ジョンが椅子から離れ、窪地の斜面を楽々と登った。

体はほとんど垂直だった。少年時代をネパールの山岳地帯で過ごした男には、この程度の傾斜は平坦地と変わらないのだろう。

間もなくジョンは林の中に消えた。

反町は一瞬、擂鉢状の窪地を突っ切り、ジョンを叩きのめしたい衝動に駆られた。しかし、自分を抑えた。そんなことをしたら、人質の美和が殺されてしまうだろう。

反町は敵の奇襲を警戒しながら、ジョンの消えた場所に向かった。老やくざには、できたら敵の誰かを人質に取ることを告げてあった。

十数分で、めざす場所に達した。だが、ジョンの姿は見えなかった。

反町は耳をそばだてた。

人間の足音は聞こえない。反町は繁みの陰に身を潜め、双眼鏡を幾度も左右に振った。

敵の姿は依然として現われない。

夕陽が沈み、あたり一帯に薄闇が拡がりはじめた。

五時になりかけたとき、左側の林道から山名が姿を見せた。着流し姿だ。打ち合わせ通りの行動だった。

老組長は杖を使いながら、斜面をゆっくりと下りた。白い椅子のある場所まで歩き、左の袂(たもと)から金属製の茶筒を取り出す。

それを椅子の上に置き、数十メートル離れた位置にたたずんだ。

多分、犯人グループの誰かが飛行遊具で空から三十億円の預金小切手の入った茶筒を取りに現われるのだろう。

反町は胸ポケットから暗視望遠鏡(ノクト・スコープ)を摑み出し、右目に当てた。昏(く)れなずんだ空を見上げる。だが、いくら待ってもパラプレーンもパラグライダーも目視できない。どういうことなのか。

突然、窪地の左側の林の中で何かが爆(は)ぜた。爆竹に似(に)た音だった。老やくざが音のした方を見ている。反町は左手の林にレンズを向けた。そのとき、茶筒に何かが当たった音がした。

反町は暗視望遠鏡(ノクト・スコープ)を正面に戻した。茶筒が弾(はず)みながら、地表を這(は)っている。筒には吸盤のような物が貼(は)りつき、それは細い紐(ひも)に繋がっていた。

茶筒が大きく手繰(たぐ)られた。

反町はレンズを右に振った。斜面の中ほどに、水中銃に似た物を持った男が立っていた。デビット・マッケンジーだった。デビットは茶筒を取り込むと、素早く右側の林の中に逃げ込んだ。

反町は中腰の姿勢で、デビットを追った。

数百メートル走ると、頭の上から何かが襲いかかってきた。不意に背中に何かを突き立てられた。クークリ刀だった。刀身が滑る。特にダメージはない。

背中に組みついたのはジョンだった。

反町は地面に組み倒された。ジョンが馬乗りになって、後頭部に固い物を当てた。銃口だった。反町は握っていた暗視望遠鏡（ノクト・スコープ）の角で、ジョンの向こう臑（ずね）を力まかせに撲（う）った。銃口が横を向く形になった。

反町は肘（ひじ）でジョンを弾（はじ）いて、敏捷（びんしょう）に身を起こした。

よろけたジョンが体勢を立て直し、短機関銃を構えた。九ミリL34A1（ワン）消音型スターリング・サブマシンガンだった。

反町は後ろに退（さ）がった。

逃げない反町を見て、ジョンが不思議そうな顔つきになった。それも、ほんの一瞬だった。ジョンが引き金を絞った。

かすかな発射音が連続して響き、次々に九ミリ弾が放たれた。

銃弾が反町の胸に当たり、大きく跳ねた。ジョンが度肝（どぎも）を抜かれたような表情になった。

背後で着弾音がした。

樹木の幹に銃弾がめり込み、灌木も鳴った。草が千切れ、土塊も舞う。

反町は大きく踏み込んで、ジョンの股間を蹴り上げた。

ジョンはわずかに腰を落としたが、ジャングルブーツの先で反町の臑を蹴った。反町は片手で、ジョンの喉を絞めた。

ジョンが唸りながら、二本貫手で応戦してきた。

反町は両眼を突かれ、目が見えなくなった。ジョンの喉の軟骨を潰しながら、また股間を蹴り上げる。

ジョンの腰が砕けた。

反町は足払いを掛けた。ジョンが横倒しに転がった。短機関銃の弾倉は、いつの間にか空になっていた。

反町は短機関銃を奪い取って、銃把でジョンの肩口を強打した。

ジョンが呻き、自ら転がった。次の瞬間には、素早く立ち上がっていた。

「おまえらの雇い主は誰なんだっ」

反町は英語で問い詰めた。

ジョンが薄笑いを浮かべ、ふたたび腰のクークリ刀を引き抜いた。刃はくの字に近く、柄寄りの部分は細い。ただ、彎曲部の端は鋭く尖っている。

反町は消音型スターリング・サブマシンガンを暗がりに投げ捨て、両手で高圧電流銃と特殊短杖を引き抜いた。右手に握ったのは特殊短杖だった。

ジョンがクークリ刀を中段に構えた。

反町は、こころもち腰を落とした。

二人は睨み合った。視線が交わり、スパークする。

反町は、左手の高圧電流銃（スタンガン）を腕いっぱいに伸ばした。誘いだった。

ジョンがクークリ刀を薙（な）ぐ。

刃風（はかぜ）は重かった。反町は前に半歩踏み出し、すぐ一歩退（さ）がった。フェイントだ。

案の定（あんのじょう）、ジョンが独得の形をした長めの短刀を振り絞った。

反町は前に跳び、金属短杖のワンタッチボタンを押した。六角形の短杖が伸びる。

ジョンがクークリ刀を振り下ろした。

金属と金属が触れて、硬（かた）い音をたてる。

反町は右手を引き戻し、短杖を上段から振り下ろした。空気が縺（もつ）れる。

ジョンが短杖を刃物で払った。

その隙（すき）を衝（つ）いて、反町は一気に間合（まあ）いを詰めた。スタンガンの電極をジョンの首に当て、スイッチボタンを押す。

放電音が響き、青白い火花が散った。ジョンが棒立ちになり、ゆっくりと頽（くずお）れた。

反町は特殊短杖を縮（ちぢ）め、腰のベルトに差し挟（はさ）んだ。

ジョンの短刀を手から捥取り、その刃先を背中に当てた。一センチほど肉に埋めると、ジョンが息を吹き返した。

「おれをボスのいる所に案内しろ！」

反町は英語で言った。

すると、ジョンが滑らかなイギリス英語で返事をした。

「ボスが誰なのか、おれたちは知らないんだ。おれたち五人は昔、グルカ野戦部隊の香港セコン基地にいたんだよ。数カ月前、英国国防大臣の護衛員に日本で金になる仕事を請け負わないかって誘われただけなんだ」

「護衛員の名は？」

「ジェームス・スタンリーだよ。香港が中国に返還された二十五年前に、グルカ大隊が解隊されたんだよ。要するに、香港にいたグルカ兵の大多数はお払い箱になったわけさ。英国本土のチャーチ・クルッカム基地に行けたのは、ひと握りのエリート軍人だけだった」

「で、誘拐や殺人を請け負うようになったのか」

「そうだよ。ひとり日本円にして、一億円も貰えることになってるんだ。ネパールの故郷に帰りゃ、一生遊んで暮らせる額さ。だから、たいていのことなら……」

「飯島夫婦、鈴木悟、山名将宏、古橋雄作、それから関西の極道崩れ七人を殺ったのも、おまえら五人だなっ」

　反町は声を高めた。

　ジョンは答えようとしない。反町はクークリ刀の先をさらに深く沈めた。ジョンが痛みを訴えながら、早口で言った。

「そうだよ。スタンリーに命じられたんだ。大津組や京輪組にいた連中はおれたちの手伝いをしてくれてたから、殺りたくなかったんだがな。それから、伊原たち八人を動かしてた鈴木悟も始末した。彼らはおれたちの味方だったんで、殺りたくなかったよ」

「ジェームス・スタンリーのいる場所に案内しろっ」

「わかった。あんたの言う通りにするよ」

「起きろ！」

　反町はクークリ刀を引き抜いた。

　ジョンが立ち上がりざまに、砂を投げつけてきた。どうやら目潰し用の砂袋を隠し持っていたらしい。早々と口を割ったことを訝しく思っていたが、やはり反撃のチャンスをうかがっていたのだ。

　投げ放たれた砂は反町の両眼に入った。一瞬、何も見えなくなった。ジョンが腰に組みついてくる気配が伝わってきた。

　反町はクークリ刀を斜めに振り下ろした。

　肉の裂ける音が耳に届いた。ジョンが叫び声をあげる。血の臭いが空気に混じった。

ジョンが走りだした。逃げる気になったようだ。どこかで、花火を打ち上げる音がした。それとも、銃声だったのか。老やくざが撃たれたのだろうか。

反町は痛みを堪(こら)え、何度も瞬(まばた)きをした。

涙があふれ、砂粒が目から流れ出た。反町は、痛む眼で暗視望遠鏡(ノクト・スコープ)を覗いた。ジョンの姿は掻き消えていた。

反町は血刀(ちがたな)を提(さ)げ、デビットのいた場所まで走った。

だが、すでにデビットの姿もなかった。窪地を見ると、山名組長がスキー場の方に向かって懸命に歩(ほ)を進めている。

犯人グループが美和の居場所を教えたのだろう。元グルカ兵を取っ捕まえたいが、いまは人質の救出が先だ。

反町は血糊(ちのり)の付着したククリ刀を手にしたまま、斜面を慎重に駆け降りた。

少し経(た)つと、老やくざに追いついた。

「さっき打ち上げ花火が鳴って、あっしの頭の上に、これが舞い落ちてきたんでさあ」

山名は、紙製の小さなパラシュートを手にしていた。糸の下には、短冊(たんざく)のようなものがぶら下がっている。

「その紙に、美和さんのいる場所が書かれてたんですね？」

「そうでさあ。スキー場の際(きわ)にいると……」

「先に行きます」

反町は正面の斜面を駆け上がった。

暗視望遠鏡を目に当てると、左手の草の中に女性が倒れていた。俯せだった。美和だろう。

反町は走り寄って、女を抱き起こそうとした。

その瞬間、やられたと思った。横たわっていたのは、衣服をまとったマネキン人形だった。

「美和、怪我はねえか？」

山名が息を乱しながら、駆けてきた。

「こいつはマネキン人形です」

「なんだって⁉」

「まんまと三十億分の小切手だけを奪われてしまった。山名さん、申し訳ありません。あなたは組の方と一緒に東京に戻ってください」

「あんたはどうなさる？」

「なんとかして犯人どもを捜し出し、美和さんを救い出します」

反町は言うなり、窪地の底まで慎重に駆け降りた。暗くて足許が覚束なかった。

窪地から、ワンボックスカーを隠した場所まで急いだ。車体を覆った小枝を払っていると、後ろで足音がした。

反町は振り返った。

そのとき、敵のひとりが筒状のものを腰撓(だ)めに構え、体ごとぶつかってきた。躱(かわ)せなかった。相手はサイモン・アトキンスだった。

反町は下腹に尖鋭(せんえい)な痛みを覚えた。ボディアーマーの裾(すそ)のすぐ下だった。簎(やす)のような形状の真鍮(しんちゅう)製の針が深々と埋まっていた。サイモンが手早く筒の中のプランジャーを押した。カプセルの中には、毒液が入っているのかもしれない。あるいは、トランキライザーの類(たぐい)か。

反町は、サイモンを押し返そうとした。

しかし、体に力が入らない。四肢(しし)も痺(しび)れてきた。

「くたばれ(ファック・ユー)！」

サイモンが憎々しげに喚(わめ)いた。それから平べったい顔立ちのネパールの山岳民族は、にたにたと笑った。

反町は特殊短杖を引き抜き、ワンタッチボタンを押した。

先端がサイモンの鼻柱を叩いた。サイモンが仰向けに引っくり返る。反町は真鍮の針を引き抜き、サイモンに近づいた。サイモンを蹴りつけようとしたとき、体のバランスを崩した。よろけて倒れてしまった。

すぐに反町は起き上がろうとした。

しかし、体が動かなかった。全身に痺れが回ったのだろう。やがて、反町は意識を失った。


どれほどの時間が流れたのか。

反町は、むせた拍子に我に返った。

倉庫のような建物のコンクリートの床に横たわっていた。縛られてはいなかった。敵は、なぜ自分を始末しなかったのか。何か企んでいるようだ。

身を起こすと、煙が充満していた。赤いものも見える。炎だった。

建物は、めらめらと燃えはじめていた。すぐ近くに、セルロイドの玩具が堆く積み上げてあった。その一部は、すでに炎に包まれている。玩具会社の倉庫なのだろう。

反町は扉のある場所を目で探した。

十数メートル離れた所にあった。そこまで駆けた。

だが、外側に錠が掛かっていた。採光窓は高い位置にある。内部の鉄骨は剝き出しの状態だった。

それを足場にして、採光用の高窓までよじ登るほか脱出の途はなさそうだ。

反町は採光窓の下まで走りかけ、床に転倒した。

なんと床一面に、未加工のセルロイドの板が何十枚も敷かれてあった。セルロイドに火が点いたら、ひとたまりもない。悪いことに、庫内には空の段ボール箱があちこちに積み上げられている。

反町は立ち上がった。

そのとき、段ボールの陰に見覚えのある制服が見えた。聖光女子高校の夏服だ。

反町は段ボールを払いのけた。安寿は麻酔液を嗅がされたらしく、口許が薬品臭かった。まだ意識を取り戻していない。

反町は呼びかけた。

体を揺さぶってみても、安寿はめざめなかった。

反町は平手で安寿のほおを十数発、たてつづけにはたいた。と、安寿が瞼を開けた。しかし、うつけたような表情をしている。

「おい、しっかりしろ」

「あっ、反町さん！」

「何があったんだ？」

「自分の部屋で泣いてるとき、窓からマイケルとポールって奴が押し入ってきて、わたしの顔に湿った布を押し当てたの。気がついたら、ここに運ばれてたのよ。実は、母は産みの親じゃないの。実母は産後の肥立ちが悪くて、わたしを産んで間もなく死んでしまったのよ」

「そうだったのか」

「反町さん、母は？　祖父は電話で、あなたが母さんの救出に向かったと言ってた。救出できたの？　早く教えて」

「その話は後にしよう。いま、おれたちは火の海の中にい。急いで立つんだ」

反町は安寿の手を摑んで、一気に引き起こした。

いつからか、床から巨大な炎が噴(ふ)きはじめていた。セルロイドの板や段ボール箱が次々に燃え、薄い灰が宙に漂(ただよ)っている。

反町は体を振りながら、炎や煙を透(す)かして見た。建物の内部全体に音を立てて炎が拡(ひろ)がっていた。

右手の奥に、黄色いフォークリストが見えた。

反町は安寿の肩を抱え込み、フォークリフトまで走った。エンジンキーは抜かれている。

「熱い、熱いわ！」

安寿が足踏みをするように両腕を交互に浮かせ、怯(おび)えた声を発した。

「もう少し我慢するんだ」

「早く、早くなんとかして」

「落ち着け！」

反町は叱りつけ、フォークリフトのエンジンとバッテリーを直結させる作業に取りかかった。

火の勢いは一段と強まり、風の号くような音をたてはじめた。床を這う炎も、二人の足許まで迫っていた。焦りが募る。

フォークリフトのエンジンがかかった。

「おれの背中におぶされ」

反町は身を屈めた。

安寿が幼女のように全身でしがみついてきた。反町は運転席に浅く腰かけ、リフトを限界まで上昇させた。そのまま、勢いよくフォークリフトを前進させた。

リフトが壁をぶち破った。

だが、まだ破れた箇所は小さかった。反町はフォークリフトを五、六十メートル後退させ、リフトの位置を少し下げた。

「おれの背中に顔をくっつけて、首を縮めてるんだ」

反町は言って、エンジンを全開にした。

フォークリフトが扉のある側の壁をぶち抜き、建物の外に走り出た。できるだけ建物から遠のき、反町は安寿を背負って運転台から飛び降りた。

フォークリフトはそのまま前進し、鉄柵にぶち当たった。反町は安寿を背から下ろし、フォークリフトに駆け寄った。

バッテリーのコードを引っこ抜くと、エンジンは停止した。

反町は、あたりを見回した。元グルカ兵たちの影はなかった。

双眼鏡、暗視望遠鏡（ノクト・スコープ）、特殊短杖はなくなっていた。犯人グループに奪われたのだろう。しかし、高圧電流銃（スタンガン）、スリングショット、財布、運転免許証、車の鍵（キー）などは抜かれていなかった。

玩具会社の倉庫だったと思われる建物は、完全に炎に呑（の）まれていた。周囲は雑木林だった。

「ここは、どこなのかしら？」

「わからない。とにかく、民家のある所まで歩こう」

反町は安寿の肩を押した。

建物の前の道に出て、しばらく歩く。

反町は歩きながら、ライターの炎で腕時計を見た。午後十一時四十二分過ぎだった。

数時間歩くと、民家の灯（あか）りが見えてきた。二人は、ひたすら歩きつづけた。

やがて、街路灯のある通りに出た。

茅野（ちの）市と諏訪市は隣接している。タクシーを使えば、ワンボックスカーを駐めてある林道までは一時間くらいで行けるだろう。

ひとまず東京に戻ることに決めた。反町は安寿を促(うなが)し、また歩きはじめた。

4

母屋の玄関前に車を停めた。

あと五分ほどで、午前七時だ。玄関のガラス戸が開き、山名祥太郎と藤巻が飛び出してきた。

反町は車のキーを抜いた。安寿がワンボックスカーから降りた。

数時間前に反町は茅野市のタクシー営業所から、山名に電話をした。老やくざが孫娘を抱きしめた。

反町は車から出た。藤巻が歩み寄ってきて、開口一番に詫(わ)びた。

「失敗(ドジ)をやらかして、すみませんでした。安寿ちゃんがさらわれたとき、おれ、階下(した)にいたんすよ。でも、まったく物音がしなかったんす」

「もう済んだことだ。気にすんな」

「おれ、日当は受け取らないっすからね」

「それとこれは別だよ。後で、車の借り賃と一緒に払う」

反町は車を回り込み、山名に近づいた。

「こうして安寿の顔を見られたのは、あんたのおかげだ。礼を言います」

山名が先に口を開き、深々と頭を垂れた。

「組長、頭を上げてください。こっちは、美和さんを救け出せなかったんです。本当に申し訳ありませんでした」

「あんたに落度があったわけじゃない。犯人どもの悪知恵が働いたんですよ」

「そう言っていただくと、少しは気持ちが軽くなりますが、やはり……」

「その話は、もうやめましょうや」

「わかりました」

「とにかく、家の中に入ってくだせえ」

「はい」

反町は、老やくざの後に従った。藤巻が安寿に謝った。二人も母屋の中に入った。

四人は仏間に落ち着いた。

反町と安寿は、山名将宏の遺骨に線香を上げた。少し経ってから、藤巻と安寿が食堂に移った。

「大竹さんは？」

反町は依頼人に問いかけ、煙草をくわえた。

「少し前に、自分のアパートに戻りやした。明日、奴になぜ立ち聞きなんかしたのか、はっきり訊いてみまさあ」

「火葬場から戻ってきてから、大竹さんの様子はどうでした？」

「気のせいかもしれねえけど、なんだか思い悩んでるようだったね。それから、あっしの顔をまともに見ようとしなかったな。倅の遺影からも目を逸らしてやした。なぜなのか」

山名が首を傾げた。反町の中で、大竹に対する疑念が一段と膨れ上がった。

「大竹さんは、同じ町内に住んでるんでしたね？」

「そうでさあ。歩いて四、五分の所にあるアパートで独り暮らしをしてます。女房がいたんですが、性格が合わねえとかで、もう十三、四年前に離婚しちまったんですよ」

「これから一緒に大竹さんのアパートに行ってもらえませんか？」

「えっ、これから？」

山名が驚いた顔つきになった。

「ええ。大竹さんが犯人側とつるんでるようだったら、逃亡の可能性もあると思うんです」

「奴が内通者とは思いたくねえが……」

「犯人グループの黒幕を早く押さえないと、美和さんは殺されてしまうかもしれないんですよ」

「わかりました。行きやしょう」

「ありがとうございます」

反町は謝意を表し、煙草の火を消した。

二人は連れだって出かけた。小さなビルや民家の密集した下町は、ひっそりとしていた。路地を二度折れると、大竹澄夫の住む木造アパートがあった。

二階建てで、部屋数は八つだった。

手前の二階の角部屋が明るいだけで、ほかの七室は電灯が点いていない。大竹の部屋は一階の最も奥だった。

「大竹、おれだ」

山名が化粧合板の玄関ドアをノックした。

しかし、返事はなかった。

室内で、人の動く気配も伝わってこない。寝入っているのか。それとも、どこかに逃げたのだろうか。

「あれっ、ノブが回るな」

「部屋に入ってみましょう」

反町は言った。

山名が玄関のドアを開け、電灯のスイッチを入れる。間取りは1ＤＫだった。ダイニングキッチンの食器棚の横には、夥しい数の一升壜が並んでいた。どれも空だった。

山名につづき、反町も奥の六畳の和室に入った。デコラ張りの安っぽい座卓の上に、置き手紙と油紙にくるまれた小さな包みがあった。

山名が置き手紙を抓み上げ、便箋を引き抜いた。表書きは、組長の名になっていた。

「ばかな奴だ」

山名が溜息をつき、読み終えた便箋を差し出した。それを受け取り、反町は文面を目で追いはじめた。

組長、長い間お世話になりました。

薄々お気づきだったでしょうが、わたしは組長や若を裏切ることになってしまいました。若の隠し財産を調べ、東京経済研究所に情報を流したのはわたしです。

わたしは巨額の負債に絶望して、組を出ることにしたのです。そして、将来のことを考え、金を追い求めたのです。ですが、奴らは約束を果たしてくれませんでした。それどころか、若まで殺害してしまいました。そんなことはしないと言っていたのですが、その言葉を信じた自分が愚かでした。奴らは、わたしにも刺客を差し向けてきたのです。鈴木悟と同じように利用だけする気だったのでしょう。

わたしは逃げません。奴らを皆殺しにして、自分も散る覚悟です。こんな形で組長の恩に背(そむ)いた自分の愚かさを恥じるのみです。油紙に収めたものは、せめてものお詫(わ)びのつもりです。

組長、どうかいつまでもお達者でお暮らしください。これで、お別れします。

大竹澄夫

毛筆ペンで、そう綴(つづ)られていた。

反町は黙って、山名に便箋を返した。老組長が便箋を封に戻し、油紙の包みを解(と)いた。

中身は、第一関節から切断された左手の小指だった。血に塗れていた。

「小指飛(エンコ)ばす前に、なぜ、このおれに打ち明けてくれなかったんだ」

山名が油紙ごと血みどろの小指を掌(てのひら)の中に握り込み、悲痛な声で呻いた。

「部屋の中を物色させてもらってもいいですね？」

「どうぞ」

「それでは……」

反町は洋服簞笥(だんす)や文机(ふづくえ)の中を検(しら)べはじめた。

だが、犯人グループとの連絡方法やアジトはわからなかった。押入れの中にも首を突っ込んでみた。

下の棚の奥にあったアルバムを繰(く)ると、美和の写真が頁(ページ)の間に挟んであった。

大竹は、美和に思慕を寄せていたようだ。『信協堂商事』の前で大竹を待っていた女性が美和だとしたら、誘拐は狂言だったとも考えられる。

反町は、そんな疑惑を抱いた。

しかし、美和は恥毛を剃られ、何人かの男に辱しめられたようだ。それだけではない。大型犬との交わりも強いられた。狂言で、そこまではやれないだろう。

反町はアルバムを元の場所に戻し、押入れの襖を閉めた。大竹が美和の写真を秘蔵していたことを山名に話す気はなかった。

「何か手がかりになるようなものは見つかりやしたか？」

老やくざが訊いた。

「いいえ、まだ何も見つかりません」

「そうですかい。実は、あんたに話しておいたほうがいいことがあるんでさあ」

「何でしょう？」

反町は畳に尻を落とした。

「大竹の奴は、どうも美和のことを憎からず想ってたようなんでさあ。息子の嫁も大竹に流し目なんかくれることもありましてね。もしかしたら、大竹の野郎は美和のために何か……」

「美和さんが、犯人側に何か協力してると？」

「そいつはわかりませんが、何か裏があるような気がしてきたんでさあ」

「裏ですか」

「今回の騒ぎにゃ関係ねえと思ったんで黙ってやしたが、安寿は美和の実子じゃねえんですよ。美和は、娘んときに卵巣を剔出してるんでさあ。悪性の腫瘍をね」

「亡くなった息子さんはそのことを承知で、美和さんと結婚されたんでしょ？」

「ええ。しかし、倅はやっぱり自分の子が欲しくなったんでしょう。若い愛人に安寿を産ませて、美和に育てさせたんです」

「そうですか」

「将宏は惨いことをしたもんです。若死にした愛人との子を美和に育てさせたんですからね。美和は言葉には出さなかったが、肚ん中は煮えくり返ってたでしょう」

山名が同情を含んだ声で言った。

「息子さん夫婦の仲は、どうだったんです？」

「表面は仲睦まじげでしたが、本当のところはどうだったんですかね。倅は半年前まで神楽坂で小料理屋をやってる女を愛人にしてたぐれえですから、必ずしも夫婦仲がよかったとは言えないんでしょう。美和は時々、ものすごく淋しそうな顔をしてましたよ。ただ、外出した日は何だか別人のように浮かれてましたね」

「美和さんには外に好きな男がいたのでしょうか？」

「ええ、多分ね」

「そうなんだろうか」

反町は口を結んだ。山名組長の話を聞いて、美和に対する疑惑を消し去ることができなくなった。実直な大竹を誑したのは美和ではないのか。

彼女が大竹を抱き込んで、ひと芝居打った可能性もあり得そうだ。だが、どうしても獣姦のことが説明つかない。仮に偽装工作だったとしても、そこまで人間の誇りを捨てきれるものだろうか。

反町は何気なく文机に目をやった。古びたアパートには、不似合いな最新型の電話機が載っていた。

大竹は犯人たちに報復する気でいるようだ。彼は相手が在宅してるかどうか、電話で確認したのかもしれない。

反町は文机に近寄り、電話機のリダイアルボタンを押した。ディスプレイに数字が並んだ。

反町は外線ボタンを押し、受話器を耳に当てた。先方の受話器が外れて、いきなり中年男が英語でまくし立てた。

「さっきの無言電話も、きさまだな。いったい何時だと思ってるんだっ」

「ミスター・スタンリーですね？」

反町は瀬踏(せぶ)みをした。もちろん、英語で問いかけた。

「そうだ」

「ボスからの伝言があります」

「何だ？」

「直接会って、お伝えするよう言われています。ミスター・スタンリーは、いま、どちらにいらっしゃるんです？」

「ボスが用意してくれた晴海(はるみ)のパレスレジデンスの一〇〇八号室に泊まってるよ」

「わかりました。三十分以内にはうかがいます」

反町は受話器を置き、発信した。

電話番号が表示された。外線ボタンを押し、受話器を摑み上げる。

「彦根外科医院です。きょうの診療は終わりました」

録音された女性の声が流れてきた。

東京経済研究所の黒幕は彦根公盛なのだろうか。まさかとは思うが、少し彼のことを洗ってみる気になった。

反町は電話を切り、リダイアルボタンを三度押した。しかし、ディスプレイには何も表示されなかった。

「英語で何か話してたようだが？」

山名が訊いた。

「例の五人の元グルカ兵と関わりのあるイギリス人ですよ。そいつのとこに、大竹さんは無言電話をかけたようです。おそらく、その男がいるかどうか確かめたかったのでしょう」

「大竹は、その外国人を叩っ斬るつもりだな」

「とにかく、行ってみます。お宅に先に戻りますね」

反町は大竹の部屋を飛び出し、山名邸まで駆け戻った。

ボルボのエンジンを始動させたとき、母屋から藤巻が走り出てきた。

「反町さん、どうしたんす？」

「犯人グループの関係者の居所がわかったんだ。ちょっと晴海まで行ってくる。すまないが、そっちの知ってる経済調査会社に彦根外科医院の経営状態を調査してもらってくれないか。詳しい話は、帰ってきてからするよ」

反町は車を発進させた。

清澄通りに出て、月島方面に走る。月島二丁目交差点を左折した。深川から晴海までは、ひとっ走りだった。スタンリーに教えられた高層マンションは晴海二丁目にあった。

反町はボルボを路上に駐め、パレスレジデンスのエントランスロビーに走り入った。

エレベーターで十階に上がる。一〇〇八号室は、エレベーターホールから最も遠い部屋だった。

反町は警戒しながら、部屋のインターフォンを鳴らした。もちろん、ドア・スコープの死角に身を潜めることを忘れなかった。応答はなかった。そっとノブを回してみる。ドアはロックされていない。

反町は部屋の中に入った。短い廊下の先に、広いリビングルームがあった。ソファやコーヒーテーブルが引っくり返り、鮮血が飛び散っていた。血の臭いが鼻腔を撲つ。

床に二人の男が倒れていた。

手前にいる男は大竹だった。上半身に四、五カ所、銃創があった。血溜まりの中で息絶えていた。ソファにのけ反って死んでいるのは、四十代半ばの栗毛の白人男だった。ジェームス・スタンリーだろう。

男の左胸には、段平が柄の近くまで埋まっていた。ソファの背凭れから、刃先が突き出ている。ソファのかたわらには、斬り落とされた右腕が転がっていた。

右手には、消音器を付けたヘッケラー&コッホ九ミリP9Sが握られていた。ドイツ製の自動式拳銃だ。

反町は部屋にあったサムソナイト製のキャリーケースの中を検べてみた。

パスポートが見つかった。大竹に刺殺された男は英国人のジェームス・スタンリーに間違いなかった。首謀者と思われる人物と繫がるようなメモ類は何もなかった。

反町はキャリーケースに付着した自分の指紋を神経質にハンカチで拭って、玄関に足を向けた。むろん、ドア・ノブもきれいにハンカチで擦るつもりだった。


翌日の夜である。

反町は赤坂グレースホテルの二〇〇一号室にいた。オフィスを兼ねた塒だ。

九時十五分前だった。

和香奈が美貌と色気で金融庁の樺沢監督局局長を虜にし、この部屋に誘い込む手筈になっていた。細かな段取りは、すべて反町が考えた。和香奈は金融庁から樺沢を尾行し、頃合を計って、彼に声をかけることになっていた。

反町はイタリア製の応接ソファに腰かけ、紫煙をくゆらせていた。

煙草を喫い終えたとき、コーヒーテーブルの上に置いたスマートフォンが鳴った。

「おれっす」

藤巻の声が耳に流れてきた。

「経済調査会社の調査報告がもう届いたのか⁉」

「ええ、超特急で調べてもらったんすよ。彦根公盛は父親から山林など大変な遺産を相続したんですが、いまや破産寸前すね。和歌山や三重の山林は人手に渡ってますし、中央区新富一丁目にある自宅兼病院、高輪にある分譲マンション、軽井沢の別荘などの不動産がすべてメガバンクに抵当権を設定されてました。それから彦根は、病院の看護師長名義で晴海のパレスレジデンスの一〇〇八号室を借りてるっすね」

「そこは、スタンリーがいた部屋だ。彦根は株で大火傷したんだろうな」

「そうじゃないんすよ。彦根は十五年前から、英国のロイズ保険協会の保険引受人になってるんすけど、倒産したイギリスの老舗銀行、東日本大震災の火災や地震保険の補償で無一文に近い状態になってしまったんす」

「ロイズの保険引受人になってたんだったら、仕方がないな」

反町は同情しなかった。

三百数十年の歴史を誇る世界最大の保険組織であるロイズ保険協会は、特殊な経営形態をとっている。会社組織ではなく、個人の出資者の集合体だった。

協会を構成しているのは、約二万六千人の保険引受人だ。ネームと呼ばれている彼らの国籍は雑多だが、揃って資産家である。

ネームになれるのは、英国人引受人二名の推薦を得た資産家に限られている。

日本人ネームは保険代理店経営者など四人しかいない。かつて右翼の論客として知られたある人物は、アブダビの石油採掘権をブリティッシュ・ペトロリアムに譲った功績で英国政府からネームの資格を特別に与えられた。

ロイズ保険協会は一般的な生命・火災保険はもちろん、ハリウッドの人気女優の脚線美から人工衛星まで、ありとあらゆる損害保険契約に応じる。日本を含む多くの国の保険会社が自社のリスクを軽減する目的で、ロイズに再保険を掛けている。

ロイズの保険引受人は、個人か引受団（シンジケート）のメンバーとして、さまざまな保険を引き受けているわけだ。といっても、彼らが保険契約の実務までこなしているのではない。

ブローカーによってロイズ協会に持ち込まれる保険の事務手続きは、アンダーライターと呼ばれる保険のエキスパートたちが行なう。

保険金を補償しているのは保険引受人（ネーム）たちである。ロイズ保険協会は、〝無限責任原則〟を伝統にしてきた。

ネームと呼ばれる引受人は自分が引き受けた契約については、私財をなげうってでも保険金を捻出（ねんしゅつ）しなければならない。

巨大事故や災害が起これば、大富豪のネームも一夜にして全財産を失ってしまう。逆に何もトラブルが発生しなければ、莫大（ばくだい）な保険料が懐に入ってくる。

つまり、ハイリスクだが、ハイリターンでもあるわけだ。

保険業者の総本山とでも言うべき存在のロイズ保険協会も巨大災害、公害拡大、戦争、企業倒産などでダメージを受け、一九八八年以降は毎年、一千億円前後の損失を出している。破産したネームに自殺者まで出たことで、保険金支払いの上限など免責制度の導入も検討されている。

「そんなことで、彦根が不良債権の強奪を思いついたのではないかという反町さんの筋読みは正しいと思うっす。それを裏付けるようなこともあるんすよ」

「どんな？」

「彦根は、六百数十億円の負債を抱えて経営危機に陥ってる東日本医科大学の付属病院の一つをダミーを使って、買い取る話を進めているらしいんす」

「そのダミーっていうのは？」

「金融庁の樺沢監督局局長の妻っす」

「面白いことになってきたな。もうじき和香奈が色仕掛けで、ここに樺沢を連れ込んでくれることになってるんだ」

「樺沢を締め上げて、友和銀行の古橋が誰を庇ってたか吐かせる気っすね？」

　藤巻が確かめた。

「そうだ」

「そいつは、いい手っすね。エリート官僚は暴力に弱いからな」

「おれは、そんな荒っぽい手は使わないよ。これでも、昔は桜田門にいたんだ」

「そう言いながら、反町さんはアナーキーなことをする」

「とにかく、いい情報だったよ。サンキュー！」

　反町は電話を切ると、寝室に入った。

すぐにクローゼットの中に身を潜める。寝室の照明は落としておいた。

数分待つと、部屋のドアを開閉する音が伝わってきた。

「高そうな部屋だね。きみが親の遺産で遊び暮らしてるって話は、冗談じゃなかったんだな」

「そんな話より、早くあなたと裸のおつき合いがしたいわ。寝室は、こちらなの」

和香奈が寝室に入り、照明を灯した。

すぐに樺沢もやってきた。和香奈が麻の黒いワンピースを脱ぎ、同色のボディスーツだけになった。樺沢は、うっとりと和香奈を眺めていた。

「いやだわ。あなたも早く服を脱いで。全部よ、素っ裸になってね」

和香奈が色っぽく言い、ベッドの毛布を大きくはぐった。

樺沢がネクタイを真っ先に外し、瞬く間に全裸になった。早くも分身は昂まっていた。

なぜだか、縁なしの眼鏡は外そうとしない。

「あら、眼鏡を外し忘れてるわ」

「わざと外さなかったんだよ。きみのきれいな体を隅々まで見たいからね」

「隅々まで？　わたし、見られると感じちゃうの。体の芯がくすぐったくなってきたわ」

和香奈が艶然と笑い、ベッドに仰向けになった。

すぐに樺沢が和香奈の腰のあたりに斜めに腰かけ、ほどよく肉の付いた太腿を撫でさすりはじめた。

　反町はクローゼットの扉をそっと開け、スマートフォンで動画を撮影しはじめた。

　樺沢が気配に気づいて、振り返った。

「き、きみは誰なんだ⁉」

「金融庁の監督局局長ともあろう方が、他人(ひと)の女に手を出していいのかっ。世も末だな」

「わたしは、ここにいる彼女に誘われたんだ。そうか、これは美人局(つつもたせ)なんだな。帰る、わたしは帰るぞ」

「そうはさせない。おっ立てたものをパンツで隠して、床に正坐しろ。逆(さか)らったりしたら、さっき撮(と)った動画をネットで拡散させるぞ。そうなりゃ、高級官僚もお先真っ暗だ」

　反町は目に凄みを溜めた。

　樺沢はぶつくさ言いながらも、おとなしく命令に従った。反町はスマートフォンをポケットに戻し、反対側のポケットの中にあるICレコーダーの録音スイッチを入れた。

「樺沢さん、あんたは友和銀行の不良債権額のチェックに手心を加えたな？」

「わたしは、そんな不正はやってない。だいたい、きみらは何者なんだねっ」

「恥ずかしい動画をネットにアップしてほしいのか。え？」

「おい、そんなことはしないでくれ。財布の中に、二十万と少し入ってる。それで、勘弁してもらえないか。頼む！」

樺沢が床に両手をついた。

「おれは、あんたから端金（はしたがね）をせしめる気なんかない。事実を知りたいんだよ」

「もう赦（ゆる）してくれないか」

「世話焼かせるなって」

反町はしゃがみ込むなり、予備の特殊短杖のワンタッチボタンを押した。伸びきった金属短杖が、樺沢の頬骨のそばを掠めた。樺沢が喉の奥で、ひっ、と声をあげた。

「今度は、目玉を潰すか」

反町は金属短杖を縮め、その先端を樺沢の縁なし眼鏡に近づけた。樺沢の頬（ほお）が引き攣（つ）る。

「乱暴はやめてくれ。指導を甘くしたことは確かだ」

「総額でいくら貰った？」

「六、七億円だったと思う」

「そういう繋がりから、友和銀行の古橋とも親しくなったんだな？」

「ああ、そうだ」

「古橋は系列やノンバンクに不良顧客を回して、過剰融資させてた。それで奴は、客たちから多額の紹介料を取ってたんだろ？」

「それは……」

樺沢が言い澱み、救いを求めるようにベッドの和香奈を見た。

すでにワンピースを着終えた和香奈は、曖昧に笑い返したきりだった。

「少し手荒なことをしないと、対談が長引きそうだな」

「や、やめてくれ。そうだよ、古橋さんは融資額の二割を返済能力のない客たちから相談料という名目でキックバックさせてたんだ」

「背任だな。古橋は総額で、どのくらいたかってたんだ？」

「八百億円にはなると思う。羽振りがよくなったんで知人が怪しみ、古橋さんの背任横領の事実を握ったんだよ。それで古橋さんは、その男の言いなりにならざるを得なくなったんだ」

「その男とは、彦根公盛のことだなっ」

反町は確かめた。

「きみが、なんでそこまで知ってるんだ⁉」

「いいから、質問に答えろ！」

「きみが言った通りだよ。彦根は鈴木悟という男を使って、友和銀行の不良債権回収委託書を手に入れ、そのコピーを荒っぽい奴らに持たせて強引な取り立てをやらせてたんだ」

「鈴木も関西の極道崩れの七人も、すべて消されたよ。古橋を殺らせたのも彦根なんだな？」

「ああ、それは間違いない。彦根はわたしに、妻を東日本医大の付属病院のダミーの買主にしなければ、元グルカ兵たちに殺(や)らせると脅(おど)したんだ。奴は、わたしと古橋さんの関係を知ってたんだよ」

「彦根は別荘を持ってるな、どこかに？」

「そのことは知らないな。嘘じゃない。ただ、伊豆(いず)半島だかどこかに、彦根が知人名義で買った別荘があるって話は古橋さんから聞いたことがあるよ」

「そのほか、彦根のことで何か聞いてないか？」

「奴は医者のくせに、奥さんや愛人に自分で調合した媚薬(びやく)入りの混合麻薬(ドラッグ・カクテル)を投与してるらしいよ。それで、過激なセックスプレイを娯(たの)しんでるそうだ。あの男は真性のサディストみたいだね」

樺沢が吐き捨てるように言った。彦根に対する憎悪を抑えきれなくなったのだろう。反町は訊き返した。

「彦根の愛人の名を知ってるか？」

「そこまでは、わからないよ」

樺沢が首を振り、すぐに言い重ねた。

「知ってることは、すべて話した。もう服を着てもいいだろう？」

「ああ。服を着たら、さっさと帰れ。彦根に妙な電話をしたら、あんたのスキャンダル動画をアップするぞ」

反町は立ち上がった。

樺沢は衣服をまとうと、逃げるように部屋から出ていった。

「そっちのおかげで、一連の事件の首謀者がわかったよ」

反町はポケットのＩＣレコーダーを停め、和香奈に言った。

「美和って女（ひと）は、なぜ夫を裏切ったのかしら？」

「そのあたりが、はっきりしないんだよ。彦根と最初っから結託してたのか、何か弱みを握られて協力を強（し）いられたのか。いずれにせよ、愛人の産んだ子を育てさせられたことは屈辱だから、当然、復讐心はあったんだろうな」

「すぐに彦根って奴のとこに行くの？」

和香奈が訊いた。

「そうしたいんだ」

反町は和香奈を部屋に残し、彦根外科医院にボルボを走らせた。

新富一丁目に入ったのは午後十時五十分ごろだった。彦根外科医院は六階建てで、モダンな造りだ。六階の窓だけが明るい。居住スペースなのだろう。

反町は、医院の少し手前で車を停めた。

ボルボを降りたとき、二つの人影が迫った。デビットとマイケルだった。どちらも拳銃を握っていた。二つの銃口が反町の背中と脇腹に突きつけられた。

反町は、樺沢が彦根に連絡することを半ば予想していた。さほど驚かなかった。

「運転席に戻れ！」

マイケルが英語で命じた。

反町は逆らわなかった。恐怖心からではない。敵のアジトを知りたかったからだ。都内のどこかにあるにちがいない。

運転席に入ると、すぐにマイケルが助手席に坐った。デビットは、反町の真後ろに腰かけた。反町は命じられるままに、ボルボを走らせた。首都高速から、東名高速道路に入らされた。行き先は近場のアジトではないようだ。

「彦根は伊豆のどこかにいるんだな？」

反町は横浜町田ＩＣを通過してから、どちらにともなく言った。

二人の元グルカ兵は黙したままだった。

「おまえら五人は抜けてるな」

「それは、どういう意味なんだ？」

後部座席のデビットが問いかけてきた。

「おまえらは、彦根に利用されてるだけなんだよ。きのう、スタンリーが大竹に刺殺されたことを知ってるだろうが？」

「知ってるが、それがどうしたというのだっ」

「大竹はスタンリーに撃ち殺されたよな。あれは、彦根が仕組んだ同士討ちなんだよ」

反町は、でまかせを言った。

「そんな話は信じられない」

「彦根って男はな、冷酷な奴なんだよ。汚れ役を引き受けた鈴木悟や関西の極道崩れも利用価値がなくなりゃ、あっさり消す。スタンリーにしても、大竹にしても、もう用済みだったからな」

「そんなことは……」

「今度殺られるのは、おまえら五人だぜ。おそらく彦根は、どこかの元情報機関のスナイパーか誰か腕っこきの殺し屋を日本に呼び寄せてるんだろう」

「われわれ五人は戦争のプロだったんだ。どんな刺客にだって、負けやしない」

助手席のマイケルが、いきり立った。

「ジョンの話によると、おまえらは日本円にして、たったの一億円の報酬しか貰えないそうじゃないか。それだって、どうせまだ貰ってないんだろ？」

「必ず払ってくれるさ」

「おそらく金を貰う前に、おまえら五人はあの世行きだろう」

「黙れ！」

「どうだい、おれと組んで彦根を丸裸にしてやらないか？　奴が極道崩れたちに回収させた金は、まだたっぷりあるはずだ」

反町は言った。

マイケルが返事の代わりに、銃口を脇腹に強く押しつけてきた。反町は沼津ＩＣを降りるまで、喋ることを禁じられた。沼津から西伊豆の海に沿って、しばらく南下させられた。ボルボを停めさせられたのは、大瀬崎の小さなヨットハーバーだった。

桟橋には、純白の大型クルーザーが舫われていた。彦根の所有艇なのだろう。

反町は車から引きずり出され、全長三十メートルほどのクルーザーに連れ込まれた。甲板で、デビットに体を探られた。

反町は反撃のチャンスをうかがった。しかし、その機会はなかった。反町はクルーザーの船室に押し入れられた。

思いのほか広い。手前はリビングダイニングになっていた。Ｌ字形の濃紺のモケット張りソファがあり、食卓も大きかった。

小さいながらも、調理室、トイレ、シャワールーム付きだった。

間仕切りの向こうは寝室になっていた。ダブルベッドがあり、その周りにナイトテーブル、ひとり掛けの椅子などが置かれている。

反町は椅子に腰かけさせられ、両腕を背凭れにロープで縛られた。両足も椅子の脚に括りつけられた。

「おれを魚の餌にする気かっ」

「それはボスが決める」

デビットが冷ややかに言った。

「彦根は、この近くの別荘にいるんだな？　美和という女も一緒なんだろっ」

「さあな」

「おれの取り分は六分の一でいいよ。さっきの話、考えてみてくれ」

反町は言った。もちろん、本気ではない。

デビットが浅黒い顔を歪め、反町から奪った高圧電流銃を自分の目の高さに掲げた。反町は足に力を込め、椅子ごとデビットに体当たりする気になった。

だが、すぐにマイケルが銃口を向けてきた。ブローニング・ハイパワーだった。

デビットがスタンガンの電極を反町の首に当て、スイッチボタンを押した。強力な電流を送られ、反町は熱感と痺れを覚えた。視界が揺れ、じきに意識が混濁した。


ベッドの軋みが遠くから聞こえてきた。

その音で、反町は自分を取り戻した。クルーザーは沖合に錨を落としているようだ。

なぜか、デビットとマイケルの姿は見当たらない。別の敵が艇内にいるのだろう。それは誰なのか。

反町は視線を巡らせ、目を瞠った。

ベッドに四つん這いになった全裸の美和の尻に、大きなアフガンハウンドがのしかかっている。口には防声具のような革のマスクが嵌められ、前肢の先は赤茶のボクシンググローブで包まれていた。

反町は一瞬、自分の目を疑った。なんと美和は、自ら白い尻を打ち振っていた。

大型犬は美和を内懐に抱き込んで、狂ったように突いている。動くたびに、下肢の筋肉が躍った。

およそ現実感がなかった。

反町は淫夢を見ているような気がした。だが、美和の喘ぎや切なげな声が生々しく伝わってくる。

安寿の育ての親は媚薬入りの混合麻薬漬けにされて、倒錯した性の虜になってしまったのだろうか。それとも、最初っから彦根に進んで協力していたのか。

反町は、クレイジーなセックスプレイを息を詰めて見つめつづけた。

少し経つと、リビングダイニングから彦根公盛がやってきた。芥子色のバスローブ姿だった。

「おめざめだね」

「あんたが一連の事件の首謀者だったとはな」

「ようやく、このわたしにたどり着いたか」

「樺沢が、あんたの悪事を何もかも吐いたぞ。そのときに録音した音声のメモリーは、ある場所に保管してある」

「きみは元ＳＰのくせに、あまり物を識らないな。日本では、そういう音声だけじゃ、有罪の決め手にはならないんだよ」

「そのことは知ってる。決め手にはならないが、傍証にはなるはずだ」

反町は言い返しながら、寝室を見回した。

ナイトテーブルの灰皿の向こうに、水中銃があった。ドイツのヘッケラー＆コッホ社が海軍特殊作戦部隊のために開発したＰ11だ。

電動方式で、強力電池が使われている。弾倉には五発入るのではなかったか。水中戦だけではなく、陸上でも撃てる。使用されている拳銃弾は、七・六二ミリ弾だ。殺傷能力は、九ミリ弾とあまり変わらない。

「きみは、どこまで調べ上げたのかな。わたしが横盗りした金の総額までは知らんだろう？」

彦根が小ばかにした口調で言った。

「二千億円だろ？　回収は誰にやらせたんだっ」

「不良外国人や半グレたちを使ったんだよ。そいつらは用済みになったんで、関西の元極道たちを消す前に元グルカ兵たちに始末させた」

「東京経済研究所の名を使って取り立てに回ったのは、何人だったんだ？」

「およそ二十人だよ。その連中に指示を与えてたのは鈴木さ。奴とは、銀座のクラブで知り合ったんだ、数年前にな。奴は野心家だったので、わたしの計画にすんなり乗ってきた。政界に打って出る金が欲しかったんだろう」

「なぜ、鈴木を……」

「わたしの取り分が減るからさ」

「汚え野郎だ」

「この種の獣姦を観（み）るのは初めてだろうな。結構、そそられるだろう？　え？」

「てめえは変態だっ。彼女に妙な混合麻薬（ドラッグ・カクテル）を投与しつづけて、あんなふうに……」

「確かに最初のうちは美和も、わたしが調合した新麻薬を厭（いや）がってたよ。しかし、いまじゃ、彼女のほうがドラッグ・カクテルを欲しがるようになった。マンネリ化した情事に何か刺激が欲しかったんだろうな。大型猟犬とのセックスだって、いまや美和の刺激剤なんだ。もちろん、わたしにとってもだがな」

「そういう仲だったのか。いつからなんだ？」

「もう丸三年になるよ。美和は夫が愛人に産ませた安寿を育てさせられることに、ずっと屈辱感を覚えてたんだ。その上、懲りもせず、旦那はまた新しい愛人をつくった。美和の恨みは骨髄に達してたのさ」

彦根が言いながら、なまめかしい声を洩らしている美和の顔をじっと見ていた。

「で、彼女は借金だらけになった山名将宏を苦しめてから始末する気になったわけか？」

「そうだよ。美和は自分に想いを寄せてた大竹に亭主の隠し財産を調べさせたってわけだ。それを吐き出させるだけじゃ、積年の恨みは晴れない。だから、山名祥太郎と将宏を金策に走り回らせたわけだよ。それに、将宏は古橋を脅した。古橋がわたしの協力者であることを知られると、まずいからね」

「古橋や樺沢の不正の事実を知ったのは？」

反町は訊いた。

「わたしの患者の中に、政官界のスキャンダル探しをしてる業界紙の記者がいるんだ。その男が協力してくれたんだよ」

「スタンリーとは？」

「あるイギリス人のネームの紹介で、数年前に知り合ったんだ。で、彼に処刑担当の元グルカ兵を集めてきてもらった」

「東京経済研究所の都内のアジトは？」

「賃貸マンションを借りてたのさ」

「あんたの下に鈴木がいて、その下に回収班、拉致班、抹殺班があったのか」

「そういうことになるな」

彦根が薄く笑った。

「律儀な大竹まで捨て駒にしやがって」

「美和にのぼせてた大竹が、おめでたいのさ」

「茅野でおれと一緒に安寿を焼き殺そうとしたのは、彼女に頼まれたからなのかっ」

反町は、ベッドの美和を顎でしゃくった。

「いや、そうじゃない。美和は、安寿は始末しなくてもいいと言ったよ。しかし、わたしは一種の余興で、きみと安寿を心中させるつもりだった。きみをすぐに殺らなかったのは、そういうことだったんだよ」

「飯島夫婦や古橋を五人の元グルカ兵に殺らせたのも、あんたなんだなっ」

「ああ。飯島の奴は、わたしが古橋を脅してることを知って、百億円の口止め料を要求してきた。奴は古橋の弱みを握ろうとして、あの頭取をマークしてたんだよ。で、わたしと古橋の関係を嗅ぎ当てた。飯島がわたしの身辺をうろつきはじめたんで、うっとうしくなってきたんだよ。だから、夫婦ごと片づけさせたのさ。それから、樺沢も明日、サイモンに殺らせることになってる。その後で、五人の元グルカ兵には毒入りのワインを飲ませるシナリオさ」

「おれをどうする気なんだっ」

「後で、こいつに嚙み殺させる」

彦根はベッドに近寄り、大型犬に注射針を突き立てた。

「麻酔注射だな？」

「ああ、ケタミンだよ」

「パートナー・チェンジってわけか」

反町は言った。

彦根が好色そうな笑みを浮かべ、注射針を引き抜いた。アフガンハウンドがくぐもった唸りを発した。ほどなく動きが熄んだ。

「ご苦労さんだったな」

彦根が両腕で大型犬の胴を抱え、ベッドの向こう側に寝かせた。性器は、まだ力を失っていなかった。

「あなた、早く……」

美和がヒップを突き出した。

飾り毛は、きれいに剃られていた。くすんだルビー色の秘部の中心には、ぽっかりと空洞が生まれていた。彦根がバスローブを脱ぎ捨て、ベッドに両膝を落とした。雄々しく勃起していた。

彦根は美和の秘部を指で弄んでから、猛った男根を一気に埋めた。美和が甘やかに呻き、背を反らした。

彦根が美和の腰を抱えながら、ダイナミックに突きはじめた。

反町は両腕を張って、ロープに少しずつ隙間を作っていった。SP時代に縄抜けの術を教わっていたが、元グルカ兵の縛ったロープは簡単に外せなかった。それでも、反町は根気強く両腕を動かしつづけた。

美和が悦楽の声を高めたとき、ロープはかなり緩んだ。両手が前に回るようになった。足首にも力を入れ、緩みをこしらえた。

反町は両足を使って、静かに椅子ごとナイトテーブルに近づいた。彦根と美和は行為に熱中していて、反町の動きにはまるで気づかない。

反町はナイトテーブルの脚を左足で蹴った。

テーブルが傾き、灰皿と水中ピストルが腿の上に落ちてきた。灰皿は弾んで、床に転がった。反町は水中ピストルを腿で挟み、右手で銃把を握った。

ベッドの二人が静止した。

「お娯しみは、そこまでだ」

反町は、花弁のような形をした銃口を彦根に向けた。

「そんな角度じゃ、どちらにも当たりゃしないよ」

彦根が鼻先で笑った。

反町は無造作に引き金を絞った。電池式だから、発射音は無音に近かった。放った七・六二ミリ弾が彦根の左の腿に命中した。

彦根が短い悲鳴をあげ、大型犬の上に倒れた。

反町は銃口を美和に向けた。

「体に穴を空けられたくなかったら、こっちのロープを解くんだ」

「わかったわ」

美和が裸身を起こし、ベッドを降りた。震える指で、ロープの結び目をほどいた。

反町は立ち上がり、後ろ足で椅子を蹴倒した。

そのとき、彦根が肘で半身を起こした。

「金が欲しければ、やるよ。ナイトテーブルの引き出しの中に、総額で七十億ほどの小切手が入ってる。山名祥太郎から奪った三十億と別のとこから回収した預金小切手だ」

「そうかい。せっかくだから、それは貰っとこう」

反町は引き出しを開け、クリップで留めてある預金小切手の束を抓み上げた。ぱらぱらと捲って、数字を目で確かめた。総額で七十二億円だった。

老やくざに三十億円をそっくり返しても、四十二億円が残る。古橋から脅し取った十五億円をプラスすれば、併せて五十七億円になる。悪人どもの金は、こっちのものだ。

反町は預金小切手の束を上着の内ポケットに突っ込み、彦根と美和に命じた。

「二人とも甲板に上がるんだ」

「き、きさま、何を考えてるんだっ」

「おまえらに夜間遊泳を愉しませてやろう」

「金をやったじゃないか。もっと金が欲しいんだったら、好きなだけやるよ」

彦根が喚いた。美和が怯えはじめた。

「金で何でも片をつけられると思ってるんだったら、明日から考えを改めるんだな。二人とも早く立て！」

反町は水中拳銃で威嚇しながら、素っ裸の彦根と美和を甲板に上がらせた。頭上には、満天の星が輝いていた。

左手に陸地が黒々と見える。点のような灯火が連なっていた。

「ここは駿河湾だな？」

反町は彦根に訊いた。

「ああ。堂ケ島の西五キロの海上だよ」

「ちょっときつい遠泳になるだろうな。あんたから、先に飛び込んでもらう」

「待ってくれ。わたしは足を撃たれてるんだ。百メートルも泳げないよ。美和だって、とても無理だ」

彦根が必死に訴えた。

美和も許しを乞うた。反町は水中銃を二人の頭上に向け、無言で一発ずつ撃った。彦根が手摺を跨ぎ、垂直に暗い海に飛び込んだ。

「次は、そっちの番だ」

反町は美和に銃口を向けた。

美和が慌てて海に身を躍らせる。水飛沫が上がった。

反町は墨色の海面を覗き込んだ。二人は立ち泳ぎをしながら、クルーザーの船体にしがみつくチャンスをうかがっている。

反町は二人の間に、七・六二ミリ弾を撃ち込んだ。

彦根と美和はいったん海中に没し、相前後して陸に向かって泳ぎはじめた。どちらも平泳ぎだった。

反町の靴のヒールの中には、超薄型のＩＣレコーダーが入っていた。彦根の声は、鮮明に録音されているだろう。

引き揚げるか。反町はクルーザーの操舵室に入った。

船舶免許はなかったが、操船の仕方はわかっていた。アンカーを巻き揚げ、エンジンのスターターボタンを押す。

エンジンがかかった。四百馬力はありそうだ。

大型猟犬の麻酔が切れたら、こいつを使おう。反町は水中ピストルをベルトの下に突っ込み、セレクターを全速前進(フルアヘッド)に入れた。

白い大型クルーザーが勢いよく滑り出した。波は穏(おだ)やかだった。

反町は舵輪(だりん)を大きく右旋回させ、船首を陸(おか)に向けた。

エピローグ

雲雀（ひばり）のさえずりが聞こえた。

長閑（のどか）だった。反町は心地（ここち）よい気（け）だるさを感じながら、俯（うつぶ）せになった和香奈の裸身に人差し指を滑（すべ）らせていた。情事の後戯（こうぎ）だ。

南仏プロヴァンスのプチホテルのベッドの上だった。

西伊豆の海上で七十二億円の銀行小切手を奪ったのは二週間前だ。

彦根と美和は一・五キロほど泳いだだけで、通りかかった漁船に発見された。反町は、無事にヨットハーバーに戻ることができた。

山名の家に帰りついたのは明け方だった。反町は老やくざに取り返した三十億円の預金小切手を渡し、美和と彦根の関係を包み隠さずに話した。

山名祥太郎は、ただ黙って聞いていた。

反町は成功報酬の三百万円を受け取り、赤坂の自分の塒（ねぐら）に戻った。安寿は眠っていて、別れを告げられなかった。

その次の日、反町は組対部の力石に樺沢の録音音声データを渡した。その少し前に、樺沢は元グルカ兵のひとりにクークリ刀で喉を搔っ切られていた。

あくる日、力石が彦根外科医院を訪れた。任意同行を求めるためだ。だが、彦根はその直前に自宅に押し入った五人の元グルカ兵に惨殺されていた。

彦根はクークリ刀で搔っ切られ、切断されたペニスを口に突っ込まれていた。

逃亡した五人の元グルカ兵は首謀者に手引されて伊豆の大瀬崎にある別荘に潜伏した。それは罠だった。元グルカ兵たちは彦根に毒殺されかけ、すべての犯行を警察で自白したらしい。

美和は彦根が惨殺された晩、深川署に出頭した。元グルカ兵の報復を恐れたのだろう。彼女は夫殺しに関与したものの、殺人教唆の覚えはないと供述しつづけているという。いま、美和は深川署の留置場にいる。

その翌日、反町は和香奈に誘われ、プロヴァンスにやってきたのだ。

「憧れのプロヴァンスは、どうだった？」

「ちょっと期待外れね。日本人観光客があんなに来てるとは思わなかったわ」

「プロヴァンスのことを旅行雑誌がさんざん煽ったからな」

「かなり以前にベストセラー本を書いた英国人ライターは、もうとっくにフランスから逃げ出しちゃったらしいわよ。罪つくりな男よね」

和香奈が恨みがましく言った。

「そうだな。観光客が少なけりゃ、確かにプロヴァンスは悪くない所だ。しかし、やはり、リタイアした老夫婦たちの別天地だろうな」

「わたしも、そう感じたわ。なんの刺激もないんだもの、もう退屈で退屈で死にそうよ」

「結局、おれたちはこの部屋に籠って、ベッドでセックスに励んでた」

「それはそれで悪くなかったんだけど、ちょっと変化が欲しいわよね」

「ここを引き払って、パリに飛ぼう。それから、モナコでカジノ通いをしよう」

反町は言った。

「いいわね」

「それじゃ、先にシャワーを浴びてこいよ」

「オーケー」

和香奈がはしゃぎ声をあげ、ベッドから滑り降りた。生まれたままの姿で、寝室の隅にあるシャワールームに消えた。

反町は上体を起こし、安寿に電話をかけた。

少し待つと、安寿の声が流れてきた。

「反町さん、わたし、ひとりぼっちになっちゃったわ」

「ひとりぼっち？」

「そう。きのう、祖父が警察指定の弁当屋を抱き込んで、母に殺鼠剤入りのカツ弁当を差し入れたのよ」

「美和は、いや、お母さんは死んだのか？」

反町は訊いた。

「ううん、食べたカツをすぐに吐き出したらしくて、何ともなかったんだって。だけど、祖父が殺人未遂で捕まっちゃったの」

「山名組の人たちは？」

「祖父が数日前に組を解散して、構成員たちを堅気にしたみたいなの。だから、母屋には誰もいなくなってしまって」

「お母さんのこと、お祖父ちゃんから聞いたな？」

「ええ。父を殺すように仕向けて、わたしも拉致させようとしたんだから、祖父が言うように悪い女なんだと思う。いまは赦せない気持ちよ。だけど、何年か過ぎたら、赦せるような気もするな」

安寿が呟くように言った。

「意外に大人なんだな。見直したよ」

「だって、彼女、ううん、育ての母も父に惨いことをされたんだもの。わたしが母と同じようなことをされてたら、似たような仕返しをするかもしれないわ。それに、母はわたしに辛く当たったこともなかったの」

「それは、きみが素直で愛くるしかったからだろう」

「ううん、わたし、そんなにいい子じゃなかったわ。幼稚園のころは、しょっちゅう母を困らせてた」

「それでも、一度もぶたれなかった？」

「ええ、ただの一度もね。だけど、母は何度か手を挙げかけたことがあるの。そういうときは自分の頬を軽く叩いて、腿を抓ってたわ」

「そう」

「母は父を殺したいと思ってたんだろうけど、子供のわたしに罪はないと自分を戒めていたんでしょうね」

「そうなんだろうな」

反町は言った。

「小三のころだったかな、母がなぜか一緒にお風呂に入りたがらない日があったの。わたし、脱衣室をこっそり覗いたら、母の両方の腿にたくさんの痣があったのよ」

「抓った痕だね？」

「そうなの。母も苦しんだんじゃないかな。だから、いつか母を赦せる日が来るような気がするんだ」

「そうか」

「祖父と母が刑務所から出てくるまで、わたし、ここで待つわ。でも、たったひとりじゃ、心細いな。反町さん、何かいい知恵ない？」

「藤巻君を母屋に住まわせたら、どうかな。あの貧乏探偵は、いつもマンションの家賃を遅らせてるんだ」

「そうなの？　彼が来てくれるんだったら、最高だわ。これから、藤巻さんに電話してみよっと」

「あいつも喜ぶだろう」

「いっそ、一生、住みついてくれるといいんだけどな。わたし、彼みたいな男性だったら、結婚してもいいと思ってるから」

安寿が言った。

「結婚はともかく、彼はヒモにはならないと思うよ。男の人生は、誇りと心意気だって粋がってる奴だから」

「彼のそういうとこがいいのよね」

「とにかく、藤巻君に電話してみな。おれも、たまに顔を出すよ」

反町は電話を切ると、シャワールームに向かった。

気の滅入るような暗い事件の連続だったが、安寿に電話をしたことで少し気持ちが明るくなった。多分、藤巻は安寿の申し出を断らないだろう。
これで、和香奈と思い切り旅を愉しめそうだ。反町は顔を綻ばせた。

著者注・この作品はフィクションであり、登場する人物および団体名は、実在するものといっさい関係ありません。

（本書は、『異常魔　非情番犬シリーズ』と題し、一九九六年六月、小社ノン・ノベルから新書判で書下ろし刊行されたものに筆者が一部手を入れて、二〇〇〇年一月に祥伝社文庫より刊行された作品を大幅に加筆修正し文字を大きくしたものです）

一〇〇字書評

切・り・取・り・線

罰　無敵番犬

購買動機（新聞、雑誌名を記入するか、あるいは○をつけてください）	
□（　　　　　　　　　）の広告を見て	
□（　　　　　　　　　）の書評を見て	
□ 知人のすすめで	□ タイトルに惹かれて
□ カバーが良かったから	□ 内容が面白そうだから
□ 好きな作家だから	□ 好きな分野の本だから

・最近、最も感銘を受けた作品名をお書き下さい

・あなたのお好きな作家名をお書き下さい

・その他、ご要望がありましたらお書き下さい

住所	〒				
氏名		職業		年齢	
Eメール	※携帯には配信できません		新刊情報等のメール配信を 希望する・しない		

この本の感想を、編集部までお寄せいただけたらありがたく存じます。今後の企画の参考にさせていただきます。Eメールでも結構です。

いただいた「一〇〇字書評」は、新聞・雑誌等に紹介させていただくことがあります。その場合はお礼として特製図書カードを差し上げます。

前ページの原稿用紙に書評をお書きの上、切り取り、左記までお送り下さい。宛先の住所は不要です。

なお、ご記入いただいたお名前、ご住所等は、書評紹介の事前了解、謝礼のお届けのためだけに利用し、そのほかの目的のために利用することはありません。

〒一〇一－八七〇一
祥伝社文庫編集長　清水寿明
電話　〇三（三二六五）二〇八〇

祥伝社ホームページの「ブックレビュー」からも、書き込めます。
www.shodensha.co.jp/bookreview

祥伝社文庫

罰（ばつ）　無敵番犬（むてきばんけん）

令和 6 年 7 月 20 日　初版第 1 刷発行

著　者　南（みなみ）　英男（ひでお）

発行者　辻　浩明

発行所　祥伝社（しょうでんしゃ）

東京都千代田区神田神保町 3-3

〒 101-8701

電話　03（3265）2081（販売部）

電話　03（3265）2080（編集部）

電話　03（3265）3622（業務部）

www.shodensha.co.jp

印刷所　堀内印刷

製本所　積信堂

カバーフォーマットデザイン　芥　陽子

Printed in Japan ©2024, Hideo Minami　ISBN978-4-396-35062-8 C0193